MAURICE GOUIRAN

L'ARMÉNIENNE AUX YEUX D'OR

ÉDITIONS JIGAL

DU MÊME AUTEUR

La Nuit des bras cassés
Prix Sang d'Encre des Lycéens 2003
Le Théorème de l'engambi
Le Dernier des Chapacans
Les Martiens de Marseille
La Porte des orients perdus
Les Damnés du Vieux Port
Marseille, la ville où est mort Kennedy
Coup de cœur Blues & Polar 2013
Sous les pavés, la rage
Prix virtuel du Polar 2006
Terminus Ararat
Train bleu, train noir
Prix Livresse de lire 2013
Putains de pauvres !
Les Chèvres bleues d'Arcadie
Les vrais durs meurent aussi
Le Sang des Siciliens
Qui a peur de Baby Love ?
Appelez-moi Dillinger
Franco est mort jeudi
Sur nos cadavres, ils dansent le tango
Et l'Été finira
La Mort du scorpion
Mais délivrez-nous du mal
L'Hiver des enfants volés
Une nuit trop douce pour mourir
Maudits soient les artistes
Le Printemps des corbeaux
Le Diable n'est pas mort à Dachau
Prix La Ruche des Mots Polar 2017
L'Irlandais
Grand Prix Littéraire de Provence 2018
Tu entreras dans le silence
Prix des Marseillais 2020
La peur bleue

À Aimée

« Gémis donc, Haïasdan, et crie pour qu'on t'entende.
Le monde entier, le dos tourné, plante ses choux.
Ne faut-il pas que l'on achète et que l'on vende,
Qu'on se marie et qu'on mette au coffre ses sous ?
Mais quel autre que Dieu peut écouter la plainte
D'un peuple tout entier au pied de l'Ararat ?
Il n'est plus de croisés mourant en Terre Sainte,
Il n'en est qu'en esprit et je suis de ceux-là… »

Max Jacob

Le Vieux-Port, le vendredi 13 avril

— M'man, y a le Vieux-Port qui brûle !

— Raymonde, pétan de bonsoir, tu peux pas le faire taire, ce niston ! On dirait qu'il a encore fumé la moquette ! On peut pas pioncer dans cette baraque de merde ! Le Vieux-Port qui brûle, je te demande un peu où c'est qu'il va chercher ça !… N'importe quoi, ce minot…

Alfred Esparciamanti soupira et se retourna sur le côté, essayant en vain de retrouver le sommeil.

— Fred, oh Fred, magne-toi ! Y a le Vieux-Port qui brûle !

Le hurlement strident de Raymonde Esparciamenti relaya l'alerte de son fils. Alfred daigna enfin se lever. Le cheveu ébouriffé, le regard vacillant, la démarche lourde, il rejoignit sa progéniture et sa tendre épouse, excitée comme une puce à la fenêtre.

Ni l'un ni l'autre n'avaient menti et leurs cris décrivaient bien l'ampleur de la tragédie.

Le Vieux-Port brûlait !

Les façades des immeubles rougeoyaient, mais ce n'était pas de cette lueur incandescente que déversaient parfois les soirs d'avril et d'octobre sur la ville, lorsque le mistral dégageait le ciel. Non, c'était bien la réverbération de l'incendie.

Bro, le clodo polonais qui passait ses nuits sous les arches du Club Pernod, face au quai des Belges, s'extirpa précipitamment des cartons qui lui servaient de couche. Il entama un long sprint afin de remonter la Caneb' pour fuir ce lieu infernal. Sa frayeur était sans doute accentuée par le spectacle qu'offraient ses deux camarades, Ladislaw et Josef, qui avaient préféré dormir sur les bancs du port plutôt que dans cet abri imprégné d'odeur de pisse. Ladislaw et Josef couraient le long du quai comme des lapins pris par les incendies de l'été. Leurs vêtements et leurs cheveux brûlaient. Ils étendaient leurs bras enflammés horizontalement et ressemblaient aux croix incendiées par le Ku Klux Klan afin de refiler la pétoche aux négros. Une insoutenable odeur de chair et de poils calcinés se répandait sur le quai des Belges.

Le beuglement de Bro mêlait curieusement les accents slaves et marseillais, mais les passants égarés en ville à cette heure tardive – ou plutôt matinale car il était quand même deux heures du mat' – n'avaient besoin ni de Raymonde Esparciamenti, ni de Bro pour appréhender toute l'ampleur du désastre.

L'explosion avait ébranlé les immeubles du bas de la Canebière et les fenêtres claquaient les unes après les autres.

On voulait voir et on voyait. On s'apostrophait, on hurlait, on gémissait devant cette vision d'apocalypse.

On avait toujours craint, dans la région marseillaise, le

tremblement de terre, l'inondation, voire les bombardements en temps de guerre (des ennemis ou pire, des alliés) ou l'orage de boules de pétanque mais jamais l'incendie du Vieux-Port. Aussi, la surprise fut-elle totale car c'était bien le mythique Vieux-Port, ce rivage prodigieux où accostèrent deux mille six cents ans plus tôt les fils aventureux de Phocée, qui cramait comme une vulgaire garrigue desséchée en proie aux incendies du mois d'août, lorsque la terre grille et que le mistral souffle comme un calu, décornant tout ce que la Provence compte de cocus.

Malgré l'heure, la rumeur se répandit dans la ville comme la vérole sur le bas clergé : le Vieux-Port brûlait ! Le Vieux-Port brûlait !

Entendons-nous bien : ce n'étaient pas les immeubles qui bordaient ce lieu fabuleux qui flambaient, comme l'avaient fait plus d'un demi-siècle plus tôt les Nouvelles Galeries sur la Caneb', non, mais bien la mer qui s'embrasait. De longues flammes jaunes et rouges s'inclinaient sous le mistral et se propageaient sur le plan d'eau, avalant les barques et les yachts nonchalamment amarrés aux pontons. Ces signes extérieurs de richesse, symboles de la réussite sociale et de l'opulence des bourgeois vaniteux et de leurs cagoles endimanchées (des marins d'eau douce qui ne sortaient d'ailleurs que trois fois par an), s'évaporaient dans la nuit de printemps.

« Sic transit gloria mundi » comme prêchait jadis le curé des Accoules…

Les explosions provoquaient de puissants geysers de feu et dispersaient des langues d'essence enflammées qui ravivaient l'incendie.

— En plus, ce con de vent souffle comme un fêlé ! releva Meillou, un vieil homme qui regagnait son deux pièces cuisine de la rue de la République, après avoir passé une partie de la nuit à traîner dans les bistrots du quartier de l'Opéra avec l'ami Raymond, à la recherche du souvenir des amours et des amis perdus.

Meillou haussa les épaules pour marquer son désintérêt face à l'hallucinant spectacle. Pour lui, les amis et les amours perdus comptaient bien plus que « ce putain d'incendie de ce putain de Vieux-Port ». Il se fichait de cette catastrophe comme de sa première chemise, mais Raymond le retint à la hauteur de la Samaritaine. Les deux vieux contemplaient l'étendue des dégâts, avec le détachement et la condescendance que confèrent l'âge et les courbatures qui font ployer les vieilles carcasses. Ils avaient connu l'incendie des Nouvelles Galeries en trente-huit, la destruction des bas quartiers en quarante-trois, le bombardement de la gare Saint-Charles par les Amerlos en quarante-quatre et, plus récemment, la victoire de l'OM en Coupe d'Europe.

Alors ils s'en foutaient de ce feu, ils s'en foutaient comme c'était pas permis !

Meillou rajusta sa casquette en tweed gris et remonta son col. La ville n'avait qu'à cramer et tous ses habitants avec puisque, de toute façon, ses amis et ses amours perdus ne reviendraient jamais plus et que sans eux, sa vie était foutue…

Les rafales de mistral attisaient les foyers. Des boules de feu frappaient les mâtures et les façades des immeubles du quai de Rive Neuve.

Un tapis d'immondices pestilentielles – que le vent distribuait généreusement sur les trottoirs et la chaussée – complétait avantageusement le lugubre spectacle.

Il faut dire que les éboueurs étaient en grève depuis dix jours déjà – comme tous les ans à Marseille à la même époque – et que c'était une véritable infection. Les relents aigres des ordures entassées agaçaient les riverains, qui descendaient parfois de leurs appartements au milieu de la nuit afin de mettre le feu aux tas de poubelles. Il s'en dégageait alors une fumée âcre, suffocante et irritante qui faisait mieux comprendre aux jeunots, à ces blancs-becs qui n'avaient pas fait la guerre, ce qu'avaient dû être le gaz moutarde et la bataille d'Ypres !

Le bruit sourd des explosions, les cris de Bro et des autres, l'immense halo rougeâtre qui emplissait la voûte céleste attiraient maintenant le peuple sur le bas de la Canebière. C'était pire que la sortie du stade vélodrome ! On s'agglutinait, on photographiait ce spectacle en pressentant qu'une telle catastrophe ne se produirait pas deux fois dans une vie de Marseillais. Il fallait profiter de l'occase, et l'occase était trop belle pour cette foule de voyeurs toujours prêts à fixer sur la pellicule ses bonheurs personnels et, surtout, les malheurs des autres. On piétinait les détritus dans ces miasmes putrides qui mêlaient à la pestilence des poubelles l'odeur exécrable de l'incendie, dévorant avec le même fringant appétit le bois, la peinture et le plastique des embarcations.

Meillou et Raymond contemplaient la catastrophe avec un désenchantement de vieux :

— La putain, Meillou, t'as vu la fogue !

— C'est des cons, Raymond, tous des cons. Tous ces mecs qui espinchent et qui servent à rien. Tu crois qu'ils fileraient un coup de main, ces bordilles ? Que dalle, y font que dalle ! Y font les voyeurs, c'est tout. De notre temps, ça se passait pas comme ça. Mais les jeunes, maintenant, vé tu veux que te dise, c'est tous des tchouchous. Y sont juste bons à encaisser les assediques et les errémis !

— J'en connais un qui doit râler : tant de monde sur le

Vieux-Port et c'est même pas organisé par la Mairie !

Il est vrai que la Massalia, la Marceleste, le Carnaval, l'arrivée de The Race ou le Feu d'artifice du 14 juillet – manifestations qui drainaient les immenses foules désœuvrées sur le port – n'avaient jamais réussi à faire un tel tabac. L'adjoint à la culture et aux manifestations, surnommé « Monsieur Panem et Circenses » par ses ennemis politiques qui lui reprochaient une certaine tendance à confondre ces rassemblements populaciers avec la culture populaire, pouvait en être légitimement vert de rage !

Rapidement, on arriva de tous les quartiers environnants, de l'Estaque aux Baumettes et de Saint-Marcel aux Aygalades.

Les journalistes se démenaient avec frénésie mais les rédactions râlaient : à deux plombes du mat', les rotatives avaient terminé leur boulot. Les Marseillais ouvriraient dans quelques heures leur canard préféré qui ignorerait LA catastrophe, étalant à la une des infos inconsistantes : la photo d'un gars hilare qui a reçu un chèque de zéro centime, celle d'un couple larmoyant qui a retrouvé sa cousine disparue depuis cinquante berges, l'entraîneur de l'OM qui n'a pas encore choisi son gardien de but pour le match de coupe, un éditorial pseudo philosophique, inodore, incolore et insipide parce qu'il ne fallait fâcher personne au nom de l'œcuménisme de la presse régionale. Mais du bel incendie, il n'y aurait rien. Rien ! Pas un pet ! Que dalle ! Rien, en tout cas, avant vingt-quatre heures.

Alors là, les journaleux s'en donneraient à cœur joie.

Oh, bien sûr, on ne dirait pas grand-chose car on ne saurait sûrement rien de l'affaire, mais on remplirait au moins cinq pages avec du bla-bla-bla, avec les interviews des uns et des autres, de ceux qui étaient là, de ceux qui croyaient y être, avec l'échantillon traditionnel, caricature coutumière de la population marseillaise : l'ancienne poissonnière, le pépé insomniaque, le Comorien et la petite beurette. C'était ça l'info façon United Colors of Massalia.

Les toutous – shorts trop larges, sandales en lanière de cuir, chaussettes de laine grimpant jusqu'aux mollets et accent nordique déjà entendu dans les années quarante ici même – mitraillaient avec leurs Canon l'hallucinant spectacle. Les trois-quarts des photos seraient bien entendu à jeter (car le statut de toutou ne garantit en rien la maîtrise technique des clichés de nuit) mais on raconterait cet épisode stupéfiant cet hiver dans son salon de Bruges, Cologne ou Stuttgart. On aurait des frissons dans la voix et on exagérerait un peu, simplement parce que ça s'était passé à Marseille et que tout ce qui touche Marseille est déconnant et doit être systématiquement exagéré.

Dans la foule des voyeurs – cette foule qui a toujours une explication pour les phénomènes les plus irrationnels – le bruit courut que l'incendie n'était qu'une malédiction qui s'abattait sur la ville un vendredi 13.

Aux plus lettrés revinrent alors les images de Sodome et Gomorrhe ravagées par le feu du ciel en expiation de leurs mœurs dissolues et de leur opulence malsaine.

Les coutumes de la cité phocéenne étaient-elles vérolées à un point tel que la colère divine frappe ainsi notre Vieux-Port ?

La Canebière, le vendredi 13 avril

Le Vieux-Port brûlait et il était plus de deux heures du matin.

La course de stock-car, à l'origine de cette catastrophe, n'avait débuté que vingt minutes plus tôt.

La 205 rouge au capot jaune venait tout juste de dépasser les Cinq Avenues et longeait ce qui avait été jadis le zoo de Marseille. Lorsque la loupiote vira au rouge au niveau de l'imposant palais Longchamp, Calambo stoppa sagement dans l'alignement des feux tricolores, conformément au Code de la route qu'il respectait parfois. À ses côtés, le gros Bubble, gavé de rap et de funky, avait glissé dans le lecteur de cd une compilation d'IAM et rythmait le rap du groupe marseillais en tapotant sur le tableau de bord :

« Les rues de goudron gris et sale ornées d'après trottoirs
Martelés par les pas des prostituées quand s'éveille le soir,
C'est de là que je viens, là où je naquis

Et dans quelques années c'est ici que se terminera ma vie.
Dans cette ville aux dix mille cités, aux mille et une filles
Où le béton des tours caresse Aton qui brille,
Mais ne te méprends pas, le pays d'où je viens
N'a rien à voir avec celui des merveilles
Je viens de Marseille. »

Le premier choc fut léger. Comme si le conducteur de la BMW 740i noire avait les réflexes ramollis par l'abus d'alcool. Auprès de lui, trois hommes riaient à belles dents et semblaient prendre du plaisir à ce jeu idiot.

– Il est niasqué ce mec ! Une voiture de cinquante plaqucs ! rcleva Bubble qui était assis à la place du passager et qui n'avait – volontairement – pas bouclé sa ceinture de sécurité.

Le chauffeur de la bé-emme devait être en effet complètement bourré : il passa la première, colla son pare-chocs contre celui de la 205 et poussa la Peugeot vers le boulevard Longchamp.

On jouait aux auto-tampons !

Comme il était difficile de résister à la puissance des deux cent quatre-vingt-six chevaux de la voiture noire, Calambo s'efforça de maîtriser sa trajectoire. Mais le feu n'était toujours pas passé au vert. Un fourgon, qui arrivait de la droite et qui voulait grimper vers le boulevard de la Libération, stoppa net dans un crissement de pneus et un chapelet d'insultes croustillantes. Les deux voitures, pare-chocs contre pare-chocs, s'engagèrent sur le boulevard Longchamp, direction la Canebière.

Bubble et Calambo n'eurent pas le loisir d'admirer les cascades illuminées par les sunlights et les dieux de pierre qui veillaient sur le palais Longchamp en crachotant de généreuses gerbes d'eau, cette denrée si rare en Provence (personne d'ailleurs ne remarque jamais à Marseille la magnificence baroque du palais d'Espérandieu depuis que le boulevard Longchamp ne se monte plus...).

Bubble, ignorant toujours l'usage de la ceinture, s'agrippait au tableau de bord des deux mains en répétant bêtement :

— La putain, mais il est niasqué !

Bubble (qu'on prononçait ici Beubeulle à la manière anglo-marseillaise) devait son surnom à la fois à son aspect rondouillard et à son amour immodéré du chewing-gum. À dix-sept ans, il était aussi large que haut. Nourri au MacDo depuis son plus jeune âge, il pesait son quintal – pour un mètre soixante-deux – et arborait avec fierté une casquette de rappeur à la propreté douteuse qui avait, selon la légende ou plutôt « sa » légende, appartenu à Akhenaton, le chanteur d'IAM.

Contrairement aux autres gros, qu'on appelle volontiers « bon gros » car l'embonpoint est souvent synonyme de bonhomie, Bubble arborait un sourire désespérément triste. Avec ses petits yeux dénués de toute expression et ses bajoues, il avait un petit quelque chose de Balladur, un Balladur minot et gonflé à l'hélium. Bubble était également le seul gars de la ville à ne jamais se départir de ses chewing-gums. Il mâchouillait le jour, il mâchouillait la nuit. Il parvenait à dévorer ses hamburgers en gardant la gomme coincée quelque part entre les molaires et l'intérieur de la joue, de manière à reprendre automatiquement la mastication dès que la dernière bouchée du burger était avalée.

Bubble, prétextant une incompatibilité entre sa corpulence et la taille des ceintures de sécurité, s'exonérait systématiquement du « geste qui sauve ». Il ne s'attachait donc jamais en voiture...

Calambo, dont le véritable prénom était Stéphane, ne

répondit pas. Il serrait les mâchoires car il avait du mal à maintenir son volant et à assurer sa trajectoire. Il accéléra brusquement, prit une légère avance sur la bé-emme. Mais les poursuivants avaient du répondant : ils se rapprochaient lentement mais sûrement et emboutirent l'arrière de la 205 à la hauteur de la rue Saint-Savournin. Calambo réussit, une fois de plus, à redresser son véhicule puis s'engagea sur le cours Joseph Thierry.

Le premier coup de feu claqua dans le virage de la poste.

— Doucement, Pedro. Vise les pneus, pas les gars. Il nous les faut vivants !

Ogül pilotait la bé-emme avec souplesse. C'était vraiment un jeu d'enfant d'affoler ces deux morveux. Ensuite, il les bloquerait et on les sortirait de leur minable Peugeot rouge. Effrayés, les morveux jacteraient sans problème. Le principal souci d'Ogül n'était donc pas les gosses, mais Pedro qui faisait feu comme un fêlé avec son Vektor SP1 en pleine ville et qu'il s'agissait de tempérer sous peine d'ameuter tous les condés des alentours. Pedro était sûrement dingue mais Ogül avait besoin de lui. Parce que Pedro connaissait parfaitement Marseille. Parce que c'était un tueur sans tabou et qui ne posait jamais de questions. En un mot, un gars idéal pour l'Organisation.

Ogül pistait la Peugeot depuis le théâtre du Moulin, dans le quartier de Saint-Just, où les deux jeunes avaient passé la soirée. Il l'avait rattrapée du côté du palais Longchamp. Il lui semblait plus facile de dépasser puis de bloquer le véhicule sur les larges boulevards que dans les rues étroites des Chartreux. Ils quittaient le boulevard Longchamp, l'abordage aurait donc lieu sur la Canebière…

Sur la banquette arrière, Eken et Ihan attendaient leur heure en lustrant les canons en bronze brillant de leurs

CZ75, des pistolets tchèques. Ils suivaient sans sourire la course-poursuite et ils avaient hâte de mettre la main sur ces deux morveux afin de les confesser, et d'en finir une bonne fois pour toutes !

Pedro avait dégagé la moitié de son buste de la bé-emme et faisait feu sur la Peugeot comme un calu.

La première balle de 9 mm s'était logée dans le coffre et la seconde dans la portière arrière droite. Manifestement le tireur de la bé-emme cherchait plus à impressionner les deux jeunes gens qu'à les atteindre.

Calambo ne dit rien. Il rétrograda en quatrième et brûla hardiment le feu rouge des Réformés. La bé-emme voulut en faire autant. Pedro tenait à deux mains son lourd Vektor. Il pointa le canon sur le pneu arrière droit et tira. Pourtant, la balle n'atteignit jamais son but : elle alla se ficher dans la flèche gauche de l'église Saint-Vincent-de-Paul (que tous les Marseillais appellent « Les Réformés »), à plus de vingt mètres de hauteur.

L'erreur de tir n'était pas due à la maladresse de Pedro mais tout simplement au fait qu'Ogül n'avait pas aperçu la Renault 21 familiale qui remontait tranquillement la Canebière. La bé-emme percuta de plein fouet la Renault chargée de quatre mètres cubes de paquets divers ficelés sommairement sur la galerie.

Le choc fut très violent.

La famille de Marocains – avec ses quatre gosses somnolents, entassés comme des sardines sur la banquette arrière – venait tout juste de débarquer du ferry à la Joliette et regagnait son HLM, dans la banlieue glauque d'une ville grise du nord de la France. Après un mois de vacances en famille, sous le soleil de Ouarzazate, le retour à la civilisation fut brutal !

Le capot de la 21 était en bouillie, la roue avant droite pendouillait et s'était couchée sur l'asphalte, tandis qu'une tache inquiétante s'élargissait sous la carrosserie. Les vacanciers effrayés se réfugièrent près du monument des Mobiles. La Renault terminerait donc ici sa longue et laborieuse existence de véhicule familial. Les gosses bramaient. La mère hurlait. Le père courait dans tous les sens. Le brave homme passa une bonne demi-heure à tenter vainement de rassembler le chargement épars que le vent violent emportait sur les allées Gambetta.

La 205 profita de l'accident pour prendre un peu d'avance. Elle s'engagea dans la rue Thiers et s'engouffra tout de suite à droite dans la rue Messerer.

Calambo comprit alors que si les 205 étaient des voitures pratiques, économiques et fiables, elles étaient peu habituées à dégringoler les escaliers ! La Peugeot rouge bringuebala, frappa deux ou trois fois les marches mais dévala finalement sans trop de mal l'obstacle de pierre. Elle reprit de la vitesse, percuta une poubelle dégorgeant d'immondices à l'angle de la rue Curiol, évita un couple de travelos – qui sortaient du Queen's Bar à la recherche d'ultimes clients – et dévala en trombe la rue Sénac dégoulinante de bordilles.

IAM rythmait la course-poursuite dans les 2x150 watts de la Peugeot :

« On était assis à la terrasse d'un café, relax
Deux verres de Perrier sur la table en train de déguster une glace
Neuf heures du soir la place était presque pleine mais
Pas assez pour ne pas voir arriver le phénomène
Méditerranéenne, mixée comme chez nous
Basses, aigus, à fond, « wooou » elle envoyait la ganzou

Elle est venue s'asseoir à côté de nous
Une clope cousine ? »

Un tas d'ordures se consumait en face du New Cancan. Une odeur de cadavre carbonisé empuantissait le haut de la Caneb'. L'incendie des poubelles était le fait des voisins excédés par les odeurs pestilentielles qui émanaient de la décharge improvisée. Par le biais de la grève des poubelaïres, la purification par le feu redevenait une pratique courante de la vie marseillaise.

— On les a semés. Chapeau, Calambo !

Bubble souligna son compliment d'un sourire tristounet. Pour fêter ça, il confectionna avec son malabar une bulle aussi grosse que sa tête. La bulle explosa et la pâte rose recouvrit comme un masque de beauté sa face rebondie. Mais Calambo comprit vite que la rigolade serait pour plus tard car, au moment même où il s'engageait sur la Canebière, il aperçut le capot de la bé-emme qui se pointait en haut de la rue Sénac !

— C'est reparti mon kiki !

L'accélération colla Bubble au dossier. Calambo prenait bien les choses. On remettait ça. Et sur la Caneb' en plus. Une vraie piste de Formule 1 pour barjos noctambules !

La grève des éboueurs avait fait des ravages et la grande avenue était jonchée de listings et de feuillets A4 disséminés par le mistral, preuve que les bureaux avaient désormais envahi ce quartier jadis dévolu aux bistrots, aux restos et aux plaisirs de la nuit.

Au feu rouge du boulevard Dugommier, la Peugeot décrocha la bé-emme qui se retrouvait bloquée par le flot des véhicules traversant la Canebière en direction du cours

Lieutaud. Il y avait autant de circulation qu'en pleine journée. À croire que les Marseillais ne dormaient jamais !

Au niveau de la rue Longue, les détritus ménagers remplaçaient la paperasse des bureaux et distillaient à nouveau une atmosphère fétide. On devinait le parfum subtil des tripes de thon et de branchies de maquereaux qui se décomposaient à l'air libre depuis dix jours.

De quoi choper la peste rien qu'en respirant !

IAM poursuivait son récit :

« Je préparais la pièce et les armures de latex
Les sticks de « popo », le stand de tir sur le bultex
Et moi à peine arrivé en bas, elles étaient déjà là
La pure motivation, mon gars
Dans l'ascenseur il ne faisait pas chaud
Mais une autre chaleur, leur fit déjà sauter les tricots
Elles arrivèrent dans la maison en Wonderbras
Vision irréelle, fracture nette de l'œil droit
On leur proposa de boire ou de manger un truc
Un cappuccino deux sucres roux, elles aimaient le luxe
Je leur ai dit « Excusez-moi, prenez-le bien certes
Vous êtes raffinées, mais vous avez l'air de deux filles ouvertes »

Calambo n'avait jamais descendu l'avenue emblématique de sa ville natale à une telle allure, mais la bé-emme revenait sur eux et se rapprochait irrémédiablement. Il n'y avait donc rien à faire pour semer ce bolide !

— On remonte vers l'Estaque. Gaffe, on va la jouer fine. Accroche-toi !

Bubble s'attendait à tout. Il enfourna un deuxième malabar dans sa bouche, histoire de faire taire son angoisse, et cala ses genoux contre la tablette. En bas de la Canebière, la

Peugeot bifurqua vers la file de gauche comme si elle allait se diriger vers la Corniche. La bé-emme n'était plus maintenant qu'à une cinquantaine de mètres et ses deux cent quatre-vingt-six chevaux rugissaient.

Un clodo murgé à bloc tirait en titubant une carriole dans laquelle s'entassaient des ustensiles encore plus minables que ceux qui parsemaient la chaussée depuis le début de la grève des éboueurs. Il eut la mauvaise idée de s'engager sans regarder sur le passage pour piétons au niveau du Quick.

Stéphane l'évita, actionna brusquement le frein à main et contre braqua.

— La putain, t'es con ou quoi !

La tête de Bubble – qui n'avait toujours pas mis sa ceinture – cogna le toit. Il perdit sa mythique casquette d'Akhenaton et avala l'énorme boule qu'il n'avait pas cessé de mastiquer malgré le péril de la situation.

Dans une odeur de caoutchouc brûlé, la 205 fit un quart de tour, laissa la moitié de la gomme de ses pneus sur le revêtement de la chaussée et se retrouva face à la rue de la République. Calambo redressa et accéléra progressivement.

— Tu peux souffler, Bubble, ils nous emmerderont plus, ces conneaux !

Bubble ne comprit l'optimisme de son camarade que lorsqu'il eut le courage de se retourner. Le conducteur de la bé-emme avait réagi trop tard. Le changement de direction brutal de la Peugeot avait surpris Ogül qui conduisait à une vitesse excessive.

Le clodo qui tirait sa charrette pleine à ras bord rebondit sur le capot et explosa contre les vitres du Quick. En frappant le trottoir du terre-plein central, la bé-emme se déséquilibra et arracha les bittes plantées le long du quai après plusieurs tonneaux. On aurait dit que la voiture noire s'envolait, un peu comme les véhicules de ces cascadeurs qui empruntent des toboggans et tentent de sauter une douzaine de camions. Elle dérapa sur le toit et percuta violemment un camion-citerne stationné sur le quai des Belges. L'énorme citerne Fruehauf approvisionnait en essence un « predator » qui, comme son nom l'indique, est un monstre marin plus proche de la navette spatiale que du Pitalugue. La gigantesque vedette de vingt-quatre mètres propulsée par trois moteurs de mille deux cents chevaux avait accosté à proximité des navettes pour le Frioul. Personne ne saura jamais pourquoi le propriétaire de cette fusée des mers s'approvisionnait en essence « en affaire », car l'explosion fut instantanée et balaya tous les alentours. Le chauffeur livreur, le proprio de la vedette et deux clodos – Ladislaw et Josef – qui dormaient sur un banc en bordure de la mer grillèrent comme de vulgaires merguez.

La citerne bascula sous l'effet du choc et déversa sa cargaison enflammée de trente-trois mille litres dans les eaux sales du Vieux-Port. Les amples réservoirs des bateaux de luxe qui ne picolaient qu'à l'essence – les Apache, les Tomahawk et autres Camargue 55 des barbichons et des cacous locaux – explosaient les uns après les autres et propageaient le frénétique incendie de ponton en ponton.

La plate-forme flottante des navettes qui desservaient le Frioul et le château d'If s'embrasa ainsi que les puissants yachts amarrés.

Voici donc pourquoi, ce vendredi 13 avril, le Vieux-Port brûlait.

Mais tout ça avait commencé bien plus tôt.

À Istanbul.

Istanbul, le vendredi 2 février 2001

Le palais des Tulipes, l'un des plus beaux d'Istanbul, donnait sur la rive asiatique du Bosphore.

L'imposant Dolmabahce lui faisait face, sur l'autre rive. L'extraordinaire bâtisse, de style hindo-turco-italien, allongeait ses deux ailes le long du rivage et témoignait de la magnificence et de la puissance passées de ces sultans qui firent trembler l'Europe. Les touristes y défilaient et s'extasiaient en parcourant ses trois cent soixante-cinq pièces, une pour chaque jour de l'année, sa salle du trône, la plus vaste du monde, et sa décoration délirante de style victorien. Les sultans avaient vécu ici la fin de l'Empire Ottoman, depuis qu'au milieu du XIXe siècle Abdul, préférant le Dolmabahce au sérail de Topkapi, y avait transféré sa cour et son harem. Atatürk, qui ne portait pourtant pas Istanbul dans son cœur, était même mort à Dolmabahce.

Mustafa Beyaz n'enviait jamais ces potentats du passé pour la simple et bonne raison qu'il était aussi puissant qu'eux. Il se tenait sur la terrasse la plus élevée, devant le pavillon de Marbre. Accoudé à la balustrade de pierre, il semblait s'enivrer des rumeurs qui montaient des quartiers populaires de Beyoglu, Bogarkesen, Tophane ou Cihargir. Cette ville vivait dans l'exubérance et il aimait ça.

Un cargo poussif et rouillé remontait le Bosphore vers un des ports russes ou bulgares de la mer noire. Le toussotement du diesel couvrit un instant le bourdonnement qui provenait de la Corne d'Or.

L'air frais du soir ramena Mustafa vers son bureau.

Il ouvrit la fenêtre en grand. Le brouhaha lointain et assourdi des marchands, des restaurants et des boutiques qui peuplaient les bas-côtés du pont de Galata constituait, ici aussi, un bruit de fond familier et même rassurant.

Mustafa portait un costume de laine sombre qu'il avait acheté l'automne précédent à Londres, du côté de Regent Street, et fumait des Dunhill. Il aurait voulu se donner un look british et être reconnu comme un amateur d'art éclairé. Côté artistique, un Modigliani et un Renoir ornaient les murs de son bureau et le palais des Tulipes regorgeait de trésors. Côté british, c'était pas du gâteau ! Ses yeux d'ébène, sa peau mate, sa moustache compacte et ses cheveux drus et grisonnants trahissaient trop ses origines. Il ne pourrait jamais passer pour un Lord !

Car Mustafa était turc. Ses épais sourcils et une profonde ride frontale renforçaient son air renfrogné.

Il contemplait la rive européenne d'Istanbul qui lui faisait face et qu'embrasait le soleil couchant. Le palais de Topkapi et les minarets effilés de Sainte-Sophie et de la mosquée bleue dressaient leurs silhouettes sombres dans le ciel rougeoyant, et cela lui rappela un poème triste d'Ali Keskin.

Le palais des Tulipes était ceint de superbes jardins en terrasses dans lesquels des arbres venus des quatre coins de l'Empire avaient été plantés. Les pelouses dévoilaient, sous le halo des projecteurs, de belles taches rouges et jaunes. Les tulipes, qui avaient été jadis le symbole de ce pays, explosaient dans la nuit autour des pièces d'eau. Ici, tout était luxe. Le marbre blanc colonisait les larges espaces et l'on avait même peint des pièces de bois avec les coloris et les veinures de cette pierre noble.

Mustafa avait transformé la célèbre chambre aux marqueteries en bureau. C'était – avec le salon et la chambre bleue – une des pièces les plus luxueuses du bâtiment.

Le palais des Tulipes, comme son voisin Beylerbeyi, était construit avec de la pierre et du marbre et s'inspirait du modèle baroque français. Les meubles en bois précieux, les marqueteries et les vases de Sèvres qui submergeaient les salons donnaient au lieu une majesté incongrue dans la modernité du vingt et unième siècle, une modernité qui se manifestait toutefois par une batterie d'ordinateurs à écrans plats, constamment branchés sur l'internet, dans la salle du rez-de-chaussée.

Mustafa devinait la vie débordante des ruelles d'Istanbul et cela le rendait mélancolique. Il regrettait souvent de ne pas pouvoir se mêler à la foule compacte, de ne pas pouvoir parcourir les venelles étroites, et plus particulièrement celles du quartier des Vinaigriers, le quartier de sa jeunesse, un lieu peuplé de mauvais garçons, de boîtes de nuit sordides où le strip-tease concurrençait la danse du ventre.

Mais l'Organisation avait ses exigences et sa place était ici, dans ce palais. Pas dans les bouis-bouis et les boxons des bas-quartiers…

Yüksel, Sami et Ozker arrivèrent de conserve vers les dix heures.

La nuit était tombée et les rivages du Bosphore scintillaient de mille lumières. Le pont de Galata était noir de monde. Des bateaux de croisière aux ponts illuminés rentraient des rives de la mer Noire, ramenant leurs flopées de touristes fourbus vers les débarcadères d'Eminönü.

Mustafa s'installa à son bureau d'acajou et convia ses trois invités à prendre place autour de la table basse qui lui était accolée. Il alluma une Dunhill puis pressa la sonnette fixée sur le plateau de son bureau.

Quelques secondes plus tard, un homme en costume vert et cravate noire ouvrit précautionneusement la porte tapissée de cuir rouge et posa un plateau d'argent avec quatre verres aux motifs dorés sur la table basse. Le thé.

Comme tous les derniers vendredis du mois, Mustafa Beyaz réunissait ses plus proches collaborateurs : son frère Yüksel, son neveu Sami et Ozker, un lointain cousin.

Ici, on travaillait en famille. Le « Croissant Noir » possédait une structure rigide et très hiérarchisée, basée sur des liens de parenté à l'instar de sa vénérable aînée, la mafia italienne.

L'Italie, justement, jugeait à grands renforts médiatiques quelques mafiosi d'envergure et cela sembla ravir Mustafa :

— Tant que le monde focalisera son attention sur les Italiens, on nous laissera tranquilles. C'est une aubaine pour nous. Pour les médias, la mafia ne peut être qu'italienne, colombienne ou russe, éventuellement.

— Nous avons quand même copié leur organisation, nota Yüksel.

Mustafa esquissa un sourire de contentement :

— Bien sûr. Mais nous sommes beaucoup plus efficaces qu'eux parce que nous sommes plus violents, mieux adaptés à ce monde qui évolue très vite. Et puis, surtout, nous sommes beaucoup plus riches !

Mustafa, qui avait le visage fermé jusqu'alors, sembla se détendre. Sami l'interrompit :

— Plus riches ?

— Bien sûr, Sami, mais ne le répète pas, car j'ai bien peur que notre tranquillité soit perturbée à l'avenir par quelques fouille-merdes, répondit avec un sourire forcé Mustafa.

Le boss ouvrit un tiroir de son bureau, en retira un exemplaire d'Hürriyet, un des quotidiens turcs, qu'il jeta sur la table basse.

— Lisez donc la page trois.

Un long article rapportait les chiffres relevés dans l'hebdomadaire italien « Il Mondo » et le rapport américain de la Drug Enforcement Agency (DEA). On estimait à plus de cinquante milliards de dollars le chiffre d'affaires de la mafia turque.

— Ça alors, souffla Sami, qui poursuivit la lecture de l'article à haute voix : « Appelée le Croissant Noir, la mafia turque gagne plus d'argent que les mafias italiennes et colombiennes réunies. Lors de la dernière réunion des polices narcotiques d'Europe, les participants étaient d'avis que toutes les familles de la mafia turque travaillaient avec le soutien de l'Etat turc ».

— Et ce n'est pas tout, ajouta Mustafa en tendant un exemplaire de Milliyet à Yüksel qui le passa à Sami.

— Sami, lis-nous donc l'article de la dernière page.

— « La mafia turque disposerait de 23 000 tueurs à gages. Elle tire la majeure partie de ses ressources du trafic de stupéfiants et de l'obtention, par menace ou par corruption, de marchés de construction ou de paiements de chèques et de créances non honorées. Pour récupérer son dû, il est fréquent de s'adresser à la mafia qui, en échange de ses services, retient 50 % de la somme recouvrée ».

L'article donnait ensuite les tarifs en vigueur : quatre-vingts dollars pour une simple menace verbale, cent cinquante dollars pour un passage à tabac, trois cents dollars pour blesser quelqu'un à la jambe avec un couteau, trente mille dollars pour un meurtre.

Mustafa soupira :

— Voilà. On commence malheureusement à trop parler de nous. Quand je pense que certaines firmes dépensent un fric fou pour leur pub ! ronchonna Mustafa qui n'appréciait visiblement pas le ramdam fait autour de son organisation.

— Il est excellent, nota Yüksel en levant son verre de thé, comme pour détendre l'atmosphère.

La remarque décrispa le boss :

— Il vient de notre propriété de Rize. Vous connaissez Rize sur la mer Noire ? Mais passons aux choses sérieuses. Isker aura un peu de retard. Il était à Ankara aujourd'hui et son vol est annoncé pour 20 h 23 à l'aéroport Atatürk. Le temps qu'il arrive, avec la circulation du soir autour d'Istanbul, il sera plus de onze heures. Où en sont nos affaires du mois ?

On toqua à la porte et l'homme en costume vert entra à nouveau sans attendre d'y être invité. Il portait un plateau rectangulaire avec quatre autres verres de thé, une assiette de baklavas et de loukoums ainsi que des serviettes de coton blanc soigneusement pliées.

Yüksel déposa un dossier contenant plusieurs chemises sur le bureau du patron puis commença son compte-rendu.

Yüksel était chargé de l'immigration clandestine et gérait le passage en Europe occidentale des Kurdes, des Afghans et des Iraniens. Le deal passé avec la mafia russe (qui s'occupait pour sa part des Sri Lankais et des Chinois) et avec les mafias albanaises (qui organisaient le transit des émigrés des Balkans) lui permettait de travailler sereinement, sans aucune véritable concurrence.

— Les chiffres du mois sont bons, surtout du côté des Kurdes. Notre principal problème reste tout de même la découverte de notre implication dans le scandale de Douvres, reconnut Yüksel.

Mustafa maugréa :

— Encore de la pub dont on se passerait bien !

Décidément, on parlait ces derniers temps beaucoup trop de la mafia turque dans les journaux !

Ozker intervint :

— C'est quoi cette histoire de Douvres ?

— Il est vrai que la presse turque en a assez peu parlé. Le 18 juin 2000, on a découvert dans le port de Douvres les cadavres de cinquante-huit Asiatiques – des immigrés clandestins – dans un camion. L'Europe occidentale, toujours prompte à donner des leçons au reste de la Terre, s'est émue. Sans doute parce que tout cela se passait sur son territoire... Ses parlements ont voté des tas de motions. Jusqu'ici, on parlait surtout des bateaux albanais bondés de clandestins qui coulaient dans l'Adriatique avant d'accoster en Italie, et cela ne nous concernait guère.

— Et Douvres dans tout ça ?

— Tout se passait bien jusqu'ici. Les flics de Rotterdam suspectaient nos amis des « Triades chinoises », mais voilà qu'un de ces lourdauds a arrêté six nouveaux suspects qui ont la double nationalité, hollandaise et...

— Turque, évidemment, soupira Mustafa,

— Évidemment !

Yüksel croqua dans un baklava. Il laissa la douceur du miel envahir son palais. Son exposé était terminé.

Mustafa marmonna « On parle beaucoup trop de nous… ». Il griffonna quelques réflexions sur une feuille puis revint vers ses invités :

— Sami. C'était comment, ce voyage à Madrid ?

— Intéressant, vraiment très intéressant. Vous pouvez considérer que nous avons aujourd'hui le monopole sur Madrid.

— Enfin, une bonne nouvelle ! Raconte-moi donc ça.

Sami avala une gorgée de thé, histoire de s'éclaircir la voix :

— Nous fournissons en totalité les trois marchés de la dope en périphérie de la capitale. La Rosilla reste le plus important de ces marchés. J'y étais avant-hier.

— C'est comment, La Rosilla ?

— C'est le point le plus important de distribution en Espagne. Début 97, le gouvernement espagnol a démantelé le centre de Los Focos qui était peuplé de gitans sédentarisés. Tout ce petit peuple a rejoint ses cousins de La Rosilla. Aujourd'hui, on compte une trentaine de familles, soit huit cents personnes qui accueillent chaque jour près de trois mille clients réguliers. Chacun paye trois dollars le micra [1].

— La came provient donc exclusivement de chez nous ?

— Exclusivement. Nous la vendons à la mafia gitane.

— Les risques ?

— Il y en a peu. Nous jouons en fait un rôle de grossiste et nos détaillants nous sont fidèles. Pensez donc, une famille gitane empoche près de mille dollars par jour ! Une aubaine, car c'est une source de profit rapide qui demande peu d'efforts. Les gitans vendent la dope au grand jour, à l'intérieur de voitures garées dans leurs rues minables au

(1) Dose d'héroïne pure d'un dixième de gramme

revêtement défoncé. Les flics ne s'aventurent même pas dans le quartier. Mais ces détails ne nous concernent pas. Il nous suffit d'être très vigilants lors des livraisons. Les risques sont donc quasiment nuls pour nous.

— OK. Mais suis-moi ce chantier de très près. Je n'ai jamais eu confiance en ces caraques. Mais il n'y a pas que l'Espagne. Et pour le reste ?

Sami passa à Mustafa un dossier qui reprenait les livraisons du mois.

— Pour le reste, ça va aussi. On peut dire que les trois quarts de la consommation européenne d'héroïne passent aujourd'hui par la Turquie. Ça représente pour nous plus de six tonnes par mois.

— Très bien. Veillez à ce que nous consolidions nos positions sur le marché.

Mustafa tendit le plateau vers ses invités :

— Servez-vous donc ! Les loukoums sont délicieux. Iskem va les acheter directement au Bazar Egyptien.

Alliant le geste à la parole, Mustafa croqua un énorme loukoum à la pistache qui lui laissa des traînées blanches de sucre glace sur les lèvres. Il se retourna vers le troisième homme et demanda la bouche pleine :

— Ozker, quoi de neuf chez toi ?

— Les Occidentaux médisent.

Mustafa ricana :

— Ils ne savent que nous dénigrer. Ils déblatèrent sur quoi ?

— Depuis que « Le Soir », un journal belge, a diffusé en son temps l'information concernant les liens qui existaient entre Inci Baba et le président Demirel, tout est prétexte à salir la Turquie.

— Nos ministres sont des incapables ! Demirel a été stupide d'envisager de publier un décret gouvernemental afin d'autoriser la famille de Inci Baba, qui fut notre illustre parrain, à ériger un mausolée à sa mémoire. Le président et le gangster ! Vous parlez des roucoulades de la presse occidentale ! En fait, il ne faut pas dramatiser. Ces écrits salissent davantage le gouvernement que notre organisation !

— Bien sûr, mais à la longue, nos ministres risquent de nous éviter, et nous aurons un mal fou à décrocher les marchés sans leur complicité.

Mustafa éclata d'un rire tonitruant :

— Nous éviter ? Vous plaisantez ! Ils gagnent bien trop de fric grâce à nous pour nous abandonner. Mais cela prouve tout bonnement qu'il faut être discret. Se faire oublier... Inci Baba accompagnait le président dans ses voyages à l'étranger, c'était une maladresse inouïe ! Est-ce que vous me voyez souvent trinquer avec les ministres ?

Ozker tendit un dossier cartonné à Mustafa :

— Voici une première liste des marchés qui devraient nous être attribués. J'ai joint également un rapport sur le rachat de la Turk Ticaret Bankasi par un homme de paille.

— La Turk Ticaret Bankasi ? Rien que ça ! Bravo Ozker, j'aime cette audace. La Turk Ticaret est quand même la plus importante banque publique du pays.

— Je sais, patron...

Ozker eut un sourire de satisfaction. Il avait étonné son patron et cela le ravissait.

Le Boeing 737 de Turkish Airlines ne se posa qu'à 20 h 50 sur la piste d'atterrissage de l'aéroport Atatürk d'Istanbul. Le vol TK143 était le dernier, et ce retard exaspérait les hommes d'affaires qui regagnaient leurs pénates après une journée éprouvante en Anatolie. Isker ne serait pas ponctuel à la traditionnelle conférence mensuelle mais le patron était prévenu.

Le taxi jaune s'englua sur le parcours entre l'aéroport et

le palais des Tulipes.

La nuit était tombée lorsque Isker parvint enfin au siège de l'organisation. Deux gardes en costume vert ouvrirent la lourde porte blindée sur un jardin de rêve. Les parterres de tulipes rouges débordaient des pelouses tondues ras. Une odeur d'herbe fraîchement coupée emplissait le soir. Les forsythias jetaient de larges taches jaunes dans le ciel sans lune. Au loin, le Bosphore coulait des eaux noires et peu engageantes. Les lumières scintillantes de la rive européenne s'y reflétaient en clignotements furtifs.

Il faisait doux. La nuit était délicieusement parfumée. Sans doute l'exhalaison des jasmins ou des chèvrefeuilles qui escaladaient les hauts murs de clôture.

Lorsque Isker prit place près de la table basse, Mustafa, Sami, Yüksel et Ozker discutaient des marchés en cours en grignotant des baklavas et des loukoums.

Il était question de rebâtir les villes dévastées par le tremblement de terre d'août 1999. Plus que les trente mille morts et les quarante mille blessés, c'étaient les immeubles à reconstruire qui intéressaient les quatre hommes. Des dizaines de grands ensembles résidentiels s'étaient écroulées comme des châteaux de cartes. Alors, il s'agissait maintenant d'en ériger de nouveaux dans les paysages ravagés. Reloger des dizaines de milliers de personnes, voilà un chantier lucratif ! Bien sûr, la presse s'était fait l'écho de l'indignation de la population et accusait les dirigeants d'avoir laissé ériger des bâtiments hors des normes. « Meurtriers » avait même accusé, à sa Une, le quotidien Hürriyet. Le rédacteur dénonçait les constructeurs irresponsables qui, pour augmenter leurs bénéfices, utilisaient des matériaux bon marché et rognaient sur la qualité et la quantité de ciment et de fer nécessaires à la consolidation des bâtiments, ignorant les principes de sécurité élémentaires dans une région sismiquement active.

Alors, à l'avenir, on mettrait un peu plus de ciment dans le béton, histoire de faire taire les critiques… Mais les bénéfices resteraient quand même gigantesques.

L'homme au costume vert apporta cinq autres verres de thé et une assiettée de loukoums à la rose.

Mustafa sembla ravi de l'arrivée d'Isker.

— Alors, que dit-on à Ankara sur tous ces marchés de reconstruction ?

— Ils vont être lancés incessamment et nous serons, évidemment, bien placés. Ça ne devrait pas poser de gros problèmes pour nous. Mais le gouvernement est surtout furax contre les Français.

Mustafa ne sembla guère surpris :

— La reconnaissance du génocide arménien ?

— C'est ça.

— Et on peut en tirer quoi, de cette situation ?

— D'abord noyauter tous les appels d'offres dont les Français ont été exclus. Il y a un fric fou à se faire. Par exemple, ce marché de quatre milliards et demi de dollars pour la fourniture d'hélicoptères qui est désormais interdit à Eurocopter. Il y a également la livraison d'un millier de chars de combat d'ici 2013.

— Quel montant ?

— Huit milliards de dollars. Une sacrée somme ! C'est quand même plus facile pour nous de nous immiscer dans les propositions américaines ou russes que dans celles des Français.

— Tu as la liste ?

Isker tendit un feuillet qui portait un tableau indiquant l'objet des marchés et leurs montants estimés.

— Voilà.

— Et en dehors de ça ?

— Tous les ministres recherchent dans leurs archives tout ce qui pourrait salir la France et infirmer ce terme de génocide pour les événements de 1915. On inonde les boîtes aux lettres électroniques des députés et sénateurs français de messages de protestation condamnant cette reconnaissance. Il s'agit, pour Ankara, de replacer ces massacres dans un autre contexte. Par exemple, celui de la guerre ou de l'insécurité de l'époque. Il s'agit aussi de dénier au parlement français le droit d'écrire l'histoire, en rappelant à Paris que les Français n'ont pas à la ramener avec la chasse aux juifs pilotée jadis par le gouvernement de Vichy, les massacres coloniaux en Indochine ou en Algérie. En plus, le 30 janvier 2001, un communiqué a été publié par la communauté arménienne de Turquie qui condamne la promulgation de la loi reconnaissant au nom de la France « et au mépris de toute vérité historique, un prétendu génocide arménien ». On déplore, on menace. Le Premier ministre turc Bulent Ecevit a reçu l'ambassadeur de France à Ankara, Bernard Garcia, pour l'avertir que les relations entre les deux pays subiraient un dommage durable et de grande ampleur.

— Cela ne nous concerne pas. Je me fous des Français et de leurs histoires. Je préfère leurs femmes, répliqua Mustafa d'un ton enjoué. Savez-vous que leur impératrice, Eugénie, a séjourné trois mois dans le palais voisin de Beylerbeyi à son retour des cérémonies d'inauguration du canal de Suez ? ajouta-t-il d'un air malicieux. Avec Abdul Hamid en plus ! Je pense que, compte tenu de sa réputation, le sultan l'a grandement honorée de ses ardeurs amoureuses. En plus, son imbécile de cocu de mari, l'empereur des Français Napoléon III, n'a rien trouvé de mieux que d'offrir au sultan des vases de Sèvres afin de le remercier pour son hospitalité !

Il rit de bon cœur mais revint à sa préoccupation :

— Les manœuvres d'Ankara ne sont que des arguments de politicards et nous n'en tirerons pas un dollar ! Laissons-les à leur dénégation et, surtout, restons en dehors de tout ça ! Je crois qu'il vaut mieux se concentrer sur votre tableau, reconnut Mustafa en agitant le feuillet qu'Isker lui avait remis.

— Je voudrais terminer sur l'histoire de la reconnaissance du génocide. J'ai ici quelque chose qui pourrait vous intéresser.

Mustafa fronça son sourcil droit :

— Oui…

— Je sais qu'un amateur d'art tel que vous recherche toujours des pièces rares.

— Bien sûr. Savez-vous que j'ai commandé un nouveau Renoir pour mon bureau ? annonça-t-il d'un air gourmand.

La salle était ornée de plusieurs tableaux impressionnistes et de gravures du dix-huitième siècle. Une longue vitrine en acajou occupait tout un mur et présentait une collection de trésors : des porcelaines chinoises, des armes hérissées de barbelures et serties de gemmes, trois chandeliers d'or rehaussés de diamants, des faïences turques, des vases de jade, un carquois enrichi de rubis et de saphirs, des encensoirs en or, un livre enluminé du quatorzième siècle, des miniatures persanes. Un vrai petit Topkapi !

Isker poursuivit :

— Connaissez-vous le Kandjar ?

— Bien sûr. C'est le joyau de Topkapi. Un poignard oriental en or orné de trois émeraudes. Jules Dassin en a même tiré un film dans les années soixante.

Isker se leva et pointa son index vers la vitrine :

— Je pense que le Kandjar serait très en valeur ici.

Mustafa se leva et prit un ton irrité :

— Isker, je ne comprends rien. Venez-en au fait ! Et si

vous avez quelque chose à me dire, ne tournez pas autour du pot, cela m'énerve. Parlez donc !

— Eh bien, je sais comment vous pouvez mettre la main sur le Kandjar !

— Mais vous divaguez, mon brave ! Le Kandjar est la gloire de Topkapi. Chaque année, un million de touristes fait des heures de queue afin de l'entrevoir l'espace de quelques secondes. Je sais que nous avons réalisé des coups pendables, mais voler le Kandjar à Topkapi… Vous avez été sans doute trop influencé par le film de Dassin, mon pauvre !

Isker sourit et fixa son boss dans les yeux :

— Je n'ai jamais vu ce film, patron. Je sais simplement que le Kandjar, que ces millions d'imbéciles admirent, n'est pas le véritable poignard. Ce n'est qu'une copie, certes une admirable copie, mais, une copie. Et cette imposture dure depuis plus de quatre-vingt-cinq ans !

Mustafa reprit place dans son fauteuil et sonna à nouveau. Il avait besoin d'un autre thé car le sujet devenait bigrement intéressant.

— Racontez-moi cela, mon jeune ami.

— Je vous ai dit que les ministères dépouillaient leurs archives de 1915 afin de bâtir une stratégie montrant que les massacres d'alors ne pouvaient constituer un génocide.

— Ça, je sais, vous me l'avez déjà raconté. Parlez-moi plutôt du poignard !

Les digressions d'Isker agaçaient Mustafa.

— Excusez-moi, patron, mais tout cela est lié. J'en viens donc au poignard.

L'homme au costard vert apporta cinq nouveaux thés fumants. Isker saisit un verre orné de motifs dorés qu'il fit tourner entre ses doigts et poursuivit.

— Au milieu de ces archives – que j'ai pu consulter à Ankara – j'ai découvert une bien étrange histoire. Celle du Kandjar. Un épisode que tout le monde a oublié depuis des décennies.

— Oui…

— En fait, le véritable Kandjar a été dérobé dans la nuit du 24 avril 1915 par un jeune Arménien du nom de Sarkis Balyan. Sarkis a été pourchassé pendant plusieurs mois à travers l'Anatolie par Serif Akan, un officier de l'armée, qui voulait récupérer ce poignard en or. Mais Sarkis a pu s'enfuir vers la France. J'ai ramené avec moi les comptes rendus de Serif Akan.

— Qu'est devenu cet officier ?

— Il a fait son bonhomme de chemin dans l'armée de la république puis est retombé un peu par hasard, sur la trace de Sarkis. C'était en 1939 et à Iskenderun, un petit port de la Méditerranée proche de la Syrie. Cette histoire a été enterrée dans les archives de l'armée de terre parce qu'à l'époque, nos militaires avaient sans doute bien d'autres choses à faire. Aussi, je vous rapporte un cadeau d'Ankara…

Mustafa buvait son thé avec délectation. Il se pencha au-dessus du dossier qu'Isker posa sur son bureau et l'ouvrit. C'étaient des archives, des pages jaunies. Les rapports de Serif Akan et toute une flopée de documents concernant le fameux poignard orné d'émeraudes.

Isker continua :

— Cela signifie donc que le poignard actuel, ce joyau que le monde entier admire, n'est qu'une copie. La preuve figure dans ce dossier. Cette copie a été réalisée à la demande de Talaat, en octobre 1915 par un orfèvre qui a ensuite été exécuté afin que rien ne soit divulgué. La pièce du musée Topkapi n'est pas en or, elle est seulement plaquée et ses pierres ne sont que de la vulgaire verroterie. Le véritable Kandjar se trouve chez ce Sarkis Balyan ou, plus probablement, chez un de ses héritiers.

— Ce Sarkis doit être mort aujourd'hui. Pensez donc que cet épisode s'est déroulé il y a plus de quatre-vingt-cinq ans !

— Mort ? Peut-être pas. Sarkis Balyan est né en 1906. Il n'avait que neuf ans à l'époque.

— Et vous pensez que l'on peut mettre la main sur lui ou ses enfants aussi facilement ?

— Facilement, sans doute pas. Mais nous avons des milliers de contacts à travers le monde. Et puis, je sais où le bateau qui a transporté Sarkis Balyan, lorsqu'il quitta la Turquie en 1924, a accosté. À Marseille. Je pense qu'avec notre organisation, ce ne sera pas bien difficile de localiser les descendants de cet homme. Ce ne sera qu'une question de temps. Faudra-t-il trois mois ou trois ans, je ne sais pas ? Et puis, le jeu en vaut la chandelle, non ?

Mustafa eut un hochement de tête affirmatif.

Toutes ces histoires de trafic d'immigrés clandestins, de drogue, de marchés pipés le lassaient. Il était devenu un haut fonctionnaire du crime qui regardait les grands bateaux franchir le Bosphore, sans jamais pouvoir grimper sur l'un d'entre eux et repartir à l'aventure.

La chasse au Kandjar l'amuserait et le poignard serait le joyau de sa collection.

— Vous avez carte blanche, Isker, mais ramenez-moi ce poignard !

Mustafa congédia ses quatre lieutenants et fixa longuement les immeubles sales de la Corne d'Or, sur l'autre rive.

Les minarets des mosquées perçaient le ciel indigo.

Les tulipes semblaient se gorger de la fraîcheur de la nuit et le parfum entêtant du jasmin montait jusqu'à la fenêtre.

Le Kandjar !

Mustafa sourit machinalement. Il trouva tout à coup la vie moins monotone.

Corbières, le vendredi 13 avril

La 205 rouge au capot jaune quitta Marseille en remontant le chemin du littoral à fond de train. Bubble avait encore augmenté le son, sans doute pour se gaver de bruit et avoir l'illusion d'oublier l'infernale course-poursuite. IAM terminait « Elle donne son corps avant son nom » :

« Les cascadeuses étaient parties
En m'habillant, je palpais mes poches : vides
Plus de chèque, plus de carte, plus de liquide
Le plan était simple et sans accroc
Si on rattrape les gazières, on les éclate à coups de marteau
On a foncé au centre-ville, on a aperçu les filles
Pénétré dans un bar américain
Devant la porte, il y avait le type du bar, la baraque
On a compris mais trop tard que ce mec était leur mac
J'ai dû trouver un exutoire pour passer mes nerfs
Et un skin a morflé des coups de black et decker

Traitez les filles avec respect mais attention
Prenez garde à celles qui ne donnent pas leur nom »

À hauteur du Ruisseau Mirabeau, une marmaille traînait à la sortie du camp de gitans et s'essayait à l'intifada contre les automobilistes attardés.

Calambo les ignora, klaxonna et fonça résolument vers l'Estaque. Il évita les jets de pierre et récolta deux douzaines de bras d'honneur et une palanquée d'insultes dans une langue incompréhensible.

Il roulait la fenêtre ouverte et avait repris ses esprits. Bubble s'acharnait sur un malabar tout neuf. L'odeur de fraise synthétique du chewing-gum mâché emplissait l'habitacle.

— Ils nous voulaient quoi, d'après toi, ces conneaux ? demanda Bubble à son chauffeur.

— Les minots, ils voulaient simplement nous canarder avec des caillasses. Après, dès que tu t'arrêtes, les aînés arrivent et… adieu la bagnole !

— C'est pas de ces conneaux de minots que je te parle, con ! C'est de la bé-emme sur la Caneb'!

— Ça alors, j'en sais que dalle. Avec tes conneries à répétition, la moitié de la population de Marseille a de bonnes raisons de nous en vouloir. C'est peut-être des gars à qui tu as piqué la carte bleue…

Bubble grogna :

— Pas possible. Comment ils auraient su ? C'est pas possible, je te dis…

La Peugeot traversa l'Estaque. Le quartier, où les patrons de bistrots ne jouent guère les noctambules, était évidemment désert. Bubble en fit la remarque :

— Oh, mon con, y a dégun à l'Estaque !

— Normal, reconnut Calambo. Les bistrots ferment tôt et on a un mal fou pour boire un coup après huit heures, alors, à deux heures du mat', ça fait déjà quelques plombes que les estaquéens roupillent. Les mecs ici, ils se couchent comme les poules. Mais c'est pas notre problème, Bubble. Notre problème, c'est cette bé-emme qui nous a pris pour une auto-tampon et ce fêlé qui nous flinguait en plein centre-ville. Si un jour je me fais trouer la peau, j'aimerais bien que ça soit pas pour des prunes ! Alors, quelle connerie tu as encore faite ?

La bulle rose claqua bruyamment et Bubble parut contrarié :

— Que dalle. J'ai fait que dalle, bordel ! Et puis, c'est peut-être toi qui as déconné ! T'es pas blanc blanc, tu sais !

— Ouais, tu parles...

Calambo resta muet.

Les combines à la noix, c'était leur lot quotidien.

Calambo avait débuté à treize ans dans le vol de voitures de luxe sur les parkings de supermarché. Il n'avait pas son pareil pour crocheter une serrure ou démarrer une grosse berline avec un fil de fer et un tournevis. Pour chaque véhicule ramené, on lui refilait trois mille balles.

C'est sur le parking du Carrefour, au Merlan, qu'il avait rencontré Bubble qui s'essayait au vol à la tire. Kader et La Bêche traînaient, eux, dans de sales histoires de dealers.

Les quatre minots avaient mis leur talent en commun et voguaient d'affaire en affaire. La clémence des tribunaux envers les mineurs leur avait permis de passer à travers les mailles de la justice, malgré de multiples récidives.

La bande avait travaillé pour des monte-en-l'air des Chutes-Lavies qui écumaient les jolies villas de Bois-Lemaitre et de Montolivet. C'était un job lucratif et pas très compliqué : les gosses s'infiltraient par des trous de souris dans l'enceinte de la villa, puis ouvraient en grand les portes aux casseurs qui n'avaient plus qu'à débarrasser les pièces luxueuses de tous leurs bibelots aussi inutiles que précieux.

Un jour, Bubble fut retrouvé coincé dans le soupirail d'une baraque du boulevard Henri Fabre par les proprios furax. L'embonpoint naissant du benjamin de la bande lui avait été fatal mais, une fois de plus, il fut libéré après un bon sermon dont il n'avait que faire.

Ils se posèrent cependant la question de leur avenir…

Et comme leur avenir, c'était davantage la rue et les combines que les bureaux d'études, ils eurent une idée ou, plus exactement, Bubble eut une idée. Il fallait se reconvertir dans le délit clean.

Il faut préciser que Calambo avait fêté ses dix-huit ans et que ses comparses ne tarderaient pas à entrer eux aussi dans le club des adultes, perdant ainsi cette immunité minoritaire qui les avait toujours protégés de la tendresse des matons.

À une autre époque, ils auraient sacrifié au braquage ou mis quelques cagoles de leur connaissance au tapin, mais, dans ce vingt-et-unième siècle immergé dans les nouvelles technologies, il fallait faire preuve d'un minimum d'imagination. Le temps de Borsalino était révolu… Et puis, ils étaient tous épais comme des bacalaous – mis à part l'obèse Bubble, que son embonpoint n'avantageait pas plus que les maigrichons pour l'action – et n'inspiraient ni la crainte, ni le respect. Ils avaient donc dû se rabattre sur des escroqueries peu physiques et plus intellectuelles.

« Quand on est taillé comme une esquinade, mieux vaut faire fonctionner la tronche » avait déclaré Bubble avec une évidente satisfaction.

C'est ce même Bubble qui avait eu l'idée de traficoter dans la carte bleue. Le garçon tristounet n'avait jamais posé son large cul sur les bancs de la fac mais il était fana de micro informatique. Il lisait avec attention tout ce qui se publiait sur le sujet et se passionnait pour ce fric virtuel qui circule sur les réseaux sans jamais montrer sa couleur. Il avait rapidement convaincu ses (jeunes) compères que le braquage avec la cagoule et le fusil d'assaut, c'était d'une autre époque et tout juste bon pour les ensuqués.

Et comme leurs premières tentatives avaient été couvertes de succès, la monétique leur ouvrait ses bras généreux...

La carte bleue, ça, c'était un bon truc !

De l'argent qui rend riche sans qu'on le manipule jamais, de celui qu'on peut piquer sans violence, sans trace, rien qu'avec un peu de malice. Et, à ce jeu, le gros Bubble s'avéra vite être un cador !

La bande avait débuté dans le « collier marseillais »[2]. Ils avaient profité de l'affolement des gogos d'un certain âge peu habitués aux distributeurs de billets pour récupérer par ce biais pas mal de cartes bleues. Ensuite, ils retiraient un peu de fric par-ci par-là et effectuaient des moulons d'achats via l'Internet.

Bubble pianotait sur le clavier de son ordinateur avec une dextérité de clarinettiste. Des wagons de cd, de matériel hi-fi, de vieux bouquins et de timbres-poste des anciennes colonies britanniques arrivaient chaque jour dans le studio sordide qu'ils avaient loué cinq cents balles par mois, un investissement minime, dans la rue Marie-Joseph, à deux pas du chemin de la Madrague-Ville. Kader

(2) On appelle « collier marseillais » un petit dispositif matériel muni d'un fil mince (collier) collé sur le distributeur, sur la fente duquel on insère la carte. Lorsqu'un gogo veut retirer du fric au distributeur de billets, la carte est retenue par ce fil fixé à l'intérieur du dispositif. Le code est inopérant et une bonne âme s'approche alors du gogo affolé en lui révélant que la même mésaventure vient de lui arriver, qu'il suffit de refaire le code afin de récupérer la carte. Le gogo, dans son affolement, compose son code sous le regard du bon samaritain mais ne peut pourtant pas récupérer la carte. Lorsqu'il s'éloigne afin d'aller faire opposition, le bon samaritain n'a plus qu'à décoller le dispositif et à récupérer la carte retenue par le « collier ».

et La Bêche revendaient tout le bazar sur le marché aux puces qui se tenait à deux pas de là, le dimanche matin. Vers les cinq heures du mat' – une heure peu prisée par la grande foule – les habitués et amateurs de jolies choses bon marché venaient s'approvisionner en antiquités et objets de valeur « tombés des camions ».

Et puis, un beau jour, la combine du « collier marseillais » avait été éventée…

Il y avait eu des articles dans les journaux, une description de l'arnaque, des interviews de gogos escroqués et pleurnichards qui monopolisaient les journaux de M6 et FR3. Une fois de plus, les journalistes avaient semé la merde… Depuis, les bonnes gens se méfiaient dès qu'ils s'approchaient d'un distributeur de billets.

Aussi, il avait fallu se reconvertir et trouver autre chose.

Lila – une fille à qui Calambo faisait du gringue et qui avait rejoint la bande pour se faire un peu de blé, avait alors eu l'idée du « Centre d'opposition ».

Tout commençait avec Kader et La Bêche qui étaient adroits comme c'est pas permis pour piquer un portefeuille ou un baise-en-ville. Bubble, qui apparaissait de plus en plus comme le cerveau de la bande, avait déclaré : « Les Arabes, c'est bon que pour voler, pas pour phosphorer ».

Alors les deux beurs volaient à la tire. Il suffisait ensuite de dégoter dans les fafiots qu'ils ramenaient le numéro de téléphone de monsieur Machin et le mécanisme se mettait en branle.

Inexorablement.

Lila entrait en jeu. Elle appelait de sa voix chaude et feutrée depuis une des cabines du square Bir-Hakeim, devant le Centre-Bourse :

— Bonjour monsieur Machin, ici l'accueil des Nouvelles Galeries à Marseille. Notre rayon habillement nous signale un achat suspect avec votre carte bleue. Vous aurait-elle été volée ces derniers jours ?

Le monsieur Machin, un peu affolé (c'est logique dès qu'on parle de carte bleue et de vol), recherchait son portefeuille qu'il ne trouvait pas, s'affolait : « On me l'a volé, on me l'a volé ! » couinait-il.

Il suffisait ensuite de resserrer le nœud. À l'autre bout du fil, la voix féminine se voulait sereine et rassurante :

— Ne vous inquiétez pas, cher monsieur, ce n'est pas un drame mais contactez donc immédiatement le centre régional d'opposition au 04-91-56-74-68. Toutes les transactions effectuées avec votre carte seront alors bloquées.

— Bien sûr, madame, j'appelle tout de suite. Merci mille fois !

Le quidam appelait derechef le numéro en question. Une voix d'homme posée – Calambo, parce que c'est lui qui avait la voix la plus grave – le tranquillisait :

— Ne vous inquiétez pas, cher monsieur Machin. Nous établissons l'opposition immédiatement. Rien ne sera débité sur votre compte. Indiquez-moi simplement votre code secret afin que je puisse bloquer toutes les opérations.

Rassuré, monsieur Machin épongeait son front et crachait son code secret.

Erreur fatale !

La folle sarabande pouvait alors commencer.

Dès que monsieur Machin raccrochait, Calambo filait aux Nouvelles Galeries toutes proches. Il retirait un max de fric au distributeur de billets du rez-de-chaussée, puis effectuait dans la galerie marchande pour quelques milliers de francs d'achats.

Ensuite, l'équipe recommençait avec monsieur Truc, madame Chose et leurs cousins. À quatre ou cinq clients par jour, les revenus de la bande n'avaient plus rien à voir avec le errémi !

Le parking de Corbières ressemblait à une ruche.

Cette activité, normale l'été en pleine après-midi

lorsque tous les quartiers nord convergent vers la plage réaménagée, pouvait paraître surprenante à plus de deux heures du mat'. On aurait pu s'attendre à plus de calme dans ce lieu isolé qui surplombait la mer, entre l'Estaque et le tunnel du Rove.

Mais ici, c'était le rendez-vous des bandes de jeunes loubards :

— De ceux qui revenaient de traîner leur ennui et leur morosine dans des boîtes désertées par les filles. Ils avaient picolé, ils s'étaient emmerdés comme des rats morts. Ils finissaient la nuit ici, en vidant des canettes de Heineken qu'ils fracassaient ensuite contre les rochers.

— De ceux qui rentraient avec le butin de leurs expéditions illicites sur la Côte Bleue. Ils avaient raclé tout ce qu'ils avaient pu dans les villas désertées. Ils ramenaient au passage quelques Golf GTI ou bé-emme que leurs proprios avaient négligemment garées dans les rues. Ils avaient rempli un vieux fourgon cabossé de sièges arrière de Mégane et de 306 qu'ils revendraient aux possesseurs des mêmes modèles version entreprise (c'est-à-dire sans siège arrière !).

— De ceux qui préparaient méticuleusement la vente des comprimés d'ecstasy destinés aux free parties qui se tiendraient le lendemain dans la Crau.

Ici, tout ce petit monde se regroupait et fumait quelques joints en vidant des camions de Desperado, d'Eku et de Tequila.

Les occupants de la Ford Mondeo parquée le long de la voie ferrée paraissaient avoir d'autres passe-temps. Ils s'excitaient, à trois, sur une gamine de seize balais azimutée aux amphétamines et aux hallucinogènes, et à la recherche de sensations.

L'Estaque dormait et le parking de Corbières vibrait. Ici, manifestement, on brûlait sa jeunesse comme on pouvait.

La Peugeot rouge au capot jaune stoppa dans un crissement de pneus sur les gravillons, à cinquante centimètres à peine des deux boosters garés le long de la rambarde surplombant la plage. Les haut-parleurs hurlaient toujours. IAM avait attaqué la bande du film « Taxi ». C'était un peu de circonstances.

« Grimpe dans mon taxi
Système boumbing
Caisse clean
Rouler en rimes
Mais ça, ici-là
Elle assise là
Mais moi dans le mia
Def Bond et K-Reen, quoi ?
Qu'est-ce qu'y a ?
Je pourrais tourner en ville des heures pour elle
Au volant de ma Benz Merco flamb, mais elle
Se fout de tout ça
Qui que ce soit, elle aime pas ça »

La baie de Marseille s'ouvrait largement. Ses eaux noires semblaient d'une profondeur infinie. Elles étaient bordées par des fils lumineux, les éclairages fades et jaunâtres des routes du bord de mer. Plus haut, à gauche, les néons rouges et bleus de Grand Littoral surplombaient les quartiers ouvriers de Saint-Henri et Saint-André. En face, la Bonne Mère, drapée dans son or avec son niston sur le bras, veillait sur la cité, et elle devait avoir pas mal de peine, la Bonne Mère, à protéger tout son petit monde déjanté ! À droite, le Frioul dressait son bloc noir, encore plus noir que la mer et le ciel, comme une obscure menace.

Il n'y avait qu'une anomalie dans ce paysage d'ombre absolue : cette énorme lueur orangée qui s'élevait derrière les tours du fort Saint-Jean. C'était la couleur redoutée des flammes du mois d'août, lorsque les pinèdes crépitent avant de prendre leurs habits de deuil sur le sol gris. Le feu ! Mais cette lueur, cette couleur, c'était bon pour les collines qui s'étendaient derrière la carrière de Chagnaud, mais pas pour le Vieux-Port !

Car, c'est bien évident, il n'y avait ni pinède, ni garrigue sur le Vieux-Port…

La Bêche et Kader avaient délaissé leurs boosters. Ils étaient assis sur le mur et balançaient leurs pieds au-dessus du vide, comme par jeu, en tétant des canettes de Desperado tiède.

Bubble s'extirpa avec plaisir de la 205. Manifestement, les designers de Peugeot n'avaient pas imaginé ce véhicule pour des gabarits comme le sien. Aucune voiture, française ou étrangère d'ailleurs, n'était en fait conçue pour transporter des êtres cubiques.

Bubble harangua Kader et La Bêche :

— La putain, vous allez tomber et vous escagasser sur les rochers ! Vous voyez pas que vous tenez plus debout !

Bubble avait lu dans leurs yeux l'abus de toutes sortes de choses qui transforment la réalité en mirage. Des produits qui font voir la vie en rose. Il craignait que ses amis se prennent pour des oisillons et essayent de s'envoler audessus de la jolie calanque.

— Putain, baisse un peu le son, on s'entend plus ici. On a besoin de calme, nous ! maugréa La Bêche.

— C'est quoi, ce machin ? Y a le feu ? demanda Kader en pointant son index vers la lueur flamboyante.

Bubble coupa le son et sembla prendre de l'assurance, bombant le torse :

— Des mecs qui nous faisaient chier. Tu vois ce qu'on leur fait, nous, aux mecs qui nous font chier ? On les fait cramer !

Kader se retourna vers Calambo :

— La putain, Calambo, il est chlass, le cube ! C'est quoi ce feu ?

Calambo éclata de rire :

— C'est vrai qu'il est à la masse, Bubble, mais sur ce coup, il a raison !

Il leur raconta par le menu la partie de stock-car qui avait commencé en haut du boulevard Longchamp et s'était terminée, pour la bé-emme, par un bain de minuit et un feu d'artifice.

— C'est sûrement des gars qui n'apprécient pas notre petit trafic de cartes bleues, conclut Calambo.

— Sûrement, approuva La Bêche.

— Vous faites quoi maintenant ?

— Maintenant, je vais me coucher, déclara Calambo. Demain, il fera jour et j'ai rencard avec Lila à onze heures. La journée commence tôt !

— Vous me ramenez, les gars ? s'inquiéta Bubble en se retournant vers les boosters.

— Tu déconnes ou quoi ? Tu sais où on crèche, nous ?

La réaction de La Bêche était logique : avec Kader, ils habitaient la cité de La Castellane, à Saint-André, et Bubble demeurait beaucoup plus loin, du côté de Malpassé. Le détour était important.

— Soyez pas dégueu, les potos ! Qu'est-ce que je vais branler ici toute la nuit ?

— Ouais, ça va, je te chale, ronchonna Kader qui n'appréciait guère de trimbaler l'obèse sur son booster, mais je t'avertis, j'ai pas d'éclairage.

— Merci de le prendre en charge, Kader, mais demande-lui de cracher son malabar. Il va t'en foutre plein les tifs avec ses bulles à la con !

Bubble grimpa sur l'arrière du booster qui sembla se cabrer sous l'effet du poids et agrippa Kader par les flancs.

— La putain, Calambo, ça pue l'Arabe, ici ! plaisanta

l'obèse en esquissant un rictus.

La Bêche cassa sa canette vide contre le muret en pierre et démarra en direction de l'Estaque. Le couple Kader-Bubble dévala à sa suite la longue descente qui conduisait au port de la Lave. Le booster n'avait ni phares, ni feux de position. Sa silhouette se découpait dans la nuit avec des allures irréelles. Calambo se demanda un court instant si un tel engin pouvait supporter un poids pareil. Arriver à l'Estaque au terme d'une longue descente ne poserait certainement pas de problème… mais Bubble habitait bien plus loin, du côté de Malpassé.

La 205 reprit la route du Rove et tourna à gauche avant le tunnel. Calambo passa devant l'auberge du Resquilladou, longea la voie ferrée et se gara en bordure de route.

Il eut une drôle d'impression en insérant la clé dans la serrure du portail. Celui-ci n'était pas fermé. Pas plus que la porte d'entrée.

Les deux battants de la porte-fenêtre balançaient mollement au gré des souffles d'air mais, plus qu'un courant d'air, c'était un véritable ouragan qui était passé par-là. À l'intérieur, tout était sens dessus dessous. Le contenu des tiroirs du buffet était répandu sur le sol, les tableaux arrachés, les coussins éventrés, les armoires renversées. Un vrai carnage. Un vrai ouaille. Un ouaille pire encore que celui de la chambre de Bubble qui méritait pourtant une inscription au Guiness des records pour son légendaire bordel.

Calambo dressa un rapide état des lieux : on ne lui avait rien piqué. Ni sa chaîne hi-fi, ni ses cd, ni sa télé couleur 16/9. Devant le désastre, il ne se sentit pas la force de passer ici le reste de la nuit à tout ranger : il récupéra simplement sa couette sur l'épaule, une bouteille de tequila et un grand couteau de boucher (au cas où). Il sortit. Tout était calme aux alentours, le calme qu'on peut raisonnablement espérer la nuit sur le coup de trois heures du matin. Il traversa le chemin goudronné et gagna la pinède. À une vingtaine de mètres du bord de la route, il connaissait un coin couvert de baouco et bien abrité du mistral par une restanque. Il s'y installa et but une longue rasade d'alcool qui lui enflamma le gosier et lui troubla délicieusement l'esprit.

Il dormirait mieux ainsi. Le vent sifflait dans les branches des pins d'Alep.

Le lieu était confortable et discret. Il avait souvent amené des filles ici, mais c'est la première fois qu'il envisageait d'y passer la nuit.

Il regrettait que Lila ne soit pas là, avec lui. Elle était allée passer la soirée chez son frère cadet, le seul de la famille qui l'avait soutenue après sa fugue. Il faut dire qu'une fille, mineure en plus, qui la ramène, ce n'était guère toléré chez les Faoussi. Alors elle s'était tirée, loin des bastonnades généreusement distribuées par le père et le frère aîné, loin de l'ami de la famille – elle l'appelait Tonton – qui la violait régulièrement dans les caves de l'immeuble depuis qu'elle avait douze ans, loin des tournantes de la cité qui s'abattraient un jour sur elle.

Calambo aurait aimé sentir auprès de lui le corps chaud de la fille, sa bouche sucrée, deviner l'éclat de ses yeux noirs dans la nuit.

Mais Lila n'était pas là. Il se recroquevilla en chien de fusil. L'alcool engourdissait son esprit et il s'assoupit un instant.

Un instant seulement car, en fait, il ne ferma pas l'œil.

Le sourire évanescent de Lila, ce mistral qui ne s'arrêtait jamais et surtout cette bé-emme folle qui transformait le Vieux-Port en brasier hantèrent sa courte nuit.

Malpassé, le vendredi 13 avril

Les fenêtres joignaient mal et c'est un rayon de soleil qui réveilla Bubble sur le coup de neuf heures du matin.

Grincheux, Prof et Timide dormaient en boule au pied de son lit. Les trois matous avaient certainement dû avoir un mal fou à dénicher une place entre les monceaux de canettes de bière, les cd dispersés aux quatre coins de la carrée, les verres et les bols qui traînaient sous le lit depuis cent sept ans, les vieux magazines – Onze, Play-Boy, Rock'n Folk ou Union – aux pages racornies, les autoradios aux fils arrachés, les vêtements sales voire souillés.

Sur les murs, le désordre de l'occupant se manifestait aussi par une accumulation de posters épinglés qui exhibaient de curieux assortiments où Lolo Ferrari (version topless évidemment) côtoyait Schumacher, Ravanelli, Freddy, la Cicciolina version 16/9, Doc Gynéco, Che Guevarra ou Bob Marley. Plusieurs dizaines de vignettes Panini dédiées aux joueurs de l'OM étaient collées les unes sur les autres à même le mur.

Sur la commode, un ordinateur doté de tous les périphériques possibles et imaginables s'était mis en veille et affichait un économiseur d'écran un tantinet pornographique. Un amoncellement de cd-rom et de disquettes montrait l'intérêt du jeune grassouillet pour l'innovation et la technologie.

L'odeur de la carrée était à la hauteur de son aspect : les émanations de rance, de transpiration, de vieux pipis et de pourriture ne semblaient pas troubler Bubble, qui ronflait comme une locomotive à vapeur, ni les homonymes des nabots de Disney, des chats de gouttière qui avaient dû connaître, il est vrai, une jeunesse beaucoup plus rude.

C'est donc un rayon de soleil qui réveilla Bubble. Le cheveu en bataille, l'obèse se releva avec difficulté, avala un chewing-gum et débuta sa journée masticatoire. Il marcha maladroitement sur la queue de Prof (qui se rebiffa d'un coup de griffe) et salua ce jour nouveau par une flatulence tonitruante.

La télé hurlait. Pater était évidemment dans la salle à manger, affalé dans son antique fauteuil de cuir troué, un verre de pinard à la main. Il se retourna et salua son fils avec acrimonie :

— La putain, ça y est, on se réveille ! On vit à l'heure des riches dans ce gourbi !

Bubble haussa les épaules. À quoi bon se disputer si tôt dans la journée ? Mais Pater ne lâcha pas le morceau :

— À quelle heure t'es rentré ce matin ? C'était plus de trois heures, je suis sûr !

— Tu es sûr, tu es sûr… pourquoi ? Ton film de cul s'est terminé à quelle heure cette nuit ? À deux heures, comme d'hab'?

Pater souffla et son regard retourna vers le téléviseur et le costar tennis de Frank Nitti. M6 diffusait un énième épisode des « Incorruptibles » avec Robert Stack. Atchoum et

Dormeur, qui méritait bien son nom, ronronnaient au pied du fauteuil. Pater aimait bien M6 et ses rediffusions de feuilletons américains de la belle époque : ça lui rappelait sa jeunesse, le temps où il possédait une belle tignasse rousse, le temps où il était svelte et embarquait les filles à la sortie des boums. Il aimait aussi les séries plus récentes, celles où les filles en maillot de bain et aux lolos fermes – magie du silicone ! – discutaillent avec de beaux blonds bronzés et tortillaient du cul afin de les aguicher. En fait Pater aimait tout ce que la télé diffusait et se demandait encore comment il avait pu survivre à l'époque où la lucarne magique n'offrait chichement qu'une chaîne en noir et blanc, avec des pièces chiantes d'Ionesco ou d'Anouilh tous les mardis soir.

C'est sans doute pour cela qu'aujourd'hui il ne sortait plus.

C'est aussi parce que, dehors, la vie était pourrie, les mecs infects et les femmes toutes des salopes. Sa vieille Renault 8 Gordini rouillait tranquillement dans son jardin depuis deux décennies et ne démarrait plus guère que deux fois par mois, lorsque Pater filait vers Carrefour Le Merlan ou le Lidl des Olives, afin de remplir le coffre de conserves et de packs de rouge.

Quand on pèse cent quarante kilos pour un mètre soixante-deux, on limite forcément ses déplacements.

Pater avait Bubble, son fils, pour seule famille et la télé pour seule copine.

Et comme dit le dicton, « on ne choisit pas sa famille… ».

La télé, dans la petite baraque de l'avenue Miss Columbia du quartier de Malpassé, c'était le soir, la nuit, le matin. À midi et à minuit, sous le soleil et sous la pluie (comme chantait l'autre…). Et devant la télé (exclusivement M6, sauf le dimanche soir qu'il sacrifiait à TF1 parce que « Capital », sur la 6, le gonflait avec ses sempiternels reportages sur les riches), Pater n'avait que deux trucs à faire : picoler et bouffer. Et plus on bouffe, plus on grossit. Plus on grossit, moins on souhaite sortir et marcher. Moins on sort, plus on regarde la télé et plus on regarde la télé, plus on bouffe…

Un cercle infernal.

C'était le problème de Pater qui avait la télécommande soudée à la main gauche et le verre de pinard greffé à la droite.

Bubble fit réchauffer du café dans une casserole à peu près clean. La cuisine était dans le même état que la chambre du garçon, avec les poubelles des quinze jours qui stagnaient sous la table en sus. Pater était aussi crade que son fils à moins, logiquement, que ce ne fut l'inverse car, comme dit le brave populo, les chiens ne font pas des chats… Depuis que Mater, sa mère, s'était barrée quatre ans auparavant avec un mécano de la station d'essence du boulevard Fleming, on aurait pu rebaptiser « Les Lilas » – c'était le nom inscrit sur un carreau ébréché de faïence bleue à l'entrée de la petite maisonnette coincée entre les murs de la voie rapide et de la L2 – « Le ouaille permanent » ou, plus simplement, « La Poubelle ».

Pater avait longtemps traîné sa flemme le long des quais et dans les bistrots de la Joliette, avant d'être renvoyé chez lui à quarante-six piges avec un joli pactole. Les patrons avaient avancé la nécessaire reconversion du port, le défi européen, la sacro-sainte rentabilité, l'insertion des nouvelles technologies dans les procédures d'exploitation, tous ces trucs qui justifient qu'on foute chaque jour des centaines de mecs au chômage, afin d'épurer des effectifs devenus « pléthoriques » et de mettre en préretraite les plus anciens avec « des tas d'avantages ».

Et « les tas d'avantages » pour Pater, ça avait pesé quarante-cinq bâtons.

Mais quarante-cinq briques, c'est beaucoup et c'est peu, surtout quand on a moins de cinquante balais et une galline qui se prend pour La Bégum. Le magot avait permis à Pater de finir de payer sa baraque de Malpassé et il avait croqué le reste du flouze avec Mater, qui – on l'aura compris – n'était pas d'un naturel économe et aimait la grande vie. Et quand l'escarcelle fut vide, la maîtresse de maison se tira, officialisant ainsi sa liaison avec ce pompiste qui la sautait déjà tous les vendredis après-midi depuis plus de sept ans.

Pater et Bubble, le fiston qu'il avait eu sur le tard, se retrouvèrent alors seuls.

Ils vivaient l'un près de l'autre sans se voir ni se parler vraiment, échangeant le minimum utile, quelques mots sans consistance et même dépourvus d'agressivité. Pour Bubble, Pater était le dernier des conneaux, un être sans virilité, un looser sans honneur. Pour Pater, Bubble était une couleuvre mollassonne, un fils sans reconnaissance et sans éducation, qui n'était jamais là quand on en avait besoin et qui foutait le ouaille dès qu'il daignait mettre un pied dans la baraque.

Pater était fait pour vivre seul, il le savait bien maintenant !

Les gonzesses étaient des putes, les minots des crétins. Seul, avec son pinard et sa télé, il était pépère et c'est comme ça qu'il voulait crever, seul dans son fauteuil, devant un sit-com peuplé de poupées Barbie en chaleur et en picolant un bon coup de rouge !

À la maison, si Pater passait le plus clair de son temps devant la télé, Bubble était, lui, accro de son ordinateur : il n'y avait donc que peu de chance qu'ils se croisent un jour.

L'informatique, c'était bien le dada de Bubble, sa seule raison, en tout cas, de rentrer à la baraque de l'avenue Miss

Columbia. Bien sûr, il avait été très tôt allergique au système scolaire, et le corps enseignant avait jugé bon de le diriger vers un BEP qu'il n'avait d'ailleurs jamais présenté (C'est d'ailleurs étonnant de voir avec quelle facilité les enseignants orientent les gosses des autres vers ces BEP où ils n'envoient jamais les leurs). Il aimait bien tripoter son PC qui permettait de discutailler avec des filles à l'autre bout du monde et de se proclamer beau, riche, jeune et intelligent. Bubble était autodidacte, mais il aurait pu en montrer à tous les abonnés des bancs de fac question micro.

Sa passion du moment était le GPS[3]. Il avait acquis aux États-Unis, via l'Internet, une balise et un logiciel permettant de suivre le trajet d'un véhicule sur son ordinateur. Pour le fun, il avait installé le logiciel sur son micro et la balise, un engin en forme de demi-boule de pétanque aimantée, sur la R8 de son père. En guise de test, il avait suivi en temps réel la course bimensuelle de Pater des « Lilas » jusqu'au Carrefour Le Merlan devant l'écran de son PC.

C'était rigolo et ça pourrait toujours servir un de ces jours…

Le PC, évidemment « tombé du camion », trônait dans le bordel organisé de la chambre de Bubble comme un tabernacle au milieu d'un autel.

Comme les deux hommes, le père et le fils, avaient les côtes en long, la petite habitation se dégrada aussi vite que le quartier livré au béton et à l'asphalte par les aménageurs : les bretelles autoroutières, les voies rapides, les rails du métro poussaient ici aussi vite que les arbres dans

(3) Le GPS (Global Positioning System) est un système de repérage basé sur l'utilisation d'une constellation de satellites. C'est le système le plus utilisé actuellement pour le positionnement au niveau planétaire. Un récepteur GPS situé sur un mobile (véhicule par exemple) et suivi en permanence par un certain nombre de ces satellites est ainsi capable de déterminer sa propre position.

la forêt primaire. Pour compléter le décor, le Jarret, cette rivière merdique aux eaux jaunâtres, débordait allégrement dès les premiers orages et noyait les rues, les jolies petites maisonnettes et leurs jardinets.

Seuls, Grincheux, Simplet, Timide, Prof, Atchoum, Joyeux et Dormeur, des chats de gouttière pétant de santé dans leur graisse, semblaient se satisfaire de l'endroit. C'est Bubble qui avait donné aux sept matous de la maison les noms des nains. Pater les appelait simplement « les chats ». Ce sobriquet générique le dispensait d'une identification souvent complexe – tous les matous se ressemblaient – et éludait tous les problèmes liés à la venue des autres félidés qui viendraient immanquablement se réfugier dans cette baraque accueillante. Pater souriait en pensant au casse-tête que l'arrivée d'un huitième gentil minet poserait à son fils puisqu'il n'y avait que sept nains…

Calambo arriva sur le coup de neuf heures et demie. Il avait la tête d'un gars qui a passé la nuit à trousser la cagole de troisième catégorie dans les bottes de foin : œil glauque, cheveux ébouriffés et parsemés de brins de paille, chemise et falzar froissés, barbe de trois jours.

— La putain, Calambo, t'as fait la fête ou quoi ?

Pater retrouva un peu de gaieté dans son ton. Il aimait bien Calambo. Il daigna baisser le son de la télé et serra la main du jeune homme.

— On est rentré tard. J'ai peu dormi…

— Encore une galline ? La putain, tu t'emmerdes pas, toi ! C'est pas comme Bubble ! Lui, à part le chewing-gum, le hamburger et son putain d'ordinateur, y a rien qui l'intéresse. À son âge, moi, je niquais comme c'est pas permis. Ah, il tire pas de moi, le niston…

Bubble grogna dans son coin. Il posa sa tasse sur une

pile d'assiettes en équilibre sur le potager et essuya ses mains sur son jean.

— Tu en fais une de ces tronches, Calambo ? Quoi qu'y a ?

— Je me suis fait casser la baraque cette nuit.

Bubble manifesta son intérêt :

— Un casseur cassé ! Sans dec'?

— Ouais. Les mecs ont tout foutu en l'air mais ce n'était pas un vrai casse : ils n'ont rien piqué. Fine, la voisine, m'a dit qu'ils étaient deux et qu'elle avait repéré un peu avant une grosse voiture noire, une bé-emme, qui était restée tout l'après-midi à deux pas de là, devant le Resquilladou avec quatre mecs à bord. Ça te dit rien, Bubble, une bé-emme noire avec quatre mecs ?

— La putain ! Ouais !

— Quoi qu'y a ? Je comprends que dalle à vos salades, les jeunes. Spliquez-moi, bordel de merde !

Bubble se détourna. Manifestement, il ne taillait pas de longues bavettes avec son père et la communication, comme l'ordre, semblait être le point faible de la famille. C'est Calambo qui raconta la partie de stock-car sur la Canebière et l'incendie du Vieux-Port.

Pater éteignit, pour la première fois depuis plus d'un mois, le poste de télé et grogna :

— La putain de la Caroline ! Vous avez encore déconné, les jeunes. Avec vos combines à la mords-moi le nœud, vous êtes tombés sur un os ! Vous y laisserez la peau, un de ces quatre !

Calambo précisa :

— En fait, ces mecs ne cherchaient qu'une chose dans ma baraque hier soir.

— Ah, ouais… Et quoi, puisqu'ils t'ont rien piqué ? répondit avec logique Bubble.

— Moi. Ils me cherchaient, moi. Et comme j'étais aux

abonnés absents, ils ont interrogé Fine.

— Ta voisine ?

— Ouais. D'ailleurs, elle a un de ces coquards, la Fine ! Elle a la moitié de la tronche violette. Tabasser une mémé ! Ils ne reculent devant rien.

L'image de la vieille femme avec son air furax et son œil au beurre noir déclencha un sourire bien peu compatissant.

— Ils lui ont demandé quoi ?

— Où j'étais. Elle a craché le morceau. Forcément à son âge, on supporte de moins en moins les torgnoles… Elle était un peu gênée de me l'avouer. Elle leur a parlé de la soirée funk du Moulin, à Saint-Just, de ma Peugeot rouge avec le capot jaune. Une chignole pareille, ça se remarque et c'est comme ça qu'ils nous ont repérés, ces bordilles.

Pater était intéressé : l'affaire ressemblait de plus en plus aux intrigues des séries B américaines :

— Où vous êtes allés vous fourrer, les jeunes ! La putain, Bubble, je te l'ai déjà dit : cassez des baraques, braquez des commerces, mais ne marchez pas sur les plates-bandes des macs. Chez eux, ça rigole pas, y a pas de juge pour t'acquitter ou décréter que t'es trop jeune pour aller à l'ombre ! Chez eux, on discutaille pas ! Y a pas d'avocat pour avancer que c'est la faute à la société ou à la fracture sociale. Eux, ils défouraillent et te flinguent !

Calambo reprit l'initiative :

— Il n'y a qu'un problème dans cette histoire.

— Un problème ?

Bubble parut étonné. Il ne voyait, lui, que des problèmes !

— Un problème gênant : je ne sais pas ce que ces gars nous voulaient ! On ne fait plus que dans la carte bleue depuis un an, et c'est quand même pas les banques qui nous collent au train comme ça !

Pater hocha sa tête ronde :

— Et vous ne vous êtes jamais demandé si vous n'aviez pas fauché la carte d'un mac ou de sa poule ?

— C'est une possibilité, mais les mecs qui nous collaient au cul auraient pu nous flinguer cent fois. On aurait dit qu'ils cherchaient à nous impressionner, à nous arrêter en visant les pneus. La course d'hier soir, ça n'avait pas l'air d'une vengeance, non, ces gars voulaient nous coincer et nous causer, mais on ne saura jamais de quoi !

Pater réfléchissait. Manifestement, les tactiques d'Eliot Ness qu'il venait d'entrevoir sur M6 lui donnaient des idées :

— Je sais pas si vous l'apprendrez un jour. Ces quatre fêlés sont clamsés mais qui dit qu'ils étaient seuls sur le coup ? À ta place, Calambo, je me ferais un peu oublier… Ne rentre pas chez toi. Passe un coup de fil à Fine et planque-toi quelques jours, histoire de voir venir.

— T'en as de belles, toi ! Et où tu veux que je me planque ? En plus j'ai rencard avec Lila dans une heure sur le port…

— Tu fais ce que tu as à faire avec Lila mais ensuite tu vas aller garer ta 205 sur le parking du métro, à Malpassé. Une voiture rouge avec un capot jaune, c'est trop repérable pour circuler avec, et je tiens pas trop à ce qu'on la retrouve devant ma baraque. Après, tu prendras ma Gordini. Vas-y mollo et économise-là quand même parce qu'elle est plus toute jeune. Tu emmèneras Lila et même Bubble avec toi – ça me débarrassera un peu le plancher ! – et vous irez vous planquer trois semaines, le temps de vous faire oublier, au bord de l'eau.

— Au bord de l'eau ?

Pater ricana :

— Attention, les gars, le cabanon, c'est pas le Carlton ! C'est moins luxueux, mais ça a aussi l'avantage d'être moins fréquenté.

Il se retourna vers Bubble :

— Té, feignasse, passe-moi la carte sur le buffet.

Il fallut bien déménager un mètre cube de vaisselle, de vieux journaux et un paquet d'habits cradingues et démodés, tendance flower power, avant de dénicher la carte de la série verte IGN au cinquante millième.

Pater déplia la large feuille, l'étala sur la table qu'il débarrassa d'un revers de main, puis s'adressa à nouveau à son fils – pour la quatrième fois de la journée, un record ! – afin de lui demander un feutre rouge.

Pater se releva péniblement et en haletant. Il se pencha sur la carte et dessina une longue ligne brisée. Le tracé de l'itinéraire était précis et l'obèse triompha en posant l'index sur l'extrémité de la ligne :

— Vous irez là !

Les deux garçons le regardèrent sans comprendre mais lui se sentit tout à coup envahi par la perspicacité et l'intelligence d'Eliot Ness.

Marseille, le mardi 17 avril

Isker Yildiz était arrivé la veille à Marseille, une ville véritablement infernale : le mistral avait repris de plus belle mais pas les éboueurs qui maintenaient leur mot d'ordre de grève.

Les ordures ménagères s'entassaient donc dans tous les coins de la ville depuis une quinzaine de jours et les quelques pâles initiatives ponctuelles de la municipalité (il faut bien montrer qu'on ne reste pas inactif lorsqu'on est un élu du peuple…) n'étaient que des emplâtres sur une jambe de bois. Aussi, l'odeur était à la hauteur du spectacle, et ce spectacle, offert aux touristes égarés, était des plus déplorables.

Isker Yildiz n'était cependant pas venu ici en touriste.

Il avait été averti l'avant-veille de la fin tragique d'Ogül. Son fidèle lieutenant était mort brûlé et noyé. L'eau et le feu !

Isker avait alors réservé une place sur le premier vol d'Istanbul vers la France. Il était arrivé dans la cité phocéenne, via Paris, depuis moins de trois heures.

Il était attablé au boulevard Garibaldi, devant l'Ankara Grill. Il n'était guère plus de midi et Isker avait choisi une des tables en plastoc blanc de la terrasse – flatteuse appellation pour ce bout de trottoir coincé entre les véhicules en stationnement et la circulation infernale qui drainait une armada de conducteurs pressés vers le cours Lieutaud.

Isker avait commandé un Döner Kebab mais l'assiettée servie n'était qu'une vague copie de ces somptueux kebabs qu'il aimait à déguster en Turquie. Rien à voir, en tout cas, avec ceux du célèbre Iskender Kebabci, ce resto bien caché dans une ruelle du quartier du parlement d'Ankara, qu'on servait accompagnés d'ayran.

Autour de lui, quelques Turcs se chamaillaient en commentant le dernier match de Galatasaray en coupe d'Europe ou parcouraient Hürriyet en quête des nouvelles du pays. Des étudiants du lycée Thiers s'initiaient aux subtilités de la cuisine anatolienne en pompant au dernier moment les exos de maths de l'après-midi.

Yaga arriva essoufflé à midi treize exactement, une grosse enveloppe de papier kraft sous le bras. Il avait été pris dans les inévitables bouchons de la circulation marseillaise et était à la bourre.

Isker aimait la ponctualité et interprétait tout retard comme un manquement à la plus élémentaire des politesses. De son côté, Yaga détestait s'attabler en plein air lorsque le vent vous fouette le visage, et à plus forte raison lorsque les relents pestilentiels des restes de barbaques et de poiscailles décomposés écorchent l'odorat.

La poignée de main fut donc assez froide mais, en quelques mots, Isker rappela Yaga aux devoirs de la hiérarchie.

C'était quand même lui le boss et Yaga n'était qu'un exécutant quasiment anonyme du Croissant Noir…

C'est ce même Yaga qui avait prévenu Isker par mail dès le 14 avril au soir – c'était un samedi – du sort tragique des quatre occupants de la bé-emme noire. Les corps avaient été repêchés au milieu de la nuit et identifiés dès le lendemain matin. La tâche des flics avait été facilitée par le fait qu'Ogül et ses compères étaient connus des services de police qui les soupçonnaient de ravitailler en poudre blanche des cités entières de la banlieue nord de Marseille.

Mais évidemment, sur ce dernier point, rien n'avait jamais pu être prouvé…

Pour le commissaire Nonebard, la mort des quatre truands était due soit à la vitesse excessive d'un chauffard, soit, compte tenu de l'identité et du passé des victimes, à un de ces règlements de comptes qui épurent régulièrement le milieu et facilitent le boulot des flics.

L'approvisionnement en drogue dure des cités marseillaises avait donné lieu, ces derniers temps, à toute une série d'exécutions sommaires : on se faisait plomber en sortant de sa boîte de nuit, on se faisait descendre comme de vulgaires lapins en voulant récupérer sa Mercedes dans un parking souterrain, on se faisait saigner comme de sottes pintades dans les pissoires des palaces.

Les médias et les hommes politiques patriotes – ceux qui portaient fièrement sur le revers du veston l'oriflamme bleu, blanc, rouge – avaient raison : il y avait vraiment un problème de sécurité dans cette ville !

André Nonebard n'était plus qu'à deux ans de la retraite. Ses yeux bleu pâle lui conféraient un regard dur, une impression désagréable qu'accentuaient sa tête triangulaire (on le surnommait méchamment « la mante religieuse » à cause de cela) et les lunettes à double foyer dont les trop larges verres et la monture métallique barraient le haut du visage. Mince dans son éternel costume bleu, il cachait sa calvitie sous une casquette ou, l'hiver, sous un bonnet de laine. Il savait que son plus grand trésor était son cerveau, un cerveau sensible aux variations de température et d'humidité, un cerveau fragilisé par la chute précoce de ses cheveux fins et blonds, un cerveau parisien qu'il fallait absolument protéger du cagnard et du mistral marseillais.

Ce cerveau, dans son implacable logique, avait fourgué cette affaire éminemment simple dans un de ses recoins perdus car il avait des problèmes autrement plus ardus à traiter : l'achat d'une maisonnette pour la retraite, les insomnies et la prostate.

La mort de ces quatre fêlés qui descendaient la Canebière à tombeau ouvert indifférait le commandant de police Nonebard. Elle serait instruite directement par un des subalternes.

Le mail de Yaga avait dérouté Isker Yildiz. Il perdait d'un coup quatre de ses meilleurs hommes – plus spécialisés il est vrai dans la distribution de came que dans la filature – mais aussi le fil de la mission délicate que lui avait confié Mustafa Yilmaz.

Et Isker se démenait toujours pour plaire à Mustafa Yilmaz.

Tout était à refaire ou presque... Bien sûr, il lui restait les informations patiemment collectées, des mois durant, par Ogül et transmises par mail : l'identification de Stéphane Palombo, alias Calambo, un jeune oisif qui passait ses journées à tirer du fric à des gogos peu attentifs à leurs cartes visa. Un merdeux qui avait débuté dans les petits larcins, vivait de combines et fréquentait des gars qui ne valaient guère mieux que lui. Comme ce petit gros qui soufflait des heures entières dans son chewing-gum, ces deux Arabes qui parcouraient la ville en booster et cette fille délurée. « Elle a un de ces culs ! » avait souligné Ogül d'un ton entendu en lui décrivant l'unique élément féminin de la bande, une meute de gosses dont le plus âgé devait tout juste avoir dix-huit ans.

Côté famille, Calambo semblait bien seul. Il vivait comme un reclus en bordure de la colline, au bord d'une route quasi abandonnée à la sortie de l'Estaque. Sa maisonnette ressemblait à un de ces gecekondus[4] qui poussent dans les banlieues pauvres d'Istanbul ou d'Ankara.

Isker savait tout cela. Il avait lu et relu la liasse des mails d'Ogül dans le vol Istanbul-Paris. Il lui fallait réactiver rapidement la filature marseillaise afin de coincer ce fameux Calambo.

Le rendez-vous qu'Isker avait fixé à Yaga à l'Ankara Grill n'était donc que le prologue de la deuxième phase.

Isker apprécia très modérément le döner kebab.

Il ne parlerait pas de l'affaire ici. Le coin était bruyant et, surtout, la terrasse était bondée de Turcs aptes à saisir toutes les finesses de la conversation. Et son propos devait rester discret…

Yaga lui proposa de se poser dans l'arrière-salle désertée et noyée de pénombre. Ils y seraient plus tranquilles.

Quand ils déménagèrent leurs verres pour se réfugier à l'intérieur, Yaga renversa le sien maladroitement. Isker hocha imperceptiblement la tête. Ce Yaga était vraiment un lourdaud. Il semblait difficile de lui faire confiance.

Ils prirent enfin place dans l'obscurité, l'un en face de l'autre. Isker fixa son interlocuteur dans les yeux et découvrit que le regard de Yaga était étonnamment vide.

Ce tueur était décidément un imbécile !

Yaga entreprit de raconter toute l'histoire à Isker.

(4) Constructions misérables des bidonvilles turcs

Ogül avait patiemment rassemblé les bribes d'information transmises depuis Istanbul et avait fini par identifier et repérer le gosse au bout de plusieurs mois de recherche.

Yaga déchira l'enveloppe de papier kraft. Il en extirpa plusieurs photos qu'il posa sur la table. Les premières montraient un adolescent brun et frêle aux cheveux courts et au regard vif. C'était lui, le mec qu'ils recherchaient, un jeune désœuvré sans famille surnommé Calambo. Un gars qui vivait d'expédients, semblait diriger une bande d'adolescents traficotant à droite et à gauche et qui roulait dans une voiture jaune et rouge, un tas de ferraille impossible à manquer !

Calambo habitait une maison assez vétuste, un peu après la sortie de l'Estaque. Il y vivait seul mais, compte tenu du voisinage, il valait mieux éviter de le cuisiner at home. Il risquait de gueuler et d'ameuter tout le quartier.

Yaga étala d'autres photos, toutes prises au téléobjectif :

— Isker Bey, voici la bande au complet : quatre mecs et une fille.

Il pointa son index vers les deux premiers clichés. Deux garçons au teint bronzé, cheveux ras. Le premier semblait plutôt mince, le second assez enveloppé :

— Kader et La Bêche, des Arabes ou plutôt des beurs comme ils les appellent ici. Ils habitent une cité du nord de Marseille, la Castellane, tu sais, la cité où est né Zidane. Mais ces deux-là, ils sont plus doués pour le vol à la tire que pour la reprise de volée ! Le maigrichon c'est Kader, le gros La Bêche. Ils ont dix-sept ans et se baladent en booster, ce qui leur permet d'arracher les sacs des dames ou les baise-en-ville des messieurs et de se tirer en se faufilant dans la circulation. Officiellement, ils sont en contrat d'apprentissage, mais ils passent le plus clair de leur temps à traîner dans un bistrot plein d'ivrognes du petit port de l'Estaque. C'est d'ailleurs un lieu où la bande se réunit parfois.

— Leur quartier général ?

— Pas vraiment. Un point de rencontre, de rencard simplement. Ils ont également leurs habitudes sous le pont de Corbières. Ils s'y rendent surtout le soir et y passent une partie de la nuit à magouiller avec d'autres bandes de petits malfrats.

— OK, je vois…

Isker prit la photo de la fille :

— Lila. Une fille superbe. Un cul de reine…

L'œil de Yaga s'illumina d'une lueur grivoise : son appréciation confirmait le jugement antérieur d'Ogül sur les fesses de la gamine.

Isker restait de marbre face à ces allusions. Il ne semblait goûter ni la noblesse du regard, ni la fermeté de la poitrine de la fille.

Yaga poursuivit :

— À peine dix-sept balais et un passé déjà lourd de voleuse et de tapineuse. Elle semble aujourd'hui un peu rangée côté tapin et consacre désormais ses talents à la bande.

— Ses talents ?

Yaga anticipa l'interrogation de son patron :

— Pour le vol, par pour le cul. Côté cul, c'est pas le paillasson de l'équipe ! C'est surtout Calambo qui semble l'intéresser.

— Elle vit avec lui ?

Yaga haussa les épaules :

— Oui et non. Elle a une piaule dans une des rues à pédés du centre-ville. Elle consacre quelques-unes de ses nuits au chef de la bande. Sans plus.

Isker prit la dernière photo et Yaga commenta :

— Et voici le dernier. On l'appelle Bubble. Un petit gros à la tronche triste. Seize ou dix-sept balais à tout casser. Il passe son temps à bâfrer. Il semble être un peu à la remorque du groupe.

Isker appréciait le travail d'Ogül, un travail clair et rigoureux qui rendait encore plus regrettable sa disparition prématurée.

Yaga rangea les photos dans l'enveloppe de papier kraft qu'il tendit à Isker. Il retraça ensuite l'intervention d'Ogül.

Le 12 avril au soir – cinq jours auparavant – ce dernier avait pris en filature le véhicule rouge et jaune. Il comptait aborder Calambo sur le chemin du retour.

— Ogül m'a appelé sur le coup de six heures du soir sur mon portable. La 205 descendait vers Marseille. « Il serait peut-être intéressant de visiter la carrée du jeune homme. Au cas où il y aurait caché ce qu'on cherche. Je t'appellerai plus tard, quand on aura coincé la voiture. Ils ne sont que deux et ce sera sans problème » m'a-t-il dit.

— Et tu y es allé ?

— À sept heures, j'y étais avec Erkan. Les voisins s'étaient déjà barricadés, sans doute à cause du vent glacial qui s'infiltrait de partout. Je suis rentré sans problème et j'ai cherché, j'ai tout retourné sans jamais rien trouver. J'ai mis la baraque à l'envers. Rien, trois fois rien. J'ai ensuite interrogé la voisine, une vieille qu'on a un peu bousculée et qui a fini par nous avouer que le jeune était à un concert dans une salle de spectacles de Saint-Just. Alors j'ai averti Ogül et je suis rentré chez moi en attendant qu'il me rappelle.

— Il ne l'a jamais fait ?

— Jamais. Le lendemain matin, tout Marseille ne parlait que de l'accident d'une bé-emme noire qui avait percuté un camion d'essence sur le port. Je me suis rencardé. C'était Ogül, alors je vous ai appelé…

— Tu as bien fait. Tu vas me dire tout ce que tu sais. Ensuite, j'aurai besoin de deux hommes de l'organisation. Des gars armés, tu saisis ?

Yaga esquissa un sourire qui dévoila ses dents jaunes :

— Sûr.

Deux hommes armés. Ça, c'était une demande que Yaga comprenait !

Isker commanda un thé turc et alluma une Gitane.

Il replia soigneusement les documents, rangea les photos dans l'enveloppe et tira une longue bouffée. Il adorait l'âcre saveur de ces brunes.

Il savait maintenant ce qui lui restait à faire.

L'Estaque, le mercredi 18 avril

Yaga gara la Safrane sur le parking voisin de la station-service BP. D'ici, on surplombait un petit port et la mer prenait une teinte métallique aux reflets bleu cobalt tant le mistral dégageait le ciel.

Le Beau Bar était à deux pas. Erkan rejoignit les passagers de la Renault et les quatre compères descendirent sur le quai, histoire de se dégourdir les jambes.

Erkan, un des deux hommes de main qui accompagnaient Isker et Yaga, avait passé la journée à traîner dans le quartier, de bistrot en bistrot. Isker l'avait chargé de surveiller l'endroit.

Il fallait à tout prix retrouver ce Calambo dont on avait perdu la trace depuis l'accident du Vieux-Port. Le jeune homme n'était plus réapparu dans sa baraque du Resquilladou, et il y avait gros à parier que ce n'était pas demain la veille du jour où il regagnerait ses pénates.

Dans les notes laissées par Ogül, le Beau Bar semblait

être un lieu digne d'intérêt pour les conduire jusqu'à Calambo. Non que le jeune homme soit un habitué du comptoir, mais Kader et La Bêche, deux des membres de l'équipe, semblaient y passer le plus clair de leur temps.

Il suffirait de mettre la main sur l'un des d'eux. Ensuite, ce serait un jeu d'enfant : Isker connaissait des tas de petits trucs sympas qui déliaient les langues les plus inhibées.

Au bout de quatre heures d'observation, Erkan aperçut enfin les deux boosters, un rouge et un noir, et repéra les deux jeunes beurs qui rentrèrent illico dans le bar. Il ne lui restait plus qu'à avertir Isker.

La Safrane arriva une demi-heure plus tard.

Il fallait bloquer un des deux garnements pour lui faire avouer où se trouvait Stéphane, alias Calambo.

Isker tenait en main les photos de Kader et La Bêche.

C'est La Bêche qui sortit le premier, accompagné sur le pas de la porte par un vieillard tout ridé et édenté, un sosie de Toutankhamon, qui lui serra la main en souriant.

La fraternité des bistrots existait ici aussi.

La Bêche grimpa sur le booster rouge. Le moteur vrombit avec un bruit de Concorde au décollage – encore un jeune qui avait trafiqué son pot d'échappement afin de faire croire qu'il pilotait un gros cube ! – puis l'engin s'échappa de l'Estaque, en direction de Marseille.

La Bêche rentrait vraisemblablement chez lui. Il fallait absolument le coincer avant qu'il n'atteigne sa cité car là-bas, dans son milieu, il deviendrait intouchable.

C'est au rond-point de Saumaty, large espace vert agrémenté par les services municipaux d'une pelouse et de quelques palmiers que le mistral faisait pencher du côté où ils allaient tomber, que la Safrane coupa la route au jeune homme pour la première fois.

Pris de panique, le booster fila vers l'Estaque-Gare par le boulevard Fenouil et quelques travioles étroites que la Renault franchit au prix de multiples manœuvres, perdant ainsi de précieuses secondes et sa proie de vue.

Le Booster avait disparu !

La Bêche savait se faufiler avec son engin comme personne. Sans doute son expérience de voleur à la tire… Il s'engagea sur le chemin du Marinier. Il avait certainement une idée en tête mais Yaga repéra l'engin au bruit du moteur. La Bêche risquait de regretter amèrement d'avoir percé le pot d'échappement pour se donner des airs d'as du Bol d'Or !

La route était étroite, maculée d'ornières et interdisait à la Safrane de doubler.

Isker, assis à la place du mort, donnait ses directives. Peut-être était-ce pour calmer son anxiété qu'il dévorait des bonbons Haribo. Son paquet de Gitanes était vide et il puisait des poignées de fraises à l'arôme synthétique qu'il fourrait dans sa bouche. Il fit un signe de tête, Yaga accéléra brusquement et percuta la roue arrière du booster rouge. La Bêche se paya le plus joli vol plané de sa vie. Par chance – il n'avait évidemment pas de casque parce que ça faisait blaireau – il retomba sur les fesses en hurlant :

— La putain, je me suis cassé le cul !

La Bêche n'eut pas le loisir de se lamenter très longtemps. La poigne ferme d'Erkan le propulsa sur la banquette arrière de la Renault et le second homme de main, un espèce d'orang-outang en costar cravate, lui ligota les poignets sans ménagement.

La Safrane remonta Pichou, bifurqua vers la Nerthe puis s'engagea sur le chemin de terre qui serpentait dans la colline. Le lieu était désert et sinistre. L'incendie de l'été précédent avait laissé des ergots noirs, dressés vers le ciel comme une menace. Ils traversèrent le hameau de la Galine et roulèrent quelques kilomètres encore, jusqu'au domaine de Caussimon. Domaine était un terme inapproprié pour qualifier les ruines d'une bâtisse située en pleine colline, qui avait dû être splendide, mais qui n'était plus qu'un amas de vieilles pierres, de ferrailles et de détritus. Les carcasses rouillées de quelques véhicules volés (souvent des Volkswagen Golf, allez donc savoir pourquoi...), des tas de décombres déposés par des bricoleurs peu soucieux de l'environnement côtoyaient les rebuts des folles soirées locales : canettes de Heineken, bouteilles de tequila brisées, préservatifs desséchés par le soleil ou seringues maculées de terre. Caussimon était véritablement un lieu de loisir fréquenté par la jet-set des quartiers nord !

Une chaîne barrait la route qui sinuait à flanc de colline jusqu'au Rove.

Yaga stoppa le véhicule.

Les deux fiers à bras traînèrent La Bêche dans un champ moissonné en contrebas.

Isker eut simplement un mouvement de menton :

— Là !

Yaga maintenait la Bêche sous la menace d'un CZ75, un pistolet automatique tchèque à 15 coups et au bronzage brillant et inquiétant.

Erkan et l'orang-outan allèrent jusqu'à la voiture, ouvrirent le coffre et récupèrent deux pioches et deux pelles.

La Bêche n'était ni taphophile, ni cinéphile émérite mais, en se remémorant quelques scènes de films noirs américains de série B, il comprit vite que les deux brutes n'allaient pas planter des géraniums...

À tous les coups, ces deux bordilles creusaient sa tombe !

La dimension du trou, un mètre sur cinquante centimètres, l'étonna. Ce ne pouvait être qu'une sépulture de nabot ! Mais lorsque les deux terrassiers fringués comme des croque-morts s'ingénièrent à creuser en profondeur, il comprit et s'affola : on allait l'enterrer debout ! Il se débattait et se tortillait comme un ver mais que pouvait-il faire, ligoté et entravé, contre quatre hommes armés ?

Un violent coup de genou dans les reins le calma.

Erkan et l'orang-outan creusèrent une grosse demi-heure puis ils soulevèrent La Bêche en ahanant – la future victime était un garçon de forte corpulence enrobé de mauvaise graisse – et le posèrent dans le trou. Les baskets de La Bêche heurtèrent le fond. Il se redressa instinctivement et cilla. Seule sa tête dépassait du sol et il avait le soleil couchant dans les yeux.

Il sentit la terre, une terre rouge, sèche et odorante, glisser entre ses vêtements et sa peau et pénétrer dans ses chaussures. L'argile des collines, brûlée par le mistral, gardait un parfum de romarin. Ses jambes, puis ses bras (il avait les mains liées derrière le dos) furent immobilisés par les pelletées de terre qui dégringolaient. Bientôt il ne resta plus que la tête hors du trou et, comme La Bêche avait rasé son crâne, on aurait dit un gros caillou brun sur le sol rouge.

Isker arrêta l'entrain des deux terrassiers et l'interrogea :

— Alors, tu nous le dis où il se planque, ton ami Calambo ?

C'était le moment de prouver qu'on était un dur !

La Bêche ne répondit pas. Il peinait à respirer.

Le Turc posa à nouveau sa question en lui tordant l'oreille. La douleur déforma le visage de La Bêche qui resta muet. Isker conclut son interview manquée par une claque sonore qui fit saigner la narine du jeune beur.

Isker fourra machinalement dans sa bouche une nouvelle poignée de bonbons roses puis se retourna vers ses compères et conclut :

— Je crois qu'il lui faut un peu de temps pour réfléchir.

Il s'accroupit devant la tête qui dépassait du sol et dit en souriant :

— On va te laisser mijoter ici quelques heures. Je suis sûr que tu seras plus bavard quand on reviendra.

Il se retourna vers son lieutenant :

— Yaga, karindja[5] !

Yaga planta sa pelle dans le sol, à un mètre et demi de la nuque de La Bêche, et déterra un nid de minuscules fourmis rouges.

Isker l'arrêta en tendant la main. Il se pencha vers La Bêche, et proféra :

— Keleune kafa[6] !

Puis il cracha un long jet de salive rose et sucrée – scorie des fraises Tagada mâchonnées – sur le crâne rasé du beur et fit un signe à Yaga.

Le liquide visqueux coula le long des tempes de La Bêche qui roulait des yeux effarés. Une pelletée de poussière et de fourmis s'abattit sur son visage. Il eut tout juste le temps de fermer les paupières.

Il sentit les premières morsures de ces hyménoptères dont la voracité semblait inversement proportionnelle à la taille. Les sales bestioles adoraient sans doute le goût des fraises Tagada, mais elles n'étaient guère regardantes puisqu'elles passèrent allégrement de la salive sirupeuse au cuir chevelu.

La Bêche grimaça dès les premières morsures.

Lorsque la Safrane démarra, il lui sembla que toutes les fourmis du massif de la Nerthe – des millions sans doute – convergeaient vers lui afin de le dévorer, tandis que le soleil et le vent desséchaient son visage.

(5) Yaga, les fourmis !
(6) Imbécile !

Vers la Camargue, le vendredi 20 avril

La petite Peugeot roulait à vive allure sur l'autoroute des Martigues.

Si elle avait eu un gyrophare bleu, on aurait pu la prendre pour un véhicule de sapeurs-pompiers tant elle était rutilante. Sans son capot jaune, la 205 était une vraie voiture, certes un peu voyante à cause de la couleur rouge, mais une vraie voiture…

Bubble mâchouillait avec application et s'acharnait sur une bulle cyclopéenne. Chaque fois qu'il le voyait mastiquer ses malabars, Calambo supposait que l'obèse voulait inscrire son nom sur le livre des records, au chapitre « bulles de chewing-gum ».

Lila s'était sacrifiée pour le voyage : elle s'était installée à l'arrière, laissant la place du mort à l'obèse qui n'aurait d'ailleurs pu, malgré tous ses efforts, s'insinuer sur la mince banquette. Elle portait son sempiternel jean et un pull en coton rose. Ses cheveux étaient négligemment relevés en chignon. Elle avait abandonné la teinture blondasse et racoleuse pour un auburn du meilleur effet. Quelques mèches plus claires adoucissaient son visage et son regard d'un vert métallique. Elle avait soigneusement verni ses ongles longs avec une teinte violacée un peu lugubre qui faisait ricaner Bubble.

Elle effleurait la nuque de Calambo du bout des doigts en regardant très loin devant elle. Manifestement, elle aurait préféré se retrouver avec lui en tête-à-tête afin de prolonger ses caresses. Et ce n'est sûrement pas Calambo qui aurait dit non !

Lila était son soleil. Il avait vécu jusque-là comme un sauvage, sans famille, avec pour amis des bras cassés et des petites frappes, avec pour boulot des combines à la noix. Et puis Lila était arrivée, au hasard d'une nuit d'errance dans les mauvais quartiers du centre-ville. Pour elle, il aurait pu faire n'importe quoi.

C'était sans doute ça, avoir une fille dans la peau…

Lila aimait bien Calambo et ne se posait pas la question de savoir si elle l'aimait tout court. Cette question d'aimer ou pas, c'était tout juste bon pour les bourges qui avaient leur pague assurée à la fin du mois et n'avaient d'autres soucis que les sentiments. Lila cherchait surtout à survivre et elle se fichait pas mal que Calambo passe pour un gars sans foi ni loi. Avec elle, il était cool et attentionné et ça lui suffisait amplement.

Elle était simplement heureuse avec lui pour une raison élémentaire : c'était le premier homme qui n'essayait pas de la tabasser ou de la violer, un homme capable de tendresse, de caresses et d'affection.

Calambo vivait un peu en dehors des clous de la société et était souvent hors jeu, traficotant à droite et à gauche. Mais des clous de la société, Lila n'en avait rien à foutre puisque cette société moralisatrice et bien pensante l'avait complètement ignorée quand son père la rouait de coups, quand Tonton – ce bon Tonton qui apportait des makrouts avec son grand sourire plein de dents en or et passait tous ses dimanches dans l'appartement familial – abusait d'elle dans les caves sordides de l'immeuble, ou quand elle crevait la dalle sous le regard indifférent des bourges, à deux pas de la Caneb'.

Lorsque Lila avait décidé de fuir son univers de dingues, elle n'avait trouvé qu'un asile : le studio rongé d'humidité de Frisby dans la rue Mazagran. Frisby, c'était un brave mec (ou peut-être une brave fille, Lila ne savait comment dire), un gars de la cité prénommé Nourredine qui lorgnait les garçons et se prenait chaque soir des têtes au carré, histoire de lui rappeler que la cité avait horreur des pédales.

Alors Nourredine était allé vivre sa vie dans le centre-ville, dans le quartier des travelos. Il avait changé d'aspect et de prénom et gagnait sa croûte en tapinant du côté de la rue Sénac, à la sortie du New Cancan. Il avait accueilli Lila sans rien lui demander et lorsque la fille avait recherché du travail, lorsque toutes les portes, même celles des négriers qui te transforment en machine à fendre du hamburger pour trois francs six sous, se refermaient sous le prétexte qu'elle n'avait que quinze balais, Frisby avait assuré, lui offrant le gîte et le couvert.

Mais Lila n'avait pas fui sa famille pour être à la traîne. Elle voulait se débrouiller seule, gagner son fric comme une grande, et du fric elle en avait bigrement besoin. Pour se fringuer, pour bâfrer et se payer quelques rails, car Frisby l'avait initiée aux délices de la dope. Elle ramassait un peu de pèze – la came reste une manie onéreuse – grâce à quelques passes par-ci par-là. Les bons bourgeois criaient au scandale mais ce n'était pas plus dégueu, se disait-elle, que les viols à répétition de Tonton. Et, en plus, ces blaireaux raquaient, alors que Tonton…

Et puis un jour, elle en avait eu marre de ces mecs cradingues et machos qui « montaient » avec elle et qu'elle devait faire mine d'aimer.

Elle avait alors changé de job. Elle subsista un temps en arrachant les colliers et les sacs à main des bourgeoises sur la Canebière. « Bourgeoises » n'est sans doute pas le terme le mieux approprié car les bourges quittent rarement leurs quartiers sud et ne s'égarent jamais sur la Caneb' qu'ils comparent volontiers à Alger ou Dakar, des villes où ils n'ont d'ailleurs jamais mis les pieds.

Elle n'avait que dix-sept ans quand elle avait rencontré Calambo mais, jusqu'alors, elle avait vécu sur un rythme de TGV et certains soirs, elle se sentait si vieille…

Alors la société, ce truc sclérosé et momifié, avec ses ayatollahs qui jettent des anathèmes et des interdits qu'ils sont les premiers à ne pas respecter, avec ses rhéteurs qui n'écoutent personne et s'enivrent du son de leur voix, avec ses faux manitous et ses vraies bordilles qui, sous le prétexte de la rentabilité, collent une étiquette et un prix aux hommes, Lila n'en avait vraiment rien à foutre !

Calambo était arrivé tout simplement, apportant une petite lueur dans la nuit de sa vie, une fragile flamme d'espérance qu'un souffle de vent pouvait éteindre. Ce gars distillait du bonheur et elle ne voulait pas le perdre.

Il lui faisait confiance. Elle aimait le sentir à ses côtés.

Comme convenu, Lila avait rejoint Calambo le vendredi précédent. Elle lui avait offert un magnifique pull Levi's en coton rouge qu'elle avait acheté sur le marché du Prado. Depuis, Calambo ne quittait plus ce pull. Il disait en plaisantant que c'était parce qu'il était de la même couleur que la 205 mais c'était surtout le premier cadeau de Lila. Un présent inestimable. Après leurs retrouvailles, il ne fut plus question de s'installer dans cette baraque du Resquilladou qui venait d'être chamboulée par des gars peu recommandables. L'endroit pouvait s'avérer dangereux. Les deux jeunes gens avaient donc passé la semaine dans un hôtel Formule1 de La Valentine, un peu en dehors de l'agglomération. Les alentours, une zone commerciale démesurée, manquaient certainement de charme, mais pour ce qu'ils avaient à faire, une chambrette et un lit étaient bien suffisants…

Calambo conduisait avec assurance. Avec un capot rouge, sa 205 avait quand même de la gueule. Il aurait quand même pu penser plus tôt à acheter une bombe de peinture !

Question mécanique, Calambo et Bubble ne touchaient vraiment pas leur bille.

Quelques jours plus tôt, lorsqu'ils avaient voulu démarrer la R8 Gordini stationnée dans le jardin de Pater, le moteur avait toussoté, la Renault avait tressailli, sursauté sur une douzaine de mètres dans la rue avant d'être submergée par une éruption de fumée blanchâtre. Le moteur de la Gordini, c'était l'Etna !

Pater, appelé sur les lieux, daigna s'extirper de la maisonnette.

Il avait de plus en plus en plus de difficultés à franchir la porte d'entrée et Bubble pensait qu'un jour son embonpoint lui interdirait toute sortie. Pire même, lorsque son vieux crèverait, il faudrait sans doute défoncer le mur pour récupérer la dépouille !

Pater s'approcha du véhicule noyé dans un smog suffocant en soufflant comme un phoque et déclara, d'un ton docte et péremptoire de professeur de médecine :

— C'est le joint de culasse.

Les deux gosses levèrent des regards déconfits vers l'obèse. C'était quoi un joint de culasse ?

À quoi ça pouvait bien servir ?

Pater ignora le regard hébété des incultes et poursuivit :

— On est pas dans la merde, les jeunes ! C'est le joint de culasse. Allez, zou, on la pousse dans le jardin, en marche arrière.

Dos au capot, l'obèse s'accroupit et essaya de forcer. Il se couvrit de sueur et la R8 recula de cinq petits centimètres :

— La putain, j'y arrive pas… trop gros… plus de force… essayez, vous…

Deuxième tentative : Calambo et Bubble, courbés en deux et forçant comme des fêlés, avec Pater au volant. Compte tenu de la surcharge pondérale du chauffeur, la R8 daigna reculer de huit centimètres mais pas plus. À ce rythme-là, il faudrait cinq jours et une dépense d'énergie pharamineuse pour que la Renault bleue aux deux rayures blanches – une Gordini qui avait été la fierté de Pater au temps où il était mince, chevelu et entreprenant – daigne regagner son jardin.

Troisième tentative. Les deux gosses poussaient et Pater, debout contre la portière avant gauche, tentait de redresser la trajectoire.

Vingt minutes plus tard, la Renault stationnait dans le jardinet de la petite maison. Le plus difficile avait été d'ouvrir le portail rouillé et de dégager Pater coincé entre la portière arrière et le pilier de pierre.

Calambo remarqua la demi-boule de pétanque aimantée sur le toit :

— C'est quoi ce machin ?

— Un truc sensass, s'enthousiasma Bubble, avec ça je peux savoir à tout moment où se trouve la voiture.

— Et à quoi ça te sert puisque la R8 ne quitte jamais ton jardin !

— Question R8, à rien, je le reconnais. Mais ça pourra nous servir à l'avenir. On trouvera bien un coup à réaliser avec ça.

— On s'en branle de ce truc, vociféra Pater, il faut réparer le joint de culasse. Après, vous bavasserez tant que vous voudrez sur vos combines à la noix !

Mais le problème était loin d'être résolu : on ne change pas un joint de culasse avec une clé de 12 et une clé à molette rouillée. C'étaient les seuls outils de travail qu'ils dégotèrent dans la maison. Pater affirma bien qu'il en avait acheté d'autres « dans le temps », mais il aurait certainement fallu faire appel à quatre camions d'Emmaüs pour ôter les tas de bordilles qui dissimulaient le précieux outillage au regard des travailleurs potentiels !

Dédé, le garagiste de la Rose, appelé à contrecœur par Pater – qui haïssait les mécanos depuis que sa tendre épouse s'était tirée avec l'un d'entre eux – déclara qu'il pouvait réparer tout ça mais pas avant une grosse semaine. Parce que, primo, il n'attendait pas que les R8 quadragénaires montrent de signes de faiblesse pour gagner sa vie et que, secundo, un joint de culasse de R8, ça ne se trouve plus au supermarché du coin.

C'est d'ailleurs cette allusion au supermarché et à Carrefour qui sauva l'équipe…

— La putain, les jeunes, mais c'est à Carrefour qu'il faut aller !

Pater n'avait jamais été aussi éveillé depuis sa mise en retraite anticipée. Lui qui somnolait à longueur de journée, affalé devant l'écran de télé, montrait une aptitude à la réflexion et une vivacité nouvelle qui époustouflaient son fils. Bubble en resta bouche bée et c'est Calambo qui releva la proposition :

— À Carrefour ?

— Bien sûr. La R8 sera prête trop tard. Reste ta chignole. Qu'est-ce qui fait chier dans ta chignole ?

— Eh bé, un peu tout. Elle fait de l'huile, les sièges avant sont crevés, les vitesses passent difficilement, la…

Pater s'excita :

— C'est pas ce que je te demande ! Pourquoi je t'ai proposé la R8 pour aller te planquer ?

— OK, j'y suis. À cause du capot jaune…

— Ça y est. Tu piges ! Ta voiture, c'est une bagnole de clown. Quand tu roules avec, il manque plus que les autocollants de Bouglione sur les côtés et un haut-parleur qui diffuse le best of des Gipsy King…

— Et Carrefour dans tout ça ?

— Vous allez à Carrefour. Vous achetez une bombe de peinture rouge. Ça doit suffire pour un capot…

Bubble comprenait enfin. Le fait de plonger ses mains dans l'huile noire du moteur de la R8 l'effrayait un peu. Quel goût aurait un malabar tripoté par ses doigts souillés après ça ? À tout choisir, il préférait jouer les peintres que les mécanos.

À deux sur un vieux cyclo jadis volé par Bubble devant un bistrot de Saint-Just, les deux garçons filèrent à Carrefour Le Merlan et achetèrent, pour une poignée de pièces jaunes, une bombe aérosol.

Lorsqu'ils revinrent à Malpassé, Dédé, le mécano, avait remorqué l'engin de collection jusqu'à son garage. Calambo gara la Peugeot dans le jardinet et la séance de peinture débuta.

Une heure plus tard, Bubble avait les joues plus rouges

que d'habitude et le tronc du mûrier de chine avait pris une jolie teinte vermillon. Mais le capot était peint.

Pater quitta une nouvelle fois son fauteuil et sa télé pour apprécier le boulot, un verre de pinard à la main et une poignée de cacahuètes dans la bouche :

— C'est bien, les jeunes. Vous vous démerdez comme des chefs. On laisse sécher deux jours et vous vous tirez avec…

La raffinerie Total, avec ses hautes cheminées qui perçaient le ciel bleu plombé, dispensait ce parfum qui faisait surnommer le lieu non pas « La Mède » mais « La Merde ». Bubble eut un haut-le-cœur et se demanda comment on pouvait vivre dans un endroit pareil, mais on lui avait dit que les gens du coin s'y habituaient, alors…

Lila somnolait sur la banquette arrière, Bubble mâchouillait son énième malabar de la journée et Calambo déplorait le comportement de son passager vis-à-vis de son père :

— Bubble, je comprends pas que tu lui causes aussi sec à ton vieux, il a l'air d'un brave gars !

— C'est un con, une feignasse qui reste toute la sainte journée à mater des conneries à la télé et à vider des tonneaux de pinard ! Tu appelles ça un père, toi ?

Calambo fixa l'horizon.

— Sais pas… Mais j'aimerais bien en avoir un… Même comme ça…

— C'est une plaie, je te dis. Tu rentres à la piaule, ça pue. C'est pas étonnant que Mater, elle se soit tirée avec le mécano du boulevard Fleming, non, c'est pas étonnant.

— Mais, quand même, il est là quand tu rentres, non ? Et si ta piaule est crade, tu y es sans doute aussi un peu pour quelque chose.

Bubble ne répondit pas. Calambo poursuivit :

— Et puis, pour la voiture, il nous a aidés. Il nous a

proposé la sienne. Il nous a refilé une planque.

Les collines d'Istres, ombres noires sur l'étang qui avait pris une couleur virant au bleu de Prusse, dressaient leurs silhouettes inquiétantes. Le mistral rabattait des torrents d'écume sur les digues de pierre, à la droite de l'autoroute.

Calambo prolongea son sermon :

— Tu sais, Bubble, quand il crèvera, ton vieux, tu te rendras compte que t'es passé à côté de lui, sans jamais le voir, sans avoir rien échangé et, quand tu te regarderas dans la glace le matin, tu découvriras une tronche de con !

— Oh, Calambo, comme tu me parles !

— Je te parle comme je dois parler à un poto qui laisse crever son vieux à petit feu. Peut-être parce que j'ai jamais connu le mien.

— Ils sont morts quand tes parents ?

La voix de Bubble était plus douce, du ton qu'on emploie pour générer les confidences entre garçons.

— Tu sais, on peut pas dire que je les ai connus. J'avais qu'un an et demi… J'étais à l'arrière de la voiture, sanglé dans un fauteuil de minot et c'est ce qui m'a sauvé la vie. Ils sont morts sur le coup tous les deux. Et comme j'avais qu'eux, du jour au lendemain, je me suis retrouvé sans famille, trimbalé de foyer en foyer. Certains soirs, je me suis dit que j'aurais dû crever avec eux. Tu sais, Bubble, c'est dur de pas avoir le visage de ses parents gravé dans le cœur… C'est pour ça que quand je te vois si méprisant avec ton vieux, ça me fout un peu les glandes.

Bientôt, Martigues apparut, ville ocre, jaune et azur posée sur l'eau, avec ses clochers de pierres de taille dorées, ses toits roses et ses ronds-points fleuris de pétunias.

Martigues avait un charme fou au sortir de la pestilence de la raffinerie et des constructions sans âme qui bordaient l'étang. Voici une ville qui se payait le luxe de posséder une île dans son cœur, une ville où l'on pouvait rentrer chez soi en barque, comme à Venise, une ville qu'on survolait en traversant l'immense viaduc qui conduisait vers des coins plus maussades : les zones industrielles et les faubourgs de Port-de-Bouc.

Lila s'était redressée. Elle avait repris le tripotage en règle du col de Calambo avec une affection non dissimulée, et posait sur le cou du jeune homme des colliers de petits bisous. Le manège de la jeune fille agaçait Bubble qui n'appréciait guère l'affection que Calambo et Lila se portaient mutuellement, « Une ancienne pétasse qui a servi de paillasson à tous les connards de Marseille contre un fafiot de deux cents balles » répétait-il souvent à son ami, comme pour l'inciter à laisser tomber la jeune beur.

C'est en quittant Port-de-Bouc que Calambo remarqua la Safrane grise. Il l'avait repérée un peu avant le viaduc et s'étonnait qu'une voiture d'une telle puissance ne prenne pas la peine de doubler une pauvre 205 asthmatique sur le pont autoroutier, mais après tout…

Lorsqu'il stoppa au feu rouge marquant la sortie de Port-de-Bouc, ce feu qui permettait aux familles en goguette d'apercevoir les sculptures métalliques monumentales et psychédéliques de Morales, la Safrane se trouvait un peu à l'arrière, à quatre ou cinq véhicules de la Peugeot. Elle resta dans son sillage sur la route – pourtant large et invitant aux dépassements – qui desservait Fos et sa zone industrielle.

La zone de Fos témoignait des illusions des hommes politiques qui avaient voulu bâtir ici un eldorado au début des années soixante-dix. Les marécages avaient été colonisés, la nature chassée sous prétexte qu'elle n'était pas luxuriante. Ici les raffineries, les réservoirs d'essence, les alignements de pylônes porteurs de haute tension et les usines gagnaient du terrain sur les chênaies, les étangs verts et saumâtres qu'égayaient des bouquets d'iris d'eau sauvages.

— C'est la civilisation, remarqua Bubble laconiquement.

— Une civilisation de merde, oui, lâcha Lila.

Calambo restait muet, le regard soudé à son rétroviseur.

À la sortie de l'immense rond-point de la Fossette, la plupart des véhicules filaient à l'ouest, vers Arles et la Crau.

Calambo fit deux fois le tour de l'échangeur.

— Oh, on se met sur orbite ? C'est pas un vire-vire, ce rond-point ! T'as picolé ou quoi ?

La conduite hésitante de Calambo inquiétait son passager qui suçotait une canette de coca. Après tout, peut-être connaissait-il mal la route ?

Bubble indiqua la direction d'un signe de tête. Lila précisa d'une voix douce :

— Calambo, vers Port-Saint-Louis…

Il s'engagea vers le sud.

— Je sais…

La Safrane se paya, elle aussi, les deux tours de rond-point avant d'emprunter la même route que la 205.

— La putain, les potos, on nous suit.

L'obèse marqua son étonnement en faisant exploser la bulle qu'il s'ingéniait à gonfler patiemment :

— T'es con ou quoi ? Depuis l'histoire de la bé-emme à Marseille, tu ne penses qu'à ça ! Y a des milliers de chignoles sur cette route, alors forcément, y en a toujours plusieurs qui vont au même endroit… Y a toujours un gars qui en suit un autre…

— Peut-être, mais depuis Port-de-Bouc, chaque fois que j'ai ralenti, tous me doublaient sauf cette Safrane. Elle est toujours restée à bonne distance. Les deux tours de rond-point, c'est pas parce que j'étais bourré mais seulement pour savoir si on nous filait.

— Alors ?

— Alors, regarde derrière toi…

Bubble abaissa le pare-soleil afin de suivre l'équipée de la Safrane dans le miroir de courtoisie. Il n'y avait qu'une camionnette et un camping-car entre les deux véhicules.

— Merde !

Bubble descendit la vitre, cracha son malabar sur le bas côté en signe de dépit et figea un regard maussade sur l'horizon.

— *Pitché*[7] *!*

Isker jura lorsque la 205 entama son deuxième tour de rond-point.

Soit ce petit merdeux ne connaissait pas la route, soit il se doutait de quelque chose et désirait vérifier s'il était suivi.

Yaga conduisait avec agilité et souplesse la Safrane. Il laissa passer une camionnette et un camping-car immatriculé en Belgique avant de s'engager dans la direction prise par la Peugeot. On descendait vers le sud, vers Port-Saint-Louis-du-Rhône.

Isker alluma une Gitane. Il aimait le goût prononcé de ces cigarettes françaises qui contrastait avec l'insipidité des tabacs turcs. Il était serein : ce trio ne semblait guère redoutable. Une fille, ça ne comptait pas et le petit gros serait vite éliminé. Quant au chauffeur, il parlerait sans doute au bout de quelques minutes.

Isker avait une longue habitude de tout cela.

Il en avait la preuve avec le sort qu'il avait réservé, la veille, à La Bêche, dans les collines du massif de la Nerthe.

La veille, donc, ils avaient retrouvé le jeune beur qui

(7) Salaud !

venait de passer de longues heures sous une gigantesque fourmilière. Yaga chassa les insectes qui avaient largement entamé le cuir chevelu et les paupières du jeune homme. Ces foutues bestioles avaient un de ces appétits ! Isker essuya le crâne sanguinolent et déposa un peu d'eau fraîche dans la commissure des lèvres boueuses. La Bêche ouvrit ses yeux.

— Dis-nous où se trouve Calambo et on te tire de là.

Le ton du Turc était volontairement convivial. Il abreuva La Bêche. Quelques fourmis s'échappaient encore par les narines et sur un signe de tête de Yaga, Erkan et l'orang-outan commencèrent à dégager manuellement la terre qui oppressait le jeune homme. La Bêche se décontracta. Il entrevoyait enfin le bout du tunnel. Il se confia :

— Ils ont rencard avec Lila demain matin, au Beau Bar, vers onze heures. Ensuite, ils se tireront en voiture.

Isker sourit. Ce sera un jeu d'enfant de coincer ce véhicule sur la route, où qu'ils aillent !

— C'est bien, tu es raisonnable. Tu mérites une récompense. Je te promets que ces saletés de fourmis ne t'importuneront plus.

Le cauchemar s'achevait.

La Bêche respira.

Il n'entendit jamais les huit coups de feu.

Car la première balle lui explosa le crâne mais Isker tira encore sept fois.

Inutilement.

Comme pour se défouler.

Il rangea son HKP7-M13, un pistolet dérobé par Yaga et son équipe lors d'un casse dans un dépôt d'armes de la police allemande à Stuttgart, le mois précédent. Isker rangea le pistolet dans son holster. Il aimait bien cette arme, peu esthétique mais compacte et dépourvue d'aspérité, une arme qu'il pouvait glisser sous sa veste. Il est vrai que le Heckler und

Koch P7 n'était certainement pas une œuvre d'art plastique mais il se révélait d'une incroyable efficacité dès lors qu'on avait percé le mystère de son fonctionnement.

Un flingue qui lui ressemblait en quelque sorte…

Bubble avait étalé la carte griffonnée par Pater sur ses genoux et Lila décodait la direction à prendre par-dessus l'épaule de l'obèse.

L'odeur forte des marécages submergeait le lieu.

De part et d'autre de la route, la vaste plaine s'étendait jusqu'à l'infini. À gauche, l'imposante masse sombre de l'usine Solmer et la forêt de pylônes ôtaient toute magie au lieu. Pourtant, sur la droite, la nature reprenait ses droits : on distinguait parfois les ombres noires et furtives des taureaux ou des aigrettes graciles dont la blancheur illuminait cet univers grisâtre.

— Attention, Calambo, on va prendre sur la droite…

Le panneau indiquant le Bac de Barcarin apparut et la 205 abandonna brusquement la route de Port-Saint-Louis.

La camionnette continua sa route vers le sud. Le camping-car et, évidemment, la Safrane semblèrent hésiter un instant puis choisirent la même direction que celle de la 205.

— Pas trop près, Yaga…

Il n'y avait plus que le camping-car belge entre les deux véhicules et, même si la Safrane était à plus de cent mètres de la 205, Isker s'inquiétait. Il était encore trop tôt pour aborder la Peugeot rouge et il convenait d'être discret. Une Golf GTI, conduite par un cacou local, les doubla dans un tumulte de fête foraine : le vrombissement du moteur 16 soupapes avait du mal à couvrir la musique techno que diffusaient ses puissants haut-parleurs. Un Voyager Chrysler, en provenance d'Angleterre (comme l'attestaient le volant à droite et ses gros numéros noirs sur fond blanc de la plaque d'immatriculation), charriait une flopée de marmots, de petits rouquins aux cheveux courts et à la bonne bouille criblée de taches de rousseur, gesticulant et grimaçant sur la banquette arrière. Le Voyager les dépassa et se rabattit juste devant eux dans la ligne droite qui conduisait au bac. Les Turcs eurent droit à un concours de grimaces made in UK qu'ils n'apprécièrent que modérément.

Isker jeta son mégot sur la route et tapota son paquet de Gitanes à la recherche d'un nouveau clope. On devinait un peu de nervosité dans son geste.

— C'est quoi, ce bac ? demanda-t-il à Yaga.

— Le bac de Barcarin qui traverse le Rhône. Ils se dirigent vers la Camargue.

— Bon, on continue à les suivre. Discrètement. On ne fait rien sur ces routes aussi fréquentées.

Isker allumait une nouvelle Gitane lorsque Yaga stoppa la Safrane. Il y avait une queue d'une bonne centaine de mètres pour accéder au bac.

Il ne restait plus qu'à attendre…

Le ferry, auréolé d'un panache de fumée noire et grasse, arriva en toussotant.

Le Rhône roulait des flots lourds, bruns aux reflets verts. On était loin des couleurs de la Méditerranée ! Le mistral couchait les roseaux de la rive droite sur le fleuve et un vol de flamants roses égaya le ciel terne.

Calambo murmura entre ses dents :

— La putain, y sont juste derrière nous. Et, en plus, je sais même pas ce qu'ils nous veulent, ces conneaux !

— Il faudrait qu'on arrive à prendre ce foutu bac et que ces bordilles, ils ne puissent pas embarquer, répondit Bubble.

— Tu rigoles ? On n'est même pas bons pour ce voyage. Y a trop de mecs devant nous…

Le problème du bac de Barcarin, c'était toujours l'attente. On économisait un long détour via Arles mais, dès que l'été approchait, les fanas des plages de Salin-de-Giraud et des Saintes se pointaient et il fallait attendre des heures avant de passer le Rhône. On avait bien envisagé un pont sur le fleuve mais les écolos rouscaillaient et rien ne se faisait.

Le bac accosta. Les véhicules en provenance de Salin évacuèrent la plate-forme puis les premiers automobilistes de la longue file grimpèrent le plan incliné et prirent place.

Le bac pouvait transporter une trentaine d'automobiles. Lorsqu'il fut complet, la 205 se retrouva en douzième position. Elle serait donc du prochain voyage, tout comme la Safrane qui la suivait de peu.

— On va les niquer !

Bubble et Lila se regardèrent sans comprendre. Calambo avait une idée, c'était sûr et alors là, on pouvait s'attendre à tout !

Un coup de volant et la 205 quitta brusquement la file pour stopper sur un petit parking en bordure du fleuve, sur la droite. C'était un terre-plein que certains utilisaient pour parquer leur véhicule afin d'emprunter le bac, à pied ou à vélo, et de franchir ainsi le fleuve sans payer (puisque c'était gratos pour les piétons).

Isker suivait la scène avec intérêt.

La 205 était garée sur le bas-côté. Calambo avait ouvert le capot et examinait le moteur avec l'air inspiré d'une poule qui vient de trouver un couteau. Celui-là avait l'air d'être aussi expert en mécanique qu'Isker en géométrie spatiale !

À vingt mètres de là, les moteurs du bac ronflaient. Bientôt, la lourde embarcation quitterait la rive et entreprendrait son énième traversée du Rhône.

Qu'est-ce que ce petit con pouvait bien faire ?

N'était-il pas tout bonnement en panne ? Ce qui n'aurait rien d'étonnant avec cette vieille guimbarde…

Yaga interrogea son chef du regard.

— On reste dans la file, déclara Isker avec assurance. Mets-nous un peu de clim.

Yaga remonta les vitres teintées et un air frais emplit l'habitacle.

Dehors, Calambo tripatouillait le moteur. Il appela Bubble à l'aide.

L'obèse sortit de la 205 en mâchant son horrible chewing-gum, son sac à dos en bandoulière. Lila le suivit et se pencha à son tour sur le moteur.

Les serveurs du bac tendirent la chaîne en travers la chaussée afin d'interdire aux véhicules d'avancer vers le fleuve. Les passagers sortaient des voitures, histoire de prendre un peu d'air frais au bord de la route en attendant la prochaine rotation. Le bac reviendrait ici dans quarante minutes seulement et on avait un peu de temps devant soi.

Yaga ricana :

— La clim', ça a quand même du bon, non ?

Isker opina du chef. Il régnait une température très agréable dans l'habitacle. Vingt-quatre ou vingt-cinq degrés, pas plus. Yaga inséra un CD-Rom et la voix de Tarkan résonna dans les haut-parleurs.

— T'as rien d'autre que ce petit pédé, grogna Isker.

Yaga haussa les épaules : il aimait bien Tarkan.

Un toussotement accompagné de volutes de fumée noire signifia que le bac quittait la rive.

Il suffisait d'attendre simplement le temps d'une rotation et les trois jeunes ne pourraient plus leur échapper.

Isker soupira de plaisir et alluma une nouvelle Gitane en fixant la flamme de son briquet en or. Ils avaient encore plus d'une demi-heure à patienter.

– *Hayret dogrusu*[8] !

L'interjection de Yaga tira Isker de sa contemplation.

Calambo, Lila et Bubble quittaient le parking à toutes jambes en direction du fleuve. Ils sautèrent sur le bac alors que celui-ci quittait la rive et amorçait sa traversée.

Jamais Bubble n'avait sauté aussi loin.

Jamais Isker n'avait piqué une telle colère.

Du pont du bac, les trois compères observaient l'énervement des occupants de la Safrane. Tous les quatre étaient sortis de la Renault et gesticulaient sur le quai d'embarquement. Un préposé devait leur expliquer que le prochain service aurait lieu dans quarante minutes, ce qui ne calmait pas le moins du monde ce quatuor en costume sombre, chemise blanche et cravate – pas du tout le look des babas cool, habitués de la plage de Piémanson, à Salin-de-Giraud !

— Je t'avais dit qu'on allait les niquer ! ricana Calambo en prenant la main de Lila.

La remarque arracha un pâle sourire à Bubble :

— Ok, boy, mais ça nous dit toujours pas pourquoi des mecs en costard nous collent au cul ces derniers temps !

L'explication serait pour un autre moment. Ce qui importait avant tout, c'était de semer ces trublions. Pour le reste, on verrait plus tard…

— Et la 205 ?

— De toute façon, elle est pourrie. Et en plus, j'ai gardé les clefs ! répondit Calambo en exhibant son trousseau de clefs.

Il avait pensé à tout !

Bubble sortit la carte et entreprit d'étudier l'itinéraire de Pater.

— Ça fait plus de dix bornes du bac au cabanon. Si on y

(8) C'est pas vrai !

va à pinces, on en a pour la vie des rats et les autres conneaux auront le temps de nous rattraper. Il faudrait piquer une chignole ou, au moins, des vélos, décréta l'obèse.

— T'en fais pas pour ça ! On va se démerder et on sera à l'abri avant que les quatre ploucs atteignent l'autre rive.

Calambo était sûr de lui, il serra Lila par la taille et lui bécota le cou. Sa sérénité rassura Bubble qui sortit un malabar de sa poche afin de fêter ça.

Le bac atteignit la rive droite en moins de dix minutes.

Le flot des véhicules s'écoulait lentement car les conducteurs prenaient mille précautions afin de franchir l'étroite passerelle métallique qui leur donnait l'accès à la rive droite du Rhône.

Ainsi un camping-car de Bologne quitta le transbordeur avec maintes difficultés. Il s'engagea en direction des Saintes, sur la route qui contournait le Vaccarès. Le chauffeur était d'ailleurs tellement apaisé en sentant l'asphalte des belles routes de Provence sous la gomme de ses pneus qu'il ne remarqua pas que son véhicule avait été délesté des trois VTT accrochés à l'arrière.

Calambo, Lila et Bubble pédalaient comme des dératés. Il fallait quitter la départementale et gagner au plus vite la digue et les pistes qui traversaient le delta du Rhône car, dans un peu moins de trois quarts d'heure, le bac ramènerait leurs poursuivants.

Mais trois petits quarts d'heure, c'était peut-être suffisant pour gagner le cabanon, ou du moins se mettre hors d'atteinte.

Calambo pédalait avec ardeur, Lila avec détermination et Bubble avec application. Il suait de grosses gouttes. Le cadre du vélo était trop grand pour lui et la selle trop haute.

Ils traversèrent Salin-de-Giraud, passèrent devant

l'austère siège en pierre de taille des Salins du Midi – la ville avait jadis bâti sa fortune sur l'exploitation des marais salants – puis, au bout de cinq kilomètres abandonnèrent l'asphalte. Le chemin de terre de la Tour ruinée menait vers la digue et les Martelières du Fangassier.

C'était une piste bosselée, mitée d'ornières et d'excavations qui auraient pu avoir raison de n'importe quelle suspension.

— La selle me rentre dans le cul !

Bubble gémissait, les jambes engourdies, et ployait sous son sac à dos.

— Sois belle et tais-toi !

Calambo avait même la force de plaisanter. Il faisait la course en tête et de loin on pouvait voir ces trois silhouettes sombres roulant dans un monde d'étangs verts, de roseaux bruns, de reflets argentés et de ciel plombé. Le mistral mourait sur la Camargue, sans doute parce qu'il n'avait, ici, rien à briser ou à recourber.

Trois quarts d'heure plus tard, les cyclistes atteignirent les Martelières du Fangassier et la cabane du pêcheur. La maison camarguaise avait été incendiée par un vague mouvement de libération des chasseurs qui avait maculé les murs blancs d'inscriptions exigeant « la Camargue aux chasseurs », comme si la Camargue n'appartenait pas aussi aux flamants, aux chevaux et aux toros !

Ils s'arrêtèrent quelques minutes, histoire de souffler un peu. De l'autre côté de l'étang, une longue tache rose s'étendait à l'infini. Les flamants. Combien y en avait-il ? Plus de dix mille sans doute. Des ornithologues traversaient l'étendue d'eau dans des barques à fond plat afin de regagner leurs miradors pour de longues heures d'observation.

Bubble soufflait comme une locomotive à vapeur et semblait au bord de l'apoplexie. Ils s'arrêtèrent quelques minutes devant la cabane incendiée, histoire de reprendre leur respiration.

Un ornithologue de salon avait installé une longue-vue braquée sur la colonie de flamants. Il expliqua aux jeunes gens les coutumes des phoenicpterus ruber (nom savant de ces oiseaux roses à la somptueuse fierté), puis enchaîna en leur présentant à travers l'objectif la peuplade des volatiles du coin. Il énonça sentencieusement les subtiles différences qui permettaient de distinguer les grèbes huppés des grèbes castagneux, les hérons gardeboeufs des hérons cendrés ou des hérons pourprés, avant de leur montrer un vol d'aigrettes garzettes.

Le discours savant gava rapidement Calambo qui préféra s'employer à nettoyer son vélo. Bubble semblait, par contre, passionné. Il posait des questions, s'intéressait aux migrations aviaires, s'enquérait de la signification des étymologies latines des noms d'oiseaux. En fait, l'obèse cherchait tout simplement à gagner du temps pour souffler un peu. Il restait encore quelques kilomètres à souffrir et il lui fallait reprendre son souffle.

Lila regarda sa montre : le bac avait dû terminer sa rotation. Il fallait interrompre l'apprenti savant qui se gargarisait d'une flopée de mots qui sont même pas dans le dico et qui semblaient endormir Bubble : stric aluco, larus cachinnans, sterna ibifrons, circus aeruginosus…

— *Et dominus vobiscum* ! On se réveille et on y va, gros !

Calambo tira l'obèse de sa vénération latino-ornithologique.

Mais, comme le savant n'appréciait guère cette grossière intervention, Calambo lui promit de lui botter le sacrum et de lui couper les roubignollus s'il continuait à jacter dans la langue des curés.

Bubble grimpa à contrecœur sur le vélo. Il lui sembla que la selle le pénétrait maintenant jusqu'à l'estomac.

Ce furent, comme d'habitude, les premiers coups de pédales les plus difficiles.

Au même instant, le fameux bac accostait du côté de Salin et la Safrane hésita un court instant entre la route de la plage de Piémanson, sur la gauche, et celle des Saintes, sur la droite. Isker jura et joua le coup à pile ou face.

Ce furent les Saintes qui gagnèrent le toss. Les Turcs s'engagèrent comme des calus sur la départementale 36 qui contournait le Vaccarès et les éloignait irrémédiablement de leurs proies.

Les trois cyclistes pouvaient donc pédaler en paix !

C'est au bout d'une piste défoncée et caillouteuse, tracée entre les étangs de Galabert et du Grand Rascaillon, que Calambo, Lila et Bubble accédèrent à la plage de Beauduc. Une plage un peu particulière : plutôt un amas de cabanons, de caravanes, de baraquements faits de bric et de broc, un cimetière de voitures, de camions et d'autobus érodés par le sel, le sable et le soleil.

On aurait dit que Mad Max avait vécu là et que le sable avait recouvert les restes des ferrailles de ses anciens combats.

Un truc plus proche du bidonville que de Marina Baie des Anges !

À l'entrée, une pancarte rappelait qu'il était interdit de rouler dans les dunes en voiture. Un parking – vaste mot pour désigner un terre-plein dévoré par le sable – attendait d'hypothétiques visiteurs.

Mais Beauduc c'était aussi un paradis, un jardin, une plage infinie de sable blond, un abri de liberté, un havre de paix à l'écart de la vie moderne.

Le dernier coin du monde où on viendrait chercher Calambo, Lila et Bubble.

Bubble descendit du vélo.

— On pousse ?

Calambo sourit. Difficile de rouler dans vingt centimètres de sable !

— Bien sûr. Il est où, ton gars ?

L'obèse se pencha sur la carte. Pater avait inscrit un nom en haut et à gauche de la carte, dans le cartouche destiné à la légende.

« Antoine Valmorel. Demander son cabanon au resto qui se trouve à droite en rentrant ».

Le resto s'appelait « Chez Marc et Mireille ». Ils n'y trouvèrent qu'un gars au visage buriné occupé à nettoyer du poisson. Ce n'était certes pas Mireille mais rien ne disait que c'était Marc. Peu leur importait après tout, car il leur indiqua le cabanon d'Antoine, une baraque qui donnait sur la plage et se situait à deux cents mètres à l'est.

— Vous le reconnaîtrez grâce à sa clôture de planches peintes en bleu, précisa le gars qui éviscérait des soles frétillantes.

La plage s'étendait à l'infini. Ici, la mer était peu profonde et venait lécher le sable sur une largeur d'une douzaine de mètres à chaque ressac. Ils posèrent leurs vélos sur la frange mouillée. Là, le sol était dur et ils pouvaient pédaler.

La clôture apparut. Certes, les planches avaient été peintes en bleu mais le barbouilleur qui avait fait ça devait être un contemporain de Léonard de Vinci tant la couleur était passée.

Un gars aux cheveux blancs mal peignés et aux sourcils broussailleux s'activait dans le jardinet. Jardinet était un bien grand mot parce qu'ici, tout était sable : la route, les bas-côtés, les jardins, le sol de la plupart des cabanons. La dune avalait les bicoques mal entretenues et les carcasses rouillées des voitures laissées à l'abandon.

L'homme avait le regard clair et la peau tannée, une peau brunie par l'action conjuguée du soleil et du sel, une peau creusée de replis profonds qui lui donnaient un air de sagesse. Il accueillit l'obèse avec circonspection.

Quand il sut que les trois jeunots venaient de la part de Pater, il se dérida :

— Bienvenue les jeunes ! Qu'est-ce que je peux pour vous ?

Bubble lui tendit la demi-feuille à gros carreaux sur laquelle Pater avait calligraphié quelques phrases courtes.

Antoine lut. Son regard s'éclaira comme à l'évocation de vieux souvenirs heureux. Il replia le papier avec soin et proposa :

— Venez voir votre crèche…

Calambo avait souvenance d'un très ancien reportage sur les taxis de la Marne et le bus devait dater de la même époque. Il était assez court – guère plus de sept mètres – et avançait un museau sympathique orné d'une superbe calandre chromée.

La carrosserie peinte en jaune et vert, les sofas intérieurs recouverts de tissu orange trahissaient une réfection assez récente, ou du moins la patte d'un décorateur psychédélique des années soixante et dix qui devait carburer au LSD.

— Il est beau, hé ! C'est un autobus urbain Citroën C6GI, un modèle du début des années trente. C'est des Zollandais qui l'ont abandonné ici. Une bande de déconnards comme on n'en voit pas chez nous. Partouzes, bibines et fumettes toutes les nuits. Et puis un beau jour, y se sont tous tirés… Alors j'entretiens le camion et je m'en sers quand j'ai des invités.

Le Citroën était sur cale et c'était pas demain la veille du jour où il reprendrait la route ! Des rideaux délavés protégeaient l'aménagement intérieur confortable du soleil et les occupants des voyeurs :

— Ah, il s'en est passé de drôles, là-dedans, soupira

Antoine avec un air entendu. C'est confortable, vous verrez et vous allez pas vous emmerder tous les trois !

Manifestement, il pensait que Lila marchait avec les deux jeunes et qu'il se rincerait l'œil gratos le soir. Il lui suffirait de mater l'intérieur du bus par les interstices des rideaux. Comme au temps des Zollandais !

Antoine proposa :

— Bien sûr, vous casserez la graine avec moi. C'est une baraque pour dormir ou pour baiser cet engin, pas pour cuisiner !

Lila, Calambo et Bubble ignorèrent le nouveau regard grivois du vieux et posèrent leurs sacs à dos sur une des banquettes orange.

Le sable s'incrustait même dans le sol de l'autobus et le mistral soulevait des nuages jaunâtres et bruyants qui frappaient les vitres du véhicule comme des essaims d'abeilles.

— Faut s'habituer mais vous dormirez bien ici, ajouta Antoine en tirant les rideaux.

Il était six heures du soir et le soleil déclinait en ourlant l'écume de filets d'or.

— Un dernier truc, les jeunes, les chiottes c'est par-là, indiqua-t-il en pointant son index vers les dunes. Et l'eau c'est par ici, en montrant la mer.

À six heures huit, la Safrane arriva aux Saintes-Maries-de-la-Mer.

Les terrasses abritées des bistrots se peuplaient de Britiches et de Teutons. Yaga gara la voiture sur le port et les quatre hommes en costard noir firent le tour des rues piétonnes. Ici, on alpaguait le touriste et Isker, lorsqu'il fut abordé par un marchand de chemises camarguaises, en conçut le même énervement que lorsqu'il se baladait dans le Grand Bazar d'Istanbul.

Il froissa le carton bleu de son paquet de Gitanes et le

jeta rageusement par terre.

Ils ne retrouveraient pas les trois gosses. Pas ici, en tout cas.

Yaga l'interrogea du regard et hasarda un timide :

— On fait quoi, patron ?

— Qu'est-ce que tu veux foutre ? Ces trois petits cons ne sont certainement pas assis à une terrasse de bistrot à nous attendre ! On rentre à Marseille et on reprend tout à zéro.

— À zéro ?

Isker grogna. Non seulement, il retournait bredouille de la virée mais, en plus, il fallait tout expliquer à ce lourdaud ! Son ton était agacé :

— À zéro ? Pas tout à fait. On connaît leurs amis, leurs adresses. Ogül nous a laissé une solide documentation. Notre travail est un travail de patience. On a tout notre temps et ils ne pourront pas rester planqués éternellement. En plus, ils ne savent même pas ce qu'on leur veut !

Isker se força à sourire. Il se donnait du courage comme il pouvait.

L'église des Saintes dressait ses fortifications et dominait tout le pays. Les quatre Turcs grimpèrent jusqu'à la terrasse. Les trois sacripants pouvaient se trouver dans l'une de ces maisons blanches et basses ou bien quelque part dans ce pays de digues, d'étangs, de dunes et de joncs qui s'étendait à l'infini.

À l'ouest le soleil sombrait dans les flots. Un soleil gigantesque comme ils n'en avaient jamais vu. Un énorme disque orangé qui dispensait une lumière chaude et dorée dans le ciel éclairci par le mistral.

Antoine servit le pastis dans sa véranda. Ici, les mots n'avaient pas la même signification que dans le monde civilisé : ainsi, une véranda à Beauduc n'était qu'un assemblage sommaire de plaques de plexiglas mal ficelées, mais néanmoins un luxe dans ce pays de liberté où le moindre de nos conforts urbains devenait une utopie. Il n'y avait pas d'eau douce. Il fallait aller la chercher loin, vers les Salins. L'électricité était réservée aux possesseurs de groupes électrogènes, quant au téléphone…

Et en plus, il fallait reconstruire avec une inlassable pugnacité tout ce que le vent et le sable détruisaient périodiquement.

Il était près de huit heures. Le soleil disparaissait et ses derniers rayons donnaient au pastis une teinte encore plus chaude qu'à l'ordinaire.

Le radio cassettes à piles égrenait une vieille rengaine de Frank Alamo :

« *On a eu tort de vouloir nous séparer*
On a eu tort aujourd'hui je peux bien l'avouer
Tout comme un enfant perdu
Je vais seul au long des rues
N'ayant que le regret d'avoir tout gâché. »

Bubble eut un regard interrogateur vers Calambo. Lui, le fan du funk et du rap made in Massilia ne connaissait guère les sixties.

Antoine comprit son interrogation :

— Ça vous plaît cette musique ? Toute ma jeunesse ! C'est toute ma jeunesse. Frank Alamo, ça c'était quéqun !

Manifestement l'ermite de Beauduc tenait la forme. Il se paya même le luxe de reprendre le refrain avec son idole en se tortillant tandis qu'il posait une bouteille de pastaga sur la table de formica :

« *Oh je t'en prie*
Reviens vite : Tu sais que je t'aime
Reviens vite : Dans la nuit je traîne

Reviens vite : Mon âme est en peine
Reviens vite : Oh oh oh oh »

Antoine pérorait :

— Ici, c'est le seul coin du monde où le plus cher dans l'apéro, c'est pas le pastaga, c'est l'eau ! Pour le pastaga, j'avoue qu'on se démerde. Il tombe toujours un carton ou deux des camions et ça nous fait le litron à quarante balles. L'eau, les jeunes, c'est pas les figues du même panier. Il faut aller la chercher en galère, avec la tire. Heureusement que Titine roule encore !

Antoine rit à pleines dents en désignant une Renault 4 à la peinture érodée par les vents de sable.

Il régnait dans le cabanon une bonne odeur de persillade et Antoine avait placé une immense casserole en alu sur les flammes de la gazinière.

Il intercepta le regard de Bubble qui s'inquiétait sans doute du repas du soir.

— Vous faites pas de bile, les jeunes, vous allez bâfrer comme des princes. Au menu : tellines et tellines. En entrée tellines en salade, et ensuite pâtes aux tellines. Je suis sûr que vous avez jamais mangé une pastachoutta comme ça !

Antoine pressa la touche « pause » afin d'interrompre momentanément le récital d'Alamo et leur raconta ce pays. Il ne devait pas recevoir des invités tous les jours, aussi était-il volubile :

— Ici, les pêcheurs des Saintes-Maries avaient érigé des cabanes, des abris de fortune dès le dix-huitième siècle. Ils étaient pas cons, les mecs de cette époque ! Par gros temps, ils s'y installaient avant de reprendre la mer. Puis, à partir des années quarante, les Marseillais, qui voulaient oublier l'espace de quelques heures leurs quartiers merdiques, sont venus s'installer sur la plage. Un cabanon, une partie de pêche, une bouille ou un poisson grillé et, évidemment, des tellines, c'était plus que le luxe, c'était le paradis.

Antoine leur relata l'histoire de ce village fantôme balayé par les vents en vidant des mominettes et en grignotant des cacahuètes grillées.

— Y a presque dégun qui vit ici. Une quinzaine de familles seulement, des mecs comme moi, des ours qui ont fui la ville et qui ont besoin de se rapprocher de la nature. Mais la vie sans confort, c'est bien joli pendant trois ou quatre jours. Après, ça te rebute même les écolos les plus endurcis.

Il se retourna vers Bubble :

— Moi, je travaillais à la Joliette avec ton père et quand le Port Autonome nous a virés, je suis venu ici. J'ai tout laissé à Marseille – j'habitais aux Aygalades – j'ai quitté ma femme, mes minots, mes amis. Des fois, les nistons, ils viennent me voir, on passe l'après-midi ensemble mais je sens qu'ils me comprennent plus… Les mecs, ils aiment bien gueuler contre le progrès, mais dès que tu leur enlèves l'électricité ou le cagadou, ils savent plus où ils sont ! Ici, je suis peinard, y a dégun qui me dicte ce que je dois faire, dégun qui m'emmerde quand je pionce jusqu'à midi ou quand je me bourre la gueule. Je passe mon temps à rêver et à pêcher. J'ai un pointu, celui qui est là devant, sur la plage. Et je ramasse des tellines presque tous les jours.

Il se leva et arbora un curieux instrument en forme d'épuisette dont un côté métallique était dentelé afin de racler le sable. Il expliqua que la pêche à la telline se pratiquait à pied sur les plages du delta du Rhône à l'aide de ce fameux « tellinier ».

— Le plus chiant pour les tellines, c'est quand tu ramasses une vive dans le filet. Alors meffi ! Si jamais tu te fais piquer par cette saloperie, tu dégustes un max !

— Mais tous ces cabanons, ils sont à qui ?

— En dehors des quelques barjos comme moi, y a quand même deux à trois cents familles qui viennent régulièrement passer quelques jours ici, le dimanche ou pour les vacances. Vous avez vu, les jeunes, y a vraiment de tout ici : des cabanons en planches, des caravanes, des maisonnettes qui se prennent pour des villas, des autocars en guise d'auberges.

Tout ce qui était planté ici était révélateur de son constructeur. Chacun avait le droit de faire ce qu'il voulait…

Le disque immense du soleil disparaissait dans les flots et jetait des paillettes d'or sur l'écume des vaguelettes grises.

La mer se calmait.

Le mistral faiblissait.

Antoine apporta les tellines encore chaudes avec leur vinaigrette et cela embauma l'ail et le persil. Il posa sur la table une bouteille de Listel, du gris de gris, étonnamment frais.

— Vous avez de la sèbe, les jeunes, parce que de l'eau glacée et du pinard frais, j'en ai pas tous les jours. Y a des mecs, ici, qui se sont installés des groupes électrogènes. Y font ce qu'ils veulent, les mecs, mais moi je suis contre le groupe. Ça fait un de ces boucans et ça pue le fioul. Je suis quand même pas venu vivre comme un sauvage pour en passer par-là ! Quand je descends aux Salins, j'achète deux pains de glace et je fourgue l'eau et le pinard dans la glacière. Elle est pas belle ma glacière ?

Il montra un de ces bahuts mastoc peint en blanc avec une unique porte, un de ces éléments qui ornait jadis toutes les cuisines provençales et que le frigo avait détrôné. La peinture s'écaillait par endroits et l'intérieur était zingué. Les morceaux d'un pain de glace maintenaient dans une fraîcheur relative une douzaine de bouteilles. Il n'y avait d'ailleurs dans la glacière que des bouteilles. En fait, maintenir au frais l'eau du pastis et le rosé était la plus élémentaire des nécessités pour le pékin marseillais. Ici, c'était un luxe et un raffinement.

Antoine remit en route le lecteur de cassettes, histoire de créer une ambiance intime, et Frank Alamo s'égosilla de plus belle :

« Allô… Mademoiselle, Maillot 38-37
J'ai votre numéro qui chante dans ma tête
Je viens de me le procurer
Par quel moyen ? C'est un secret !
J'aimerais ce soir vous emmener danser.
Allô… Mademoiselle, Maillot 38-37
Quel est votre prénom ?
Oui, j'ai compris « Juliette »
Je ne vous ai vu qu'une fois
Oh Juliette, c'est plus fort que moi
Je voudrais encore entendre votre voix.
Pardonnez-moi si je vous réveille
J'ai perdu la raison…
Ne criez pas, oui je bégaie,
C'est l'émotion… »

La nuit tombait. On mangeait à la lueur d'une lampe à batterie.

Bubble dévora trois grandes assiettes de nouilles aux tellines avec une pleine bouteille de Listel. Cette nuit, il dormirait bien.

Mieux en tout cas que Calambo et Lila qui sortirent dès le repas terminé. Ils foulaient cette immense plage noire et bruissante en se bécotant toutes les trois secondes. Le danger latent attisait leur désir. Sans doute attendaient-ils que Bubble soit endormi afin de parfaire leurs caresses sur les banquettes étroites du Citroën C6GI.

Calambo passa son bras droit autour de la taille de la fille. Une queue de mistral balayait la plage sous un mince quartier de lune.

Calambo se demandait où ses diables de poursuivants avaient bien pu passer, mais la sensation de la bouche de Lila sur sa peau chassa ses mauvaises pensées et l'enflamma.

Des cris rauques d'oiseaux perçaient la nuit.

Le Citroën C6GI était à plus de cent mètres. Bien trop loin en tout cas pour satisfaire une pareille urgence. Ils s'allongèrent sans cesser leurs caresses à l'abri d'un immense tronc d'arbre que le Rhône avait décroché d'une lointaine rive et que les flots de la Méditerranée avaient rejeté. Le destin des arbres est parfois surprenant !

Il lui dégrafa sa chemise, découvrant un peu plus sa poitrine à chaque bouton défait. Ses lèvres foulèrent des territoires jusqu'ici inaccessibles. Elles s'attardèrent sur les aréoles brunes de ses seins, jusqu'à ce que la fille se cambre. Et lorsqu'il fallut passer aux choses vraiment sérieuses, Calambo maudit l'inventeur du jean.

Puis, il la caressa longuement, comme s'il voulait goûter jusqu'à l'extrême limite ce désir qui le submergeait.

Jusqu'à ce qu'il rencontre Lila, il n'avait cherché que la possession et la jouissance dans ses rapports avec les filles. Il pensait ainsi affirmer sa puissance, sa virilité et sa violence. Un mec qui baisait, ça, c'était un vrai mec !

Mais avec Lila, tout avait changé : il ne cherchait plus sa propre jouissance, il ne voulait que son plaisir à elle.

Aimer est plus fort que d'être aimé, comme chantait l'autre…

Elle ferma les yeux, bercée par le frémissement des vagues qui mouraient doucement sur le sable, et s'offrit à ses doigts, à sa bouche, en survolant ce monde pourri. Elle planait. Il la prit lentement, les yeux dans les yeux et la serra contre lui longtemps après, en posant ses lèvres sur ses tempes.

Ils restèrent muets et la nuit aurait pu durer une éternité.

Ce fut fort et doux.

Avec cependant un tout petit emmerdement : ce sable qui s'infiltrait dans les moindres replis !

Marseille, le samedi 21 avril

Lorsqu'il poussa la porte du Beau Bar, Levon Balyan éprouva une curieuse impression de déjà-vu.

Il n'était pourtant plus venu ici depuis cinquante ans. Mais l'odeur du tabac froid, la vivacité des conversations, l'accent chantant qui déformait et magnifiait chaque syllabe, le parfum d'anis lui apportèrent des brassées d'images anciennes.

Marseille, c'était toujours ce creuset dans lequel on arrivait de tous les coins du monde, on s'agglutinait, on se transformait, on se fondait.

À chaque nouvelle arrivée d'immigrants, c'est aussi Marseille qui se renouvelait.

Les coutumes des uns et des autres ne se juxtaposaient pas, elles se mêlaient, générant des émotions, des gestes, des mots nouveaux et enrichis.

Levon connaissait bien le phénomène.

New York, la ville où il habitait, possédait le même attrait pour les immigrés, mais la fusion des cultures ne s'y opérait guère.

Il ressentit une étrange et agréable sensation de bien-être. Une curieuse impression aussi puisqu'il n'était plus venu à l'Estaque depuis une éternité : il se sentit immédiatement chez lui.

Levon vivait à New York, dans le luxe indécent de Park Avenue.

Il était arrivé la veille à Paris, en fin de matinée par le vol Delta Airlines 8271, mais ne s'était guère attardé dans la capitale. De l'aéroport Charles De Gaulle, il avait retenu une chambre au Sofitel-Vieux-Port et avait sauté dans le premier avion pour Marseille.

En survolant l'étang de Berre, au-dessus de Marignane, l'harmonie de la mer et des collines l'enchanta. Le mistral dégageait le ciel et les rayons obliques du soleil dessinaient de longues ombres mystérieuses.

Comment avait-il pu oublier tout cela ?

Il loua une Mercedes à l'agence Hertz de l'aéroport et emprunta l'autoroute vers Marseille.

Tout avait changé, les zones industrielles avaient dévoré les vignes et les champs de blé. Elles s'étendaient désormais de l'aéroport jusqu'aux faubourgs de la métropole. La circulation était intense. Les murs hideux du bord de l'autoroute étaient taggués comme ceux du port de New York. En approchant de Marseille, il reconnut les petites maisonnettes sur l'ubac de la colline de Saint-Antoine, le cimetière en étage qui avait avalé tous les terrains environnants, mais tous ces immeubles, cet hôpital perché sur la colline en plein mistral, ces barres grises de béton posées comme des verrues sur les quartiers populaires et campagnards, lui étaient étrangers.

Il retrouva davantage de repères dans le centre-ville.

La Canebière lui parut bien exiguë. L'artère avait perdu de sa superbe : où étaient donc passés les bistrots, les grands hôtels, les vendeuses de citrons et de violettes, les marchands de partitions de chansons qui s'époumonaient sur le cours Saint-Louis ?

En plus, Marseille croulait sous les ordures que le vent dispersait avec une générosité toute mistralienne. Il régnait dans cette ville une atmosphère fétide – des relents de gerbillon – qui imposait de rouler toutes vitres fermées.

Levon savait qu'en un demi-siècle, le monde avait bien changé.

À New York, comme à Marseille, tout avait été chamboulé.

C'était le progrès, ce mot derrière lequel se cachait la patte des spéculateurs, des profiteurs, des bâtisseurs de fausses cages à bonheur. Levon haussa les épaules et souffla bruyamment : il était trop vieux sans doute pour croire au progrès. À ce progrès en tout cas.

La vision du Vieux-Port l'apaisa un peu.

Il retrouvait ses marques.

Il grimpa le boulevard Charles Livon. Le fort Saint-Nicolas et son pendant du côté nord, le fort Saint-Jean, dressaient toujours leurs altières silhouettes roses sur des flots outremer comme du lapis-lazuli.

Le Sofitel était un hôtel confortable, même si cette tour de verre brun surplombait et dénaturait le Pharo. Ce n'était certes pas la huitième merveille du monde mais on avait vu pire en matière d'urbanisme.

Le vent glacial surprit Levon. Il avait oublié la morsure du mistral et le pouvoir d'épurer le paysage que possédait ce souffle du diable. Pourtant, à New York, il connaissait le souffle polaire qui balaye les avenues certains mauvais jours de février. New York était une ville soumise à des éléments qui ne ménageaient guère ses habitants. Levon y avait subi les quinze tempêtes de neige de l'hiver 93 mais ici, c'était différent. À Marseille, n'attendait-on pas le soleil et la chaleur ?

Sa chambre, située au septième étage de l'hôtel, lui offrait une vue superbe sur la rade. Le bleu profond de la mer, le ciel d'azur dénué du moindre nuage et de la moindre brume et, au loin, les rochers blancs qui plongeaient dans les calanques surplombées par d'audacieux viaducs, dessinaient un paysage de rêve.

Des couleurs fortes et pures contrastaient avec la crasse des rues de la ville.

Marseille, qu'il avait entrevue, ne serait-elle plus qu'une poubelle ?

New York, avec son macadam défoncé, ses brownstones délabrés, ses émanations gazeuses qui sourdaient et se répandaient dans les avenues dès la nuit tombée, ne présentait certes pas la netteté désolante d'une cité autrichienne ou suisse.

Mais Marseille !

Il connaissait les villes méditerranéennes et leur laisser-aller sympathique. On lui avait parlé également de ces relents de pisse qui vous prennent parfois le nez au détour d'une gare, lorsque la chaleur nous étouffe, mais le visage de cette cité était pire encore : un vent violent et froid balayait les rues, emportant les immondices qui s'entassaient et pourrissaient depuis des jours.

Non, Marseille n'était plus une ville mais une poubelle !

Dès son installation au Sofitel, Levon s'immergea dans un bain rédempteur, bouillant et moussant. Il se purifiait dans ce parfum artificiel, alambiqué et mentholé.

Il abandonna son idée initiale de parcourir les rues à

pied la nuit. Il découvrirait la ville de son enfance, de sa jeunesse, un autre jour, dès que les éboueurs auraient la décence de reprendre le boulot.

Il commanda un loup au sel qu'il dégusta longuement en observant de sa chambre aseptisée le va-et-vient des cargos qui pénétraient dans la rade. Il se sentit grisé sans savoir si la cause en était le rosé de Bandol ou ce paysage retrouvé et purifié par le mistral.

Il resta longtemps à sa fenêtre. Il devinait l'Estaque où il se rendrait dès le lendemain, là-bas, un peu à droite des arches du pont de Corbières qui enjambaient fièrement les flots.

La nuit tombait et les lumières de la ville vacillaient sans jamais s'éteindre.

Les poteaux d'éclairage routier traçaient une ligne jaune et lumineuse qui dessinait timidement les contours de la côte. Le Vieux-Port s'illuminait et les mâtures métalliques des voiliers secoués par le vent tintaient.

Il se souvint de quelques vers d'un poète marseillais dont il avait oublié le nom, un poème que lui récitait parfois son père, quelques vers écrits dans les années vingt :

« Ma porte s'ouvre sur la nuit. Le ciel vacille
Dans l'ombre du Vieux-Port.
Le tremblement de l'eau fait balancer les quilles
Et les vigies. Les Forts
Se profilent sur l'horizon. La lune haute
A pris le quart.
Le circuit lumineux du phare suit la côte
D'un long regard. »

Levon avait oublié que c'était un extrait de « Au-delà de Suez » de Louis Brauquier mais cela n'avait pas véritablement une grande importance.

Levon vivait aux États-Unis depuis plus de cinquante ans mais il était né ici, du côté de la Madrague-Ville, au printemps de 1929.

Il avait passé vingt années à Marseille, les années les plus marquantes de sa vie : celles de l'enfance, celles de l'adolescence, celles de la jeunesse.

Et puis, un matin d'octobre, il s'était embarqué sur un paquebot au Havre, un aller simple en poche.

Il n'était plus revenu.

L'Amérique le faisait rêver. À cause du jazz, des films, de la vie des Amerlos qu'on imaginait sans contraintes, et du fric. L'argent, la célébrité, le strass, c'étaient alors des valeurs américaines. Levon voulait réussir là-bas, ne pas user son existence, comme les collègues, sur les ports ou dans les ateliers de confection du quartier de la gare.

Il débarqua à New York à l'automne 50.

Il travailla quelque temps dans la petite boutique d'un tailleur d'Astoria, dans le Queen's. C'était un quartier colonisé par les Grecs dont les plus riches habitants migraient vers Sunset Park en suivant tout bêtement la ligne RR du métro.

Lorsqu'il eut engrangé assez d'économies, Levon quitta le Queen's et loua une petite échoppe, à deux pas de Chelsea, à l'intersection de la trente-deuxième rue et de la huitième avenue. Son atelier se trouvait en plein quartier de la confection, dans ce rectangle compris entre les vingt-huitième et trente-huitième rues, les cinquième et huitième avenues.

Il ne lui fallut que quelques années pour passer de la huitième avenue à la cinquième.

La prestigieuse cinquième avenue !

Le savoir-faire, l'audace et aussi la chance le propulsèrent au sommet de la mode new-yorkaise. Il avait habillé un peu par hasard Jackie Kennedy, alors vinrent Ava Gardner, Laureen Bacall et beaucoup d'autres. Avec Calvin Klein, Ralph Lauren, Oscar de la Renta, Mary Mc Fadden, Perry Ellis et Geoffrey Beene, Levon Bally – il avait américanisé son nom – se retrouva sous les sunlights des magazines de mode.

Levon s'était marié en 1952 – à l'époque de sa boutique de la huitième avenue – avec une Américaine d'origine irlandaise, Mary, qui le suivit dans son ascension mais ne put jamais lui donner ce qu'il désirait le plus au monde : un fils.

Mary mourut en 1969 et Levon géra seul son succès et sa célébrité.

Son magasin occupait un large espace dans un rez-de-chaussée, à l'intersection de la cinquième avenue et de la cinquante-septième rue. Un quartier chic proche de Central Park. La clientèle du Plazza fréquentait assidûment son établissement et Bloomies distribuait ses créations dans Lexington avenue.

La marque Levon Bally était un gage de qualité et n'avait donc rien à voir avec la confection bon marché de East Canal Street ou les ballots de vêtements volés que les Orientaux proposaient entre la quatorzième et la quarante-deuxième rue. Levon Bally, c'était la classe…

Il avait gagné du fric, beaucoup de fric, et tissé un réseau d'amitiés et de connaissances qui couvraient tous les domaines. Mais parfois, comme le soir de son retour à Marseille, il se sentait un vieil homme.

Pire même, un homme inutile.

Il était onze heures passées et Levon fut surpris par l'affluence du bistrot de l'Estaque. Tous ces gens ne travaillaient donc pas ?

Passe encore pour le vieux aux charentaises rouges qui

lisait le journal près de la fenêtre ou les trois mégères qui s'enfilaient des martinis « on the rocks » après avoir rempli leur cabas de sardines frétillantes achetées sur le port… Mais ces jeunes attablés devant des demis qui discutaillaient et devaient refaire le monde ? Mais ces trois tables de joueurs de contrée, baraqués comme des portefaix ? Mais ces gars de trente ans scotchés au comptoir comme des arapèdes qui vidaient des fioles de pastaga en haussant imperceptiblement la voix comme si l'abus d'alcool rendait sourd ?

Le patron était avenant. Il avait cette manie d'essuyer sans arrêt son comptoir de zinc, une manie de patron de bar…

Levon s'accouda à l'extrémité du comptoir.

Ça faisait combien de temps qu'il n'avait plus mis les pieds ici ?

Cinquante ans ? Cinquante-deux ans ?

Le bistrot avait un peu changé mais il avait gardé son nom, le « Beau Bar ». On avait simplement abattu le mur qui séparait jadis l'endroit en deux salles, on avait refait le carrelage, les peintures, revu le mobilier, la décoration et le comptoir.

Aujourd'hui, dans ce bistrot qu'il avait jadis fréquenté, c'était lui l'étranger.

Normal, un demi-siècle, ça fait un bail…

Le patron s'approcha :

— Monsieur ?

C'était curieux car cet homme n'avait ni l'allure, ni l'accent du coin. Ses tempes grisonnantes dissimulaient mal le cheveu châtain et sa voix n'avait ni les intonations, ni la gouaille un peu crapule des gars du coin.

Levon ne pouvait pas savoir que Léon était Limougeaud, même si ici on l'appelait « le Parigot » parce que pour les gars de l'Estaque, Limoges ou Paris c'est du pareil au même !

— Un pastis s'il vous plaît.

Un des consommateurs scotchés au comptoir se retourna afin de dévisager ce nouveau venu aux manières de pagalenti : aucun autochtone ne commanderait un pastis sans en préciser la marque ! Ici, c'était un Ricard, un Casa, un 51, voire un Janot, un Pec ou un Berger.

Léon servit un Pec parce qu'il avait un mal fou à terminer cette satanée bouteille que personne ne semblait apprécier.

Levon porta le verre à ses lèvres. Il n'avait pas l'occasion de boire du pastis à New York où il s'adonnait plutôt au whisky écossais – pur malt évidemment – ou au Bourbon.

Il retrouva le goût de sa jeunesse.

Il se souvint de Julien qui tenait ce bistrot en… Il ne se rappelait guère de l'année… Ce devait être juste après la guerre, avant qu'il ne quitte la France. Julien devait fumer des mauves par la racine depuis belle lurette…

— Un autre, mais un Ricard cette fois.

Les réflexes revenaient et Léon sourit en versant dans la momie le liquide anisé. Ce mec n'était pas, comme il l'avait craint, un toutou perdu. Pour le coup, il sortit une coupelle de cacahuètes grillées. La conversation pouvait débuter.

— Vous tenez le bistrot depuis longtemps ?

— Quelque temps déjà. Vous savez, je travaillais aux ateliers Terrin, à la Madrague-Ville et quand la boîte a fermé, avec mes économies, je me suis installé ici.

— Le monde est petit, j'ai bien connu la Madrague-Ville juste après la guerre.

— Et vous habitez toujours à Marseille ?

— Non, je vis à New York.

New York devait être un mot magique. Les accros du comptoir se retournèrent illico vers cet extra-terrestre, le vieux qui lisait son journal près de la fenêtre leva les yeux et les trois matrones posèrent leurs verres sur la table, en signe d'attention.

Ce gars, c'était qui ? Redford ou De Niro ?

Levon sourit. L'Amérique exerçait toujours cette fascination qui l'avait conduit un matin de l'automne 50 jusqu'aux quais du Havre et sur le pont d'un transatlantique.

Léon profita de la pause dans les conversations :

— Vous êtes en vacances ?

— Pas vraiment. Je cherche à rencontrer mon neveu.

— Votre neveu ? Il habite par ici ?

Le dialogue entre Léon et Levon attirait toute l'attention des consommateurs. Même les joueurs de contrée semblaient mettre leurs annonces en sourdine et les jeunes observaient, sous la visière de leur casquette, ce natif de la Madrague-Ville qui avait tenté la mythique aventure américaine.

Et puis, tous ici savaient qu'un gars de New York qui vient se perdre à l'Estaque pour chercher son neveu, ce ne pouvait être qu'un prélude à un sac d'engambis.

Et les engambis, ici, ça intéressait tout le monde !

— Mon neveu s'appelle Stéphane. Stéphane Palombo. Vous connaissez ?

Léon joua la montre. Il lui fallait en savoir un peu plus avant de répondre à cette question.

— Vous savez, moi, les noms… Ici, on s'interpelle surtout par le prénom ou par un surnom, alors… Des Stéphane, j'en connais quelques-uns, oui, mais de là à savoir lequel est le vôtre… C'est important ?

— Bien sûr ! Une question de vie ou de mort. Stéphane est en danger et je viens l'aider.

Ça se corsait. Le vieux plia son journal et se dirigea vers Levon. Il ajusta sa casquette comme si ce geste anodin le rendait plus présentable :

— Vous avez une photo de lui ?

— Non, malheureusement.

Une des trois grâces se leva pour commander trois nouveaux Martinis. Elle posa les verres épais couverts d'un rouge à lèvres vif et interpella le vieux :

— Oh, Biscottin, tu mènes l'enquête ? Tu peux pas te mêler de ce qui te regarde !

— Zize, tu m'emmerdes, j'essaye d'aider Môssieur, puis se retournant vers Levon, excusez-la, ces dames ne savent pas vivre. Tortiller du cul, ça n'a jamais amélioré le vocabulaire ni appris les bonnes manières…

— Espèce de tronche molle, c'est comme ça que les vieux parlent aux femmes, maintenant !

— Mais c'est pas vrai ! Ça recommence ?

Léon ne supportait guère les fions incessants que se lançaient le trio de femelles et la momie à casquette. Biscottin regarda fixement le nouveau venu dans les yeux. Le moment de l'examen de passage était venu et les consommateurs observaient sans rien dire le jeu du vieux combinard :

— Vous habitiez où, à la Madrague-Ville ?

Levon puisa dans ses souvenirs. Ce n'était pas très difficile car il avait vécu ici vingt ans. Il raconta mille histoires de ces quartiers qui, du Cap Pinède à Corbières en passant par les Abattoirs, Saint-Louis, Saint-André, Saint-Henri et la Nerthe, furent ceux de sa jeunesse.

Les noms des cinémas, des clubs de foot (il avait joué à Saint-André au temps de la grande équipe et y avait connu Mario Zatelli), des joueurs de boules (Sardine et Calanotti en particulier), des patrons de bistrots, des cocus remarquables et des bateaux de pêche remorqués, tout cela ne pouvait pas s'inventer.

Les questions de Biscottin étaient de plus en plus précises, de plus en plus insidieuses. Levon passait l'épreuve avec brio. Il n'avait pas forcément réponse à tout mais il ne mentait pas. Biscottin le savait.

— Laissez-nous un numéro de téléphone. On vous contactera dès qu'on aura des nouvelles, conclut le vieux à casquette.

Levon griffonna le numéro de son portable sur une carte de visite.

Il paya une tournée générale et s'invita à la table de Biscottin qui lui raconta quatre ou cinq blagues salaces du temps passé, avant de tailler des costars sur mesure aux trois grâces qui sirotaient leurs martinis comme des divas romaines sur la Piazza Navone. Le vieux avala une demi-tonne de cacahuètes qu'il arrosa des six mauresques généreusement offertes par le visiteur des Amériques.

Levon laissa deux gros billets, c'était le prix de son adoption : désormais, il pourrait revenir ici quand il voudrait.

Un début encourageant pour son enquête.

Lorsque Levon quitta le Beau Bar, Biscottin chantait à tue-tête. Il titubait, les lèvres maculées de fragments de cacahuètes.

Devant le rictus édenté du centenaire, Levon convint alors que l'homme descendait vraiment du singe.

Le juke-box du Beau Bar répandait du Massilia Sound System en sourdine :

« À Toulon, à La Seyne, à Marseille, c'est aussi le même topo.
Dans la foire européenne, on tient le stand des rigolos.
Il paraît que notre richesse, c'est avant tout la météo :
Pensez, de mai à octobre, on se promène en maillot !
Ça attire les ingénieurs, ils y installeront leurs labos.
Ça c'est des consommateurs, ça c'est des gens bien comme il faut.
On va leur faire des boutiques, et des cinés, et des expos,
À la place des fabriques, avouez que ce sera plus beau.

Nos minots seront plagistes ou iront bosser chez Mac Do.
Si ces métiers les attristent, dans le nord, il y a du boulot
L'été, ils reviendront dans de longues files d'autos,
Pour dépenser au pays ce qu'ils ont gagné là-haut. »

Au fond de la salle, Erkan et l'orang-outan semblaient plongés dans leur partie de belote découverte. « Semblaient » seulement, car les deux hommes ne perdaient pas une bribe de la conversation entre Levon et Biscottin.

À l'issue de la vaine course-poursuite de la veille qui les avait conduits aux Saintes, Isker avait demandé aux deux sbires de fréquenter assidûment le Beau Bar. Ils sirotaient de la bière en jouant à la belote découverte depuis le début de la matinée et leur (courte) attente n'avait pas été vaine : ils avaient rapidement repéré Kader attablé avec trois autres ados oisifs et fringués sport – tee-shirt Nike, pantalon de survet' remontés au-dessus des mollets – mais l'arrivée de l'Amerlo constituait une aubaine : ce gars-là les conduirait directement à Calambo.

Isker avait eu un sacré flair !

Kader s'était tu mais avait suivi la conversation avec attention en terminant son demi.

Lorsque Biscottin referma la porte du bistrot sur l'inconnu qui partait, Kader harangua le vieux :

— T'es con ou quoi, la Biscotte ? Ce quemé, on sait même pas d'où il vient. Si ça se trouve, c'est un condé ! Tu vas mettre Calambo dans la merde.

Tout le monde ici connaissait Stéphane Palombo – alias Calambo – mais devant les étrangers comme devant les flics, on ne jactait jamais. C'était la règle.

— Vous faites pas de bile, les jeunes, j'assure… Il lui arrivera rien à Calambo. Ce gars-là est honnête. Sûr que vous qui fréquentez que des maùfatans, vous savez pas à quoi ça ressemble un gars honnête. Ce mec, il dit la vérité, ça se voit comme ta nasole au milieu de ta figure de poupre. En plus, c'est peut-être important pour ton collègue. Une question de vie ou de mort, il a dit l'Amerlo ! Et si Calambo est dans la merde, c'est pas deux petits ratons tout estrancinés comme vous qui le tireront d'affaire...

Kader haussa les épaules. Il ne pouvait pas raconter que, six jours auparavant, son ami et complice Calambo avait participé contre son gré à une course d'auto tampon et qu'il était allé se mettre au vert quelque temps avec Bubble. Où ? Il n'en savait rien et cela ne le gênait pas. Seul le père de Bubble était au courant et c'était encore trop... « Moins on en sait », comme disait son oncle...

Kader possédait seulement une adresse pour retrouver Calambo, Lila et Bubble : celle de Pater. Au cas où...

Levon avait tout un après midi devant lui.

Il se balada sur le port. L'Estaque avait vraiment été esquinté ! Il n'y avait plus de plage ni de criques sauvages : les quais des ports de plaisance avaient tout bouffé. Et puis cette route qui coupait le quartier en deux ! Les commerces et les bistrots d'un côté, le port de l'autre !

En cinquante ans, nos décideurs – ces mecs à grosses tronches qui construisent des usines modernes et de belles autoroutes dans des coins où ils ne vivent jamais – s'étaient démerdés d'amocher ce site qui avait fait rêver Cézanne, Braque et Dufy !

L'évocation de sa jeunesse à la Madrague-Ville lui avait donné des goûts de revenez-y.

Il déjeuna rapidement au « Petit Naples », une pizzeria qui faisait face au parking, avant de récupérer sa Mercedes garée à deux pas.

Puis il se dirigea vers le centre-ville, en évitant la voie rapide. Il quitta la route du littoral en virant sur la gauche vers le boulevard Bernabo. Une montagne de containers défigurait le lieu. Le petit bistrot avait été rénové mais le passé ressurgissait des pierres et du pont de chemin de fer qui enjambait la rue. Son cœur battait plus vite. Il grimpa le boulevard et se gara au niveau des anciens abattoirs qu'on envisageait de transformer en mosquée.

Bien sûr, on avait construit dans le quartier des immeubles d'habitation qui ne resteraient pas gravés dans les annales de l'architecture du vingtième siècle, mais les ruelles étroites et souvent ombragées, les façades des vastes entrepôts et des usines désaffectées, quelques hautes cheminées désuètes dressant vers le ciel leurs colonnes de briques rouges, une lourde grille par-ci, un portail monumental par-là et puis ces maisonnettes à tuiles plates et ces venelles, qui coupaient l'avenue sur la droite et qui – telle la traverse du télégraphe – descendaient tranquillement en ouvrant une perspective sur la mer, tissaient des liens avec son quartier de la fin des années quarante.

Les noms de rues chantaient dans sa tête : la traverse Mardirossian, l'impasse et le boulevard des Mûriers, le boulevard Viala, la rue Renaudin, le boulevard Demandolx, l'avenue Richaud, le boulevard de la Méditerranée, le boulevard Marie-Joseph, la rue d'Alexandrie, la rue de Damiette, la rue Michel, la rue Rebattu et le boulevard Oddo. Ce n'étaient certes que des noms de rues, mais derrière ces noms, il y avait des visages jadis familiers, des filles et des garçons enfouis dans le temps ou – pire – dans la terre.

Peut-être rencontrerait-il, à la porte d'un bistrot ou longeant un trottoir de la Cabucelle ou du Moulin-à-Vent un de ses camarades d'antan ou une fille qu'il avait adorée à dix-huit ans ?

Il n'aimerait pas ça.

Tout simplement parce que le temps était passé sur leurs vies, qu'ils n'auraient plus grand-chose à se dire si ce n'est pleurnicher sur des jeunesses qui ne reviendront plus. Levon n'aimait pas revenir sur le passé et ressasser des regrets comme le faisaient trop souvent les hommes de sa génération. Et puis, en discutant avec eux, il les observerait, les jaugerait en quelque sorte, afin de savoir s'il avait vieilli autant qu'eux.

À pied, calmement, comme un touriste égaré dans un lieu ignoré des guides, il redécouvrait, le cœur à nu, le champ où avait poussé et fleuri sa jeunesse.

Marseille, le lundi 23 avril

Au Beau Bar, on ne parlait plus que de ça : « Les éboueurs ont repris le travail », ce qui se traduisait pour la Zize, Biscottin et consorts par de tonitruants « Ces encatanés de poubellaïres, y z'ont repris le turbin ! ».

Si l'on précise, qu'en outre, le mistral avait daigné prendre des vacances – certainement du côté des Antilles où un cyclone portant un nom de cagole dévastait la Martinique – Marseille redevenait un paradis. Ou plutôt « allait redevenir » car des tonnes de bordilles en décomposition plus ou moins avancée obstruaient et empuantissaient encore les rues de la ville et il faudrait bien une semaine pour que la cité phocéenne retrouve cette propreté – très relative – qui ne faisait guère sa réputation.

Biscottin sirotait son troisième bossu de la matinée en parcourant avec attention la rubrique nécrologique de « La Provence ».

RoRo, Fredo et Fougasse recherchaient un quatrième homme pour une partie de belote contrée :

— Oh, Biscottin, une petite en quinze cents points, ça te dit ? demanda RoRo.

— Ça dépend. On joue quoi ?

— Le coup à boire, comme d'habitude ! répondit logiquement Fougasse.

Biscottin releva sa casquette afin de dégager son regard et ôta ses lunettes à monture d'écaille :

— Eh bé, moi, le coup à boire, ça m'intéresse pas. Si on joue des ronds, je suis partant parce que je suis pas un joueur de limonade comme vous. Et puis, je vais vous dire, vous me demandez de jouer que quand il en manque un, pour faire le quatrième. Je suis pas un bouche-trou, moi !

— T'engatse pas, Biscottin… l'interrompit Fougasse.

— Je m'engatse pas, mais je suis pas la cinquième roue de la charrette ! Quant à toi, Fougasse, je vais te dire quéque chose qui me fera du bien. Tu travailles où ?

— Comment ça, je travaille où ?

— C'est qui ton patron ?

— La mairie, tu le sais bien !

— Peut-être que je le sais… Et la mairie elle te paye pour quoi ? Elle te payerait pas, par hasard, pour ramasser les poubelles ?

— Ouais, et alors ?

— Alors, bougre de fatche de cul, ça fait deux semaines que tu fais la grève, deux semaines que les bordilles s'entassent sur les trottoirs au risque de nous refiler la peste bubonique. Et le jour où le boulot reprend enfin, toi, tu es là, pépère au bistrot, à attendre le quatrième pour la belote, tranquillou, tranquillette… Dis, banaste, il est en panne, ton camion benne ?

Les remarques du vieux irritaient Fougasse :

— Et non, il est pas en panne. C'est moi que je suis en maladie.

Biscottin ricana, rajusta ses lunettes et reprit sa lecture en marmonnant.

— Des tonnes de bordilles à ramasser et ce counas, il est là. « En maladie » qu'il dit, quelle maladie ? Tu parles, ces mecs qui ont les côtes en long, c'est la plaie de la société. Heureusement que je paye pas d'impôts, sinon je lui aurais réglé son compte à ce gros counas…

Fredo et RoRo éloignèrent Fougasse qui, à court d'argument, envisageait d'étrangler la momie en guise de réponse.

C'est alors que Kader entra.

— T'es pas à l'école, minot ?

— Non, RoRo, c'est ma semaine de stage chez mon oncle. C'est comme si j'étais en vacances.

Il se retourna vers Léon :

— Tu m'en fais un serré, Léon.

— C'est parti !

Léon avait le geste vif et l'œil égrillard.

Depuis qu'il avait dégotté cette Muriel, le bistrotier avait bien changé, avec sa chemise kaki XL pendant au-dessus d'un jean noir et ses cheveux gris coupés à la brosse. Il avait même modifié son répertoire et troqué les vieilles chansons de Brassens contre les rythmes plus soutenus – reggae, salsa ou funk – de Massilia, Aïoli ou M. Brun.

Il faut dire que Muriel, c'était quelque chose : des cheveux longs et blond argenté, trente-trois balais au compteur, les nibards fermes et d'autant plus arrogants qu'elle les emprisonnait dans un minuscule bustier de soie bleue d'où ils s'échapperaient immanquablement un de ces quatre matins. Et un cul ! Des fesses rondes et hautes, bien calées dans des tarks satinés ou des jupettes de la taille d'un gant éponge, des trucs collants qui laissaient deviner d'affriolants strings ou, pire encore, l'absence absolue du moindre morceau de soie sur son duvet de velours.

Depuis que Muriel donnait un coup de main à Léon, la clientèle du Beau Bar avait doublé. Les mateurs de nibards se pressaient au comptoir, perchés sur les hauts tabourets, et bénéficiaient d'un point de vue imprenable sur la paire de roploplos qui tendait la soie bleue. Les mateurs de cul préféraient s'attabler. Ainsi ils goûtaient le déhanchement lascif de la blondasse et ouvraient les paris en essayant de deviner si la bougresse avait daigné passer une culotte ou pas.

Muriel, c'était vraiment un plus pour ces sybarites désœuvrés et amateurs de pastaga.

Évidemment, la nouvelle patronne ne faisait pas l'unanimité puisque le Beau Bar accueillait également une clientèle féminine fidèle et souvent imposante (par le volume autant que par la parole).

Les aînées, telles la Zize ou la mère Sporzioni, usaient sans réserves du privilège de l'âge. Elles s'étaient permis de faire remarquer à Léon qu'il pourrait bientôt accrocher à sa façade la célèbre lanterne rouge qui signalait jadis les lupanars aux fous de la quiquette.

Les plus jeunes n'appréciaient guère que leurs mecs lorgnent le superbe tafanari de la blondasse en sifflant des pastagas. Les pastagas, en fait, elles s'en fichaient mais elles craignaient surtout qu'ils tentent, un jour ou l'autre, d'établir une comparaison entre leurs fesses et celles de la pétasse. Et elles savaient bien, les légitimes, que cela ne tournerait pas forcément à leur avantage…

Pour tous, le mystère demeurait : comment le flegmatique Léon avait-il pu s'acoquiner avec cette cagole alors que tout semblait les séparer ? Il portait bien ses soixante-cinq piges mais il avait quand même l'âge du père de sa dulcinée. En plus, il était d'un naturel plutôt réservé.

— Oh, Léon, et Muriel, elle est où ? demanda RoRo.

— Elle dort encore. On a fini tard hier soir…

— Ouais…

Le sourire en coin de RoRo témoignait d'une complicité certaine :

— Avec une cagole comme Muriel, ça doit être le quatorze juillet tous les soirs dans ton falzar ! conclut RoRo.

— Les jeunes, si vous voulez qu'on reste amis, ne me parlez plus jamais comme ça. Muriel, c'est ma femme et si un seul d'entre vous la touche, je le crève.

Le visage de Léon s'était durci et il posa avec brutalité la tasse de café de Kader sur le zinc, comme pour ponctuer ce mouvement de colère.

Kader buvait son café lentement et en affichant une moue contrariée :

— Léon, t'as pas vu La Bêche récemment ?

Léon s'était calmé :

— Je l'ai aperçu en début de semaine. Ça devait être mardi ou mercredi. Tu le cherches ?

— Je l'ai plus vu depuis mercredi dernier. Ça fait cinq jours.

— Et à la cité ?

— À la cité non plus. Je me demande bien où il a pu se fourguer ?

— Il est peut-être chez sa sœur à Toulon ?

— Non, il m'en aurait parlé et il serait déjà revenu. C'est pas la première fois qu'il se tire sans me prévenir. Il y a deux mois, c'était pour une meuf qui l'a viré au bout d'une semaine. C'est vrai qu'il déconne parfois, La Bêche, mais il revient toujours à la cité.

Biscottin leva son regard vers le comptoir :

— La putain de la Caroline, si tu cherches un Arabe, descends à Belsunce fais ton choix. Des sosies de La Bêche, y en a des milliers là-bas. Lui ou un autre, c'est kif-kif ! Vous êtes tous des branleurs !

Kader haussa les épaules et s'adressa à Léon d'une voix atone :

— Si tu le vois, dis-lui de m'appeler, OK ?

Le petit voyou n'en menait pas large et Léon lui sourit :

— OK, minot.

RoRo intervint :

— Oh, Kader, une petite en quinze cents points, ça te dit ? Biscottin souffla.

Kader fit un signe négatif de la tête :

— Merci, non, j'attends l'Amerlo.

— L'Amerlo, celui de l'autre jour ?

C'est Biscottin qui répondit :

— Ouais, et c'est moi que j'y ai donné le téléphone de l'Amerlo à Kader.

— On a rencard à dix heures, ajouta Kader.

— Té, je crois qu'il arrive, nota RoRo en désignant la Mercedes qui se garait sur le trottoir d'en face, devant la baraque à chichis.

Kader se rapprocha de la baie vitrée.

— C'est lui. Ça vous dérangerait pas, les gars, de pas rester collés comme des arapèdes autour de moi. J'ai à causer avec lui.

Le ton de Kader indisposa RoRo :

— Comme il nous parle ce petit merdeux ! Mais bien sûr qu'on va te laisser. Un Arabe et un Amerlo. Y manque plus qu'un Youpin et tu rebaptises ton bistrot « Camp David » ajouta-t-il fièrement.

— Qu'est-ce qu'il dit ? demanda Fougasse qui n'ouvrait les journaux qu'à la page sportive et ignorait qu'on se mettait sur la gueule au Proche-Orient depuis plus d'un demi-siècle.

— Que dalle, il dit que dalle…

La porte s'ouvrit et Levon entra et salua poliment l'assemblée.

Il prit place au comptoir, auprès de Kader, commanda un expresso et en proposa un second au jeune beur qui déclina l'offre.

Levon avala son café brûlant. Puis les deux hommes quittèrent le Beau Bar.

Au fond de la salle, près du juke-box, Erkan triomphait :

— Et dix de der ! Tu es dedans ! On y va ?

Léon observa du coin de l'œil ces deux-là. Ils étaient scotchés au bistrot depuis trois jours. C'étaient des mecs curieux, pas le genre des gars qui fréquentaient l'Estaque habituellement.

Mais après tout, ils payaient ce qu'ils buvaient et ne foutaient pas le ouaille comme certains autres clients. Alors…

Erkan posa un billet sur le comptoir. Il prit sa monnaie et laissa un généreux pourboire.

Les deux hommes sortirent à leur tour.

— Nous allons où, demanda Levon en mettant le contact.

— On file voir Pater. Pater, c'est le père de Bubble, le seul qui sache, dans cette fichue ville, où se cache votre neveu. Je l'ai contacté après votre visite d'avant-hier et il est d'accord pour collaborer.

— Tu me guides ?

— OK. On va jusqu'à Malpassé. Prenez la direction de la Madrague-Ville. Je crois que vous connaissez un peu le coin… Ensuite, je vous indiquerai la route.

Une armada de livreurs garés en double file encombrait

le chemin de la Madrague-Ville. La passerelle de Plombières flirtait avec le premier étage des bâtiments gris et sales qui avaient une vue imprenable sur la circulation automobile, avec, en prime, les décibels, le gaz carbonique et le parfum de gazole. Les immeubles de la rue Félix-Pyat dressaient plus loin leur fierté faussement colorée. Du côté du boulevard Fleming, ce n'était guère mieux. Les barres d'immeubles étaient d'une telle beauté qu'il aurait fallu se bourrer d'euphorisants pour penser que le quartier puisse avoir le moindre intérêt.

Levon en conclut même que c'était sans doute pour oublier cette laideur architecturale des bâtiments légués par les années soixante que certains Marseillais se murgeaient régulièrement au pastaga !

Levon se souvenait de Malpassé, de Saint-Jérôme et de la Rose comme de vertes campagnes aux portes de la ville. On y trouvait alors – du temps de sa jeunesse – de vastes bastides ombragées sous les platanes, de petites maisonnettes de plain-pied aux toits de tuiles plates et roses et même des fermes, avec des cultures maraîchères et des vaches, comme en Normandie !

Mais tout ça, c'était à la fin des années quarante.

Les années soixante avaient ici aussi apporté leurs tonnes de béton. Les voies rapides avaient parachevé le sale boulot des promoteurs.

Pater vivait dans une petite villa basse disposant d'un jardin exigu, une construction aux soubassements dévorés par l'humidité, avec un ampélopsis qui dissimulait heureusement les cicatrices du passé sous un feuillage brillant.

Le lieu au look vieillot et démodé aurait été assez serein sans les gigantesques piliers de béton qui supportaient la L2 et les murs de soutènement de la voie rapide de l'avenue Jean-Paul Sartre que surmontaient les tours de Frais Vallon. Pourtant, cet environnement sans horizon ne semblait guère émouvoir Pater qui végétait, selon le récit de Kader, cloîtré dans sa baraque et affalé devant sa télé.

Levon gara la Mercedes devant le portail des « Lilas ». Une Renault bleue d'un autre siècle rouillait dans le jardin sous un mûrier de Chine dont le tronc portait d'étranges taches rouges.

L'homme répondit à la quatrième sonnerie. Lorsqu'il apparut sur le pas de sa porte, Levon fut surpris par son aspect. Aussi large que haut, il affichait un teint verdâtre et maladif comme il n'en existe guère à Marseille où le soleil hâle toutes les peaux. L'estomac était proéminent et le regard désabusé. Pater n'avait rien d'un exalté. Il leur fit signe d'entrer.

— Les nistons sont en lieu sûr, ne vous inquiétez pas, dit-il simplement en guise d'accueil.

Pater s'affala sur son fauteuil défoncé, chassa une demi-douzaine de matous et proposa le canapé tapissé de poils de chat à ses hôtes. Il régnait une atmosphère étouffante dans la baraque. Les fenêtres et les volets étaient clos, une ampoule faiblarde – du 25 W maculée de chiures de mouches – dispensait un éclairage chiche qui avait beaucoup de difficultés à rivaliser avec la profusion de couleurs de la télé grand écran.

Les relents de sueur, d'urine, de moisissure, de pinard et de vaisselle sale renforçaient l'impression de ouaille qui sautait aux yeux des visiteurs : il y avait de tout de partout et la javel avait dû être bannie de cet antre depuis la dernière guerre.

— On boit un coup ? proposa Pater en soulevant une bouteille de rouge posée près de l'accoudoir de son fauteuil en guise d'invite.

— Merci, sans façon. Nous venons tout juste de prendre le café, répondit Levon qui avait remarqué que son hôte n'avait pas de verre et qu'il devait, par conséquent, picoler le sang de la vigne directement au goulot.

Une impression qui se confirma d'ailleurs lorsque Pater enfourna le col du litron dans sa gorge afin d'avaler une large rasade de pinard. Il s'essuya les lèvres d'un revers de manche et bougonna :

— Moi, le café, c'est pas mon truc. Alors, vous êtes l'oncle de Calambo ?

— En effet, je suis le frère de sa pauvre mère et je vis aux États-Unis. Je recherche mon neveu parce qu'il est en danger.

— En danger ? Sûr qu'il est en danger avec ma couleuvre de minot. Un bon à rien qui pense qu'à bâfrer. Depuis que sa mère s'est tirée, monsieur, y a plus rien qui va.

Pater avait de l'émotion dans la voix. Une autre rasade de pinard lui rendit de l'assurance. Il fronça les sourcils :

— Et pourquoi je devrais vous emmener jusqu'à la planque des minots ?

— Parce que je dois avertir et protéger Calambo. Il est dans la merde et il n'y a que vous qui puissiez m'aider.

« Tiens, ça c'est nouveau » pensa Pater. C'était la première fois depuis longtemps qu'on lui demandait de l'aide, que quelqu'un pouvait penser qu'il était bon à autre chose qu'à picoler et à se pinter devant sa télé. Et il trouva cette sensation assez agréable. Il en conçut presque de l'enthousiasme, une émotion oubliée depuis des lustres.

Son regard s'éclaircit :

— Après tout pourquoi pas. À une condition.

Levon fronça ses sourcils :

— Oui ?

— Je viens avec vous !

Kader, qui était resté jusqu'ici muet comme pour refréner son envie de dégobiller, appréhendait tout voyage avec ce gros dégueulasse.

— Vous rigolez, ça peut être dangereux !

— Toi, la ferme ! Je viens avec vous. C'est mes conditions. À prendre ou à laisser !

Le ton était énergique. Cela faisait bien des années que Pater n'avait pas autant parlé. Il eut tout à coup envie de fuir cette pièce sordide, cette rue exiguë. Il lui fallait respirer, vivre enfin une aventure identique à celles qu'il matait, comme un voyeur, au travers de son écran de télé. Oh, bien sûr, ce ne serait sûrement pas une histoire avec Steve Mac Queen ou Stallone mais ça le changerait un peu de sa vie de merde.

Cette ardeur soudaine l'étonna mais il se laissa porter :

— Alors, c'est OK ?

Et voici qu'il se mettait même à causer comme un shérif !

Levon hocha la tête :

— C'est OK.

Pater sourit, ce qui généra un plissement ridicule de ses bajoues. Ça devait bien faire… Il ne savait plus combien de temps… qu'il n'avait plus souri.

— On part quand ?

— Le plus tôt sera le mieux.

— Tout de suite, alors.

Pater se leva et invita ses visiteurs à le suivre :

— Je laisse la porte ouverte, comme ça les gatous se démerderont pour dénicher leur bouffe.

Levon déverrouilla avec la télécommande les portes de la Mercedes. Pater s'immobilisa :

— Attendez, une seconde ! Pas question que je monte là-dedans. Je supporte pas ces chignoles, ça me fait gerber. On prend la mienne !

— La vôtre ? Elle est où ?

— Là, vous la voyez pas !

Pater indiqua la R8.

— Mais la Mercedes est bien plus confortable. J'ai la clim' et…

— La putain, y faut que je vous le dise en américain ! Je veux pas monter dans cette voiture. Je veux pas !

Kader soupira, le père de Bubble était bien une tache et il trouvait étonnant qu'avec un géniteur pareil, son fils ne soit pas plus con !

Beauduc, le lundi 23 avril

— L'exotisme avec la mer, la plage, les coquillages et les palmiers, c'est super beau sur les photos mais dans la réalité, qu'est-ce qu'on s'emmerde !

La morne réflexion de Bubble, assis dans la position du penseur de Rodin sur un tronc échoué sur le sable blond résumait assez bien la situation. Ici, la Méditerranée ressemblait de plus en plus à l'océan et l'obèse affichait un œil maussade et une mine digne d'un premier novembre. Cela ne faisait que quatre jours qu'ils étaient arrivés à Beauduc et ils tournaient en rond, comme des fauves en cage.

À l'heure des repas, Antoine justifiait et ressassait comme une viole son choix écologique lors de sa mise en pré-retaite, un discours qui gonflait prodigieusement son auditoire (pas étonnant que ses fistons ne restaient que quelques heures lorsqu'ils lui rendaient visite !). On mangeait des tellines et des pâtes tous les jours. L'eau douce était tiède car les pains de glace avaient fondu depuis belle lurette dans la glacière. Le vent de sable soufflait comme un calu jour et nuit.

Le paradis quoi !

En plus, Calambo était un gars de calanque. Quand on naît ou qu'on vit entre l'Estaque et la Redonne, on aime les rochers blancs qui plongent dans une eau bleue, fraîche et profonde, bien plus que ces longues étendues sablonneuses qui vous imposent de trottiner dix minutes pour avoir de l'eau jusqu'à l'embouligue. Ici, le sable qui collait à la peau, les clapots d'un vert sinistre qui viraient au gris au moindre nuage lui refilaient la morosine.

Bien sûr, Lila était là, près de lui. Mais dans un bien triste état elle aussi, car son pied droit avait doublé de volume. La veille, elle roucoulait comme une tourterelle, foulant la plage de ses pieds nus, tendrement enlacée à Calambo, lorsqu'elle hurla en se tordant de douleur.

La piqûre venimeuse des vives était d'une violence fulgurante. Antoine le savait bien, aussi il prépara une bassine avec de l'eau douce et de la javel. Le bain de pieds la calma un peu mais Lila n'était plus partante pour des balades en amoureux au bord de la grande bleue.

« En plus, on ne peut quand même pas passer sa journée au pageot » reconnaissait-elle bien volontiers. Parce que, primo, des élancements vrillaient son pied droit dès qu'elle bougeait et, secundo, les amoureux devaient partager l'unique pièce du bus Citroën avec Bubble. Cette contiguïté limitait leurs moments d'intimité et de passion, d'autant plus que l'obèse passait ses journées à somnoler et à se morfondre sur les banquettes du Citroën afin d'échapper au vent de sable incessant qui frappait les façades.

La tension montait imperceptiblement dans la petite communauté.

La veille au soir, l'obèse – que l'épuisement annoncé

de sa réserve de malabars rendait hargneux – avait failli étrangler Antoine qui en remettait une couche sur le bonheur de vivre ici, en communion totale avec la nature.

Bubble allait exploser d'une minute à l'autre : Antoine le niflait, Calambo et Lila qui passaient leur temps à échanger des caresses plus ou moins bruyantes le niflaient, la maison Malabar qui n'avait pas eu l'idée d'installer une succursale à Beauduc le niflait. Et ce putain de pays, avec son putain de vent, ses putains d'oiseaux, sa putain de mer le niflait encore plus !

Aussi le vrombissement du moteur de Renault 8 Gordini fut-il accueilli avec soulagement.

Même Bubble était heureux – pour la première fois de sa vie peut-être – d'apercevoir la vieille chignole pétaradante de Pater. « Toujours aussi bordélique le vieux » pensa-t-il cependant en découvrant qu'il n'avait même pas pris soin de décoller du toit la balise GPS en forme de demi-boule de pétanque !

Antoine tomba dans les bras de Pater qui soufflait comme une locomotive et qui peinait à retrouver sa respiration : cela faisait des lustres qu'il n'était pas resté aussi longtemps à l'air pur (façon de parler parce que quand on se paye La Mède, Port de Bouc, et Fos sur le même parcours, c'est pas forcément la joie pour les poumons).

« En voilà deux qui vont se raconter et refaire leur guerre » marmonna Bubble entre ses dents mais un sourire tristounet barra la face ronde de l'ado lorsque son père lui tendit un sac empli de malabars en guise de bonjour. C'était un geste d'affection. Le premier depuis des siècles.

Kader embrassa ses potos sans effusion. Il était soucieux car il avait passé plusieurs coups de téléphone avec son portable durant le voyage afin de savoir si La Bêche était réapparu. Les réponses étaient désespérément négatives.

Lorsqu'il se libéra de l'étreinte d'Antoine, retrouvant un peu d'oxygène, Pater se tourna vers Calambo :

— Calambo ! Oh, Calambo !

— Ouais ?

La réponse de Calambo, qui se demandait qui pouvait bien être ce troisième mec rapatrié dans leur planque par Pater et Kader, sembla hésitante.

— Calambo, tu connais Levon ?

— Levon ? Non, c'est qui ?

Le vieil homme s'approcha. Il était grand, mince, élégant avec ses cheveux argentés soigneusement coiffés, ses lunettes de soleil, son pantalon en toile de lin et son polo noir griffé Bally. Il ôta ses lunettes de soleil afin de dévoiler son regard clair, tendit la main à Calambo en le fixant droit dans les yeux et devança la réponse de Pater :

— Je m'appelle Levon Balyan.

— Enchanté

— Je suis… ton oncle.

Calambo resta muet durant quelques secondes, d'interminables secondes, sans oser se demander si c'était la joie, l'étonnement ou la colère qui provoquait son mutisme.

Un oncle ! Elle était bonne celle-là ! Un oncle qui se pointait maintenant, alors qu'il n'en avait plus besoin. Un oncle qu'il n'avait jamais vu, qui avait été incapable de lui tendre une seule fois la main.

Mais, quand même, un oncle qui était SA famille. Son unique famille.

C'est Lila, qui s'était approché en boitillant, qui dénoua la situation avec un à-propos typiquement féminin :

— Calambo, va donc faire un tour sur la plage avec Levon pendant qu'on conduit Pater et Kader jusqu'à la baraque de Toine.

Le vieil homme sourit et rechaussa ses lunettes. Il ne semblait guère apprécier les poussières de sable qui tournoyaient sous le vent et rougissaient les yeux :

— C'est une très bonne idée, mademoiselle.

Puis, se retournant vers Calambo :

— Tu viens ?

Pater renchérit :

— Vas-y Calambo. Vous discuterez en marchant. Levon, il est venu exprès d'Amérique pour te voir. Il est venu t'aider. Il m'a dit que tu étais en danger, alors j'ai pris sur moi de…

Calambo jeta un regard à Kader, à la recherche d'une approbation de cette démarche. Après tout, les événements des derniers jours portaient en eux une menace sourde. Le jeune beur cligna de l'œil en guise de confirmation :

— Il est OK, Calambo. Levon nous aidera peut-être à nous sortir des engambis. En plus, La Bêche a disparu depuis quelques jours et je suis inquiet. On ne peut plus rester sans rien faire, à attendre que le ciel nous tombe sur le teston !

Calambo sourit à Levon :

— Alors, c'est OK. On va vers le ponton ?

Les deux hommes s'éloignèrent en marchant.

Kader offrit son bras à Lila comme un vrai gentleman afin de l'aider à regagner le campement tandis qu'Antoine, conformément à ce que pensait Bubble qui attaquait avec un bel appétit un malabar, revivait avec Pater leurs années de labeur et de rigolade sur les quais. De vraies retrouvailles d'anciens combattants. Pater marchait avec difficulté dans le sable, ses pieds s'enfonçaient et il transpirait d'abondance mais il semblait heureux d'être là.

Ça faisait bien longtemps – une éternité – que Bubble n'avait pas vu son père aussi galvanisé !

C'est à peine si les cheveux argentés de Levon frissonnaient sous les rafales de vent. La plage était déserte :

— Je ne connaissais pas ce coin. Pourtant, j'ai vécu vingt ans à Marseille.

Cet homme donnait une impression de sérénité et d'équilibre.

— Excusez-moi, monsieur, je peux savoir ?

Calambo était manifestement intimidé par ce gars qui ne ressemblait guère aux marlous vantards du troisième âge qu'il fréquentait dans les bistrots mal famés de Saint-Louis ou du quartier de l'Opéra. Levon avait « la classe » et en plus il arrivait des États-Unis. Un oncle d'Amérique !

Mais un oncle qui l'avait tout de même ignoré durant près de vingt ans !

— Primo, ne m'appelle plus monsieur. Secundo, tu peux me tutoyer. Et tertio, je te dois une explication. Une longue explication. Je peux y aller ?

— Vous… Tu peux y aller.

— Voilà, c'est un peu compliqué. Je crois que tu n'as pas vraiment connu tes parents.

— Je n'avais qu'un an et demi quand ils sont morts alors, forcément…

— Forcément… Ton père, Eric, était le fils de ma sœur Mariam. Mon neveu, donc. Ma sœur, ta grand-mère, avait épousé en 49 un des fils Palombo. Je me souviens de son mariage puisque j'ai quitté la France un an plus tard, en 50.

Calambo écoutait. Les questions qui lui brûlaient les lèvres seraient pour plus tard. Il voulait d'abord découvrir sa famille :

— Vous… Tu avais d'autres frères et sœurs ?

— J'avais deux frères et une sœur. Mon pauvre père s'est marié à Marseille en 1924 et il a eu quatre enfants : trois garçons – Ohannes, Garabed et moi – et, enfin, une fille,

Mariam. Aujourd'hui, ils sont tous morts et nous sommes, toi et moi, les deux seuls survivants de cette famille. Ohannes a été fusillé par les Boches en 44. Garabed a participé lui aussi à la résistance. Il a regagné l'URSS après la guerre pour vivre et bâtir le paradis en Arménie soviétique mais il a disparu, certainement liquidé par la police de Beria ou mort dans un goulag. Mariam, ta grand-mère, nous a quittés en 1979, deux ans avant mon pauvre père. Elle n'avait que quarante-sept ans. Quant à moi, je ne suis revenu que deux fois en France, pour la mort de Mariam, puis pour celle de mon père. Deux fois en cinquante ans…

— Et ta mère ?

— Ma pauvre mère est morte bien plus tôt. En 48. Le choc de la mort d'Ohannes, puis la disparition de Garabed en URSS lui ont, sans doute, été fatals. Nous habitions à l'époque une petite maison de la rue d'Alexandrie, dans le quartier de la Madrague-Ville, entre Rabattu et le Moulin à Vent.

— Je n'ai jamais connu cette maison. On m'a dit que grand-père l'avait vendue avant de venir habiter chez mes parents qui louaient une grande bâtisse avec un beau jardin au-dessus de l'Estaque.

Le regard de Levon se voila :

— Bien sûr… Je me souviens de cette maison de l'Estaque. Je n'y suis allé, en fait, qu'une seule fois, lorsque je suis revenu pour la mort de mon père, en 81. C'était en juin. Je me rappelle bien parce que mes amis américains me dissuadaient de revenir ici. « Les communistes ont pris le pouvoir en France ! » chuchotaient-ils épouvantés. Mitterrand avait été élu un mois plus tôt et il avait offert quatre postes de ministres au parti communiste alors, forcément, la France était devenue le pays du diable ! Quand on voit où vous en êtes plus de vingt ans plus tard… Vous avez pris toutes les mauvaises habitudes du capitalisme américain.

Calambo s'accroupit afin de récupérer une énorme coquille de praire. Un geste machinal. Levon poursuivit :

— Tu vas me demander pourquoi avoir attendu tout ce temps avant de te contacter ?

Calambo leva les yeux vers lui. Un regard dur :

— Par exemple.

— Tu sais, je suis parti aux États-Unis en 50 pour faire ma vie là-bas. Sans un sou en poche. Mon père m'en voulait de déserter ainsi la famille. Ça s'est assez mal passé avec lui car il était d'un naturel ombrageux. Avec le recul, je le comprends un peu mieux : son fils aîné avait été fusillé par les nazis, son cadet avait disparu dans les goulags du camarade Staline, sa femme était morte. Il ne lui restait plus que ta grand-mère Mariam et moi. Je voulais les emmener tous les deux aux États-Unis. Ils y auraient oublié les années noires mais ils n'ont pas voulu. Alors je suis parti. Tout seul et sans un radis. J'en ai bavé, tu sais, mais je m'en suis sorti. Très bien sorti même. Bally, c'est moi.

— Bally ?

— Oui, la marque Bally. Les fringues.

— Sans déconner !

Calambo admirait sans vouloir le reconnaître cet homme parti de rien qui avait réussi dans la mythique Amérique.

— Mais j'ai travaillé dur pour réussir, jour et nuit. J'en ai oublié ma famille à Marseille et lorsque je suis revenu, je me suis rendu compte qu'eux aussi m'avaient oublié. Quand on passe trente années sans se voir, on n'a plus grand-chose à se dire. La dernière fois que je suis venu à Marseille, en 81 donc, tes parents étaient mariés depuis quelques mois. Ils étaient heureux et n'avaient rien à faire d'un vieil homme comme moi. J'ai appris leur mort beaucoup plus tard, dans les années quatre-vingt-dix, par le fils d'un de mes amis de l'Estaque qui tient une galerie d'art à New York. Romulus Asquaciati, il s'appelle… Il m'a parlé de l'accident mais aussi de toi. Tu étais un galavard à l'époque, tu devais avoir une dizaine d'années et c'était un peu tard pour moi, pour intervenir dans ta vie. J'aurais eu l'air de quoi, je te le demande ? Alors, je suis resté à New York en me disant qu'un jour ou l'autre, on aurait peut-être l'occasion de se revoir.

— Et cette occasion est venue ?

— Oui, l'occasion est venue. Il y a quinze jours, quand j'ai su que tu étais en danger. Le temps de régler quelques affaires, j'ai accouru pour t'avertir. Y a engambi, Stéphane, et ce ne sont pas des rigolos qui te collent au cul !

— Tu vas m'expliquer ?

— Bien sûr. Mais, pour que tu comprennes, il nous faut remonter le temps, jusqu'à l'enfance de mon père, ton arrière-grand-père. Il s'appelait Sarkis Balyan. Sa famille avait fourni les plus grands architectes de Constantinople, la ville où il est né.

— Constantinople ?

— Ah oui, Constantinople n'existe plus aujourd'hui. La ville s'appelle Istanbul depuis 1923.

Les deux hommes s'assirent à l'abri des tourbillons de sable, derrière la carcasse d'un vieux chalutier échoué sur la plage.

Levon poursuivit :

— Je te disais donc que les Balyan – comme d'ailleurs les Aznavour – ont construit de nombreux palais et embelli considérablement Constantinople au temps de l'Empire Ottoman. Les neuf architectes de notre famille furent pendant près d'un siècle les plus importants et les plus influents de la ville. Ils ont travaillé sous six sultans différents et ont jeté les bases de l'occidentalisation de l'architecture de la ville. En fait, notre ancêtre Bali Kalfa

Balyan était un Arménien originaire de Kayseri, en Anatolie centrale. Bali s'installa à Constantinople quand il était petit garçon. Son fils Kirkor fut chef des architectes impériaux sous Mahmut II et construisit, entre autres, la mosquée de Nusretiye à Tophane. Gabaret, le fils de Kirkor, continua sur la lancée de son père mais envoya ses deux fils étudier directement aux Beaux-Arts à Paris. À leur retour, les garçons assistèrent leur père, puis prirent leur indépendance. Neuf architectes se succédèrent ainsi dans notre famille et donnèrent à Istanbul son visage actuel.

Calambo posa sur son oncle un regard dépité et murmura comme une excuse :

— Je ne connais pas Istanbul, alors tous ces détails…

— Peu importe, car la célébrité de notre famille n'a aucune incidence sur le déroulement de l'histoire de Sarkis. Les Balyan vivaient donc en paix et tout bascula au soir du samedi 24 avril 1915. Sarkis, mon père, avait alors neuf ans…

Constantinople, le 24 avril 1915

Le soir enveloppait le Bosphore d'un léger voile pourpre. Les teintes rosées des façades des immeubles de la rive asiatique se dissipaient dans les ombres familières. Au travers des fenêtres, quelques lumières jaunâtres brillaient avec la timidité maladive des diamants altérés.

Il y avait foule sur le pont de Galata et l'on pouvait découvrir, de la terrasse dallée de marbre de la quatrième cour, toute l'étendue de la ville, de la Corne d'Or et la tour génoise jusqu'à Kadiköy sur la rive orientale, qui dessinait une dentelle de minarets, de dômes, de coupoles et de croissants.

Sarkis aimait flâner dans les jardins de Topkapi à la fin du jour, tandis que son père Marouk terminait ses travaux d'orfèvrerie dans un atelier contigu aux cuisines du palais, sous l'œil vigilant de la garde. Sarkis n'aurait jamais eu ce privilège à l'époque où les sultans vivaient ici, avant qu'ils ne désertent Topkapi pour l'opulent palais de Dohmabahce.

Les barques des pêcheurs croisaient la sarabande des caïques qui tissaient des navettes entre les deux rives – en fait entre deux continents, l'Europe et l'Asie – et constellaient la surface de l'eau de ridules que le soleil couchant dorait.

Les parfums des tubéreuses montaient de l'immense jardin en terrasses richement orné de pavillons et de fontaines.

Sarkis se tenait à proximité du Baldaquin de bronze doré du sultan Ibrahim.

D'ici, le point de vue était superbe. Le Baldaquin et la Cage Dorée étaient ses lieux de rêverie préférés. Dans la Cage Dorée, qu'on appelait également le kiosque d'Erivan, vivaient jadis, confinés, les plus proches parents du sultan. Sarkis adorait ce belvédère à cause de son nom, tout simplement parce que son père lui parlait souvent d'Erivan, une ville mythique cachée loin, très loin dans la montagne, au pays de ses ancêtres.

Le palais était peuplé de fantômes. Bien sûr, l'animation et le secret n'étaient plus ceux de l'époque du sultanat mais le harem, la bibliothèque, les cuisines ou le Divan témoignaient de la splendeur et des mystères passés.

Sarkis devinait bien un passé lourd et sanglant mais, à neuf ans, il ignorait tout des fastes et des souffrances que ces murs avaient jadis étouffés.

Comme il avait beaucoup marché, le sommeil le prit au pied du Baldaquin.

La nuit était tombée lorsqu'il s'éveilla.

Sarkis observa le jeu savant des caïques, faiblement éclairés par des fanaux à huile, qui se croisaient sur les eaux sombres. Il reconnut la frêle embarcation à voile rouge de son ami Hamid, qui lui racontait parfois des légendes de son village de pêcheurs. Hamid était un géant venu des rivages du sud de l'Anatolie, un chrétien maronite dont la famille avait fui le Liban à la suite des persécutions de la fin du dix-neuvième siècle afin de s'installer plus au nord, dans la région d'Adana.

Ensuite, Hamid avait quitté la Cilicie en 1909. Direction Constantinople. Parce qu'on disait que l'argent était plus facile à gagner dans la capitale…

Il travaillait encore, en pleine nuit, à la lueur de fanal. Il voulait sans doute amasser assez d'argent pour retourner en Cilicie, afin de partir de cette ville qu'il trouvait trop bruyante et trop vantarde. Une fois de retour dans son pays, il achèterait un grand bateau de pêche et vivrait heureux entre le ciel et la mer.

La lune était très haute dans le ciel. Beaucoup plus haute qu'à l'accoutumée et Sarkis attendait son père qui n'était toujours pas venu le chercher.

La valse des caïques ralentissait. Il lui semblait que les murmures de Galata devenaient plus sourds et que des cris étouffés parcouraient les bas quartiers.

L'enfant eut peur et voulut regagner l'appentis où il avait laissé son père en fin d'après-midi.

Il traversa la troisième cour sans un regard pour la bibliothèque en marbre blanc d'Ahmed III. Dans cette partie du palais, tout était étrangement désert. Pourtant, plus loin, une effervescence régnait dans la cour des Janissaires.

Sarkis se glissa dans l'ombre du mur d'enceinte, à l'abri d'un bouquet d'hibiscus. Des hommes avaient été molestés et gisaient en sang, mains et pieds liés sur le sol, devant la fontaine. Les soldats de la garde brandissaient leurs yatagans menaçants en plaisantant et en vidant des bouteilles de raki.

Un grand frisson glacé parcourut l'échine de l'enfant.

Le lieu ajoutait la terreur au spectacle de ces hommes battus et entravés. Parce que Marouk avait souvent raconté que jadis, au temps du sultan, les janissaires venaient laver à l'eau de cette fontaine la large lame des cimeterres avec lesquels ils avaient tranché le cou des condamnés. On tuait alors beaucoup à Topkapi. Sarkis conçut à la fois de la colère et une impression de danger indescriptible. Il lui fallait une arme pour pouvoir se défendre. Il retourna dans l'appentis de l'orfèvre et récupéra un poignard enduit d'une pâte à lustrer blanchâtre. Ce n'était pas un de ces grands yatagans ou une de ces armes à feu que les Allemands fournissaient à l'armée turque, mais simplement un poignard recourbé, un kandjar joliment décoré qui pourrait servir au cas où…

Une arme de défense en quelque sorte…

Il se glissa à nouveau dans la cour des janissaires. Il lui fallait retrouver son père et sortir de ce cauchemar. Mais son effroi se transforma en un cri strident lorsqu'il aperçut les chaussures et le pantalon de celui-ci sous le tas d'hommes ligotés. Il fonça sur les gardes ivres, le poignard bien en main. Les soldats riaient et s'amusaient des ruées de ce gosse chétif jusqu'à ce qu'ils le projettent sans ménagement dans la rue. Sarkis se mit à courir. Il fallait aller chercher du secours. Les soldats ne le poursuivirent pas. Ils avaient sans doute bien mieux à faire, les bouteilles de raki à la main.

Sarkis s'époumona en dévalant la rue Taya Hatun. Il y avait des mouvements de foule, des soldats dans toutes les rues, des convois de prisonniers guidés par les cavaliers de la garde.

La porte de sa maison, dans Nobethane, était entrouverte.

— Où est ton père ? On dit qu'ils arrêtent tous les autres membres du parti Hnchak, interrogea sa mère apeurée en le serrant contre elle.

Araxa ne vivait plus depuis plusieurs semaines. Marouk Balyan, son époux, était un des dirigeants du Hnchak. Il avait miraculeusement échappé à la rafle du 20 avril qui avait conduit une vingtaine de membres de ce parti à la prison centrale. La cour martiale devait statuer sur leur sort prochainement.

Dès l'entrée en guerre de la Turquie aux côtés du Kaiser – l'ordre de mobilisation générale datait du 3 août de l'année précédente – les Arméniens avaient été l'objet de brimades, de représailles puis de vols, de viols, de violences et d'assassinats.

À Sivas, dès le 18 août, leurs écoles et leurs églises avaient été réquisitionnées et constituaient, depuis, des garnisons pour l'armée turque. Leurs troupeaux de moutons avaient été brûlés à Diyarbekir le 18 août. Les musulmans résidant dans les villages à majorité arménienne, comme Keghi et Erzerum, avaient été armés dès le 30 septembre.

Les dirigeants arméniens avaient été arrêtés le 10 octobre à Zeitoun, Zeitoun où Nazaret Chavush avait même été assassiné sur ordre du gouverneur général.

Le Jihad – la guerre sainte pour la défense de l'Islam – avait été proclamé le 18 novembre dans toutes les provinces de l'Empire Ottoman.

La situation s'était encore dégradée au début 1915. Les rumeurs de villages attaqués par des bandes armées ou les gendarmes turcs, de désarmement des soldats arméniens, de meurtres commandités, de viols généralisés et de confiscation de biens remontaient, assourdies, jusqu'à Constantinople.

Pourtant, dans la capitale de l'empire, aucun signe de persécution n'était perceptible. Mieux même, le 22 janvier, le ministre de la guerre Enver Pacha arriva de Sivas et, dans un long discours, félicita les Arméniens pour l'admirable façon dont ils avaient rempli leur devoir sur le front du Caucase, face aux armées russes !

Évidemment, personne – hormis l'ambassadeur

d'Allemagne Hans Von Wangenheim à qui Talaat s'était confié le 2 février – ne savait que la guerre constituait pour le ministre de l'intérieur une opportunité sans égale pour régler la question arménienne.

Et Talaat ne comptait pas laisser passer une telle aubaine !

Depuis quelques jours, les événements semblaient se précipiter. Azatamart, le principal journal arménien de Constantinople avait été interdit en mars et les exactions turques semblaient se déchaîner dans les territoires de l'est. On chuchotait, dans la capitale, que vingt-cinq mille Arméniens de Zeitoun avaient été déportés le 20 avril 1915 et, pire encore, que vingt-quatre mille personnes de la province de Van avaient été massacrées le 15 avril 1915 en trois jours seulement.

Araxa répéta sa question :

— Où est ton père ?

Sarkis ne put répondre et fit un geste d'impuissance désespérée. Elle comprit.

— J'y vais, dit-elle simplement.

— Non, non. C'est trop dangereux, les soldats sont ivres… Il faut partir…

Il sanglotait contre sa mère et tentait de la retenir. Gaënée et Anahide, ses sœurs réveillées en pleine nuit, ne comprenaient rien à ce cauchemar.

Araxa remonta la rue Taya Hatun vers le palais de Topkapi. Sarkis la suivait, la tirait par un pan de sa robe afin de la dissuader d'affronter les soudards. En vain.

Il n'entendit que ses cris lorsque les soldats la saisirent. Ils étaient ivres et une femme venait jusqu'à eux !

Sarkis sentit confusément qu'il ne la reverrait jamais. Alors, sa course folle reprit, une course de rage et de douleur qui le conduisit jusqu'à sa maison. Il lui fallait mettre ses sœurs à l'abri avant que tout s'embrase. Il les saisit par la main et les traîna jusqu'à l'embarcadère des bateliers.

Des convois de prisonniers défilaient sur le pont de Galata et quelques coups de feu émaillaient les mauvaises rumeurs de la nuit.

Hamid était là et s'apprêtait à franchir le Bosphore. Sarkis sauta dans le caïque à voile rouge et hissa ses sœurs à bord.

Hamid sourit et le serra simplement contre lui. Manifestement, le géant avait compris.

Sarkis quittait Constantinople pour l'Asie avec, pour seuls bagages, la rage au cœur et un étrange poignard caché sous sa chemise.

Un fanal à pétrole jetait un éclairage faible sur la grande voile. Derrière la toile rouge, dans l'indigo de la nuit, le quartier de Sultanhamet dressait ses minarets acérés comme des pieux.

Le jeune garçon pressentit alors que jamais plus il ne dormirait dans la maison où il avait grandi, à Nobethane.

Constantinople, le matin du dimanche 25 avril 1915

Les croisées du bureau du ministre de l'intérieur s'ouvraient sur la rive orientale du Bosphore. Les premiers rayons du soleil teintaient les murs pourpres d'une clarté frileuse.

Talaat Pacha avait convoqué le préfet de police de Constantinople, Bedri Bey, à la première heure et semblait excité comme une puce.

Talaat était satisfait de l'action nocturne de Bedri à qui il avait fixé un unique objectif : arrêter l'élite arménienne de la ville de manière à empêcher toute organisation d'un mouvement de résistance.

À travers les fenêtres, Bedri Bey observait un cargo fourbu et rouillé qui remontait péniblement le Bosphore en crachotant une fumée noire :

— Les rumeurs de la rafle gonflent déjà dans la ville. À croire que personne ne dort jamais dans Constantinople !

Talaat opina du chef :

— Vous m'avez bien dit deux cent cinquante arrestations, Bedri Bey ?

— Environ. Uniquement les intellos, poètes, écrivains, journalistes, médecins, avocats, savants et prêtres les plus en vue. Nous avons mené des perquisitions à leurs domiciles, dans les écoles, les églises et le patriarcat afin de trouver des prétextes à ces actions. Les quartiers de Péra et Beyoglu ont été systématiquement fouillés. J'ai ici des dizaines de motifs qui justifieront ces arrestations aux yeux de la population et des étrangers.

Bedri Bey posa une feuille calligraphiée sur le bureau du ministre.

— Très bien. Mais est-ce suffisant ? Nous avions parlé de deux mille personnes.

— Rassurez-vous, cette rafle sera complétée dans les prochains jours, mais j'ai bien peur que nous ayons à résoudre un problème de détention.

— De détention ?

— Oui, Talaat Pacha, tous ces gens sont incarcérés et la prison centrale est bondée. Si nous poursuivons les rafles, il faudra trouver d'autres solutions.

Talaat leva un regard sardonique vers son préfet :

— N'ayez aucune crainte, j'ai effectivement des quantités d'autres solutions, répondit-il en souriant et en portant un verre de thé à ses lèvres.

Le ministre de l'intérieur savait que l'emprisonnement de quelques centaines de dirigeants n'était qu'un début et qu'il faudrait les éliminer définitivement. Il savait aussi que les massacres de la population pouvaient commencer, puisque l'élite susceptible d'alerter l'opinion internationale était sous les verrous et condamnée au mutisme. Il avait déjà décidé que les soldats arméniens de l'armée ottomane, désarmés depuis plusieurs mois et affectés par petites escouades à des travaux sur les routes, seraient abattus par groupes séparés.

Mais Bedri Bey ne connaissait pas forcément le plan de son ministre et Talaat trouva bien inutile de lui en parler.

Le ministre prit place à son bureau et tendit au préfet des instructions qu'il avait préparées :

— Qu'en pensez-vous ?

Bedri Bey parcourut rapidement les feuillets manuscrits et adhéra à l'analyse de son ministre.

Qui aurait pu contredire Talaat en pleine exécution de son plan ?

Le ministre de l'intérieur demandait à ses gouverneurs que l'ensemble de l'infrastructure sociale arménienne et les comités arméniens soient liquidés, les documents saisis et les dirigeants arrêtés et éventuellement traduits devant le tribunal militaire.

Talaat porta à ses lèvres le verre de thé brûlant qu'on venait de lui amener. Il apprécia le liquide chaud et parfumé. Du meilleur cru de la mer Noire !

Il poursuivit :

— Je sais aussi que les gouvernements de l'Entente, alertés par les rumeurs de tueries dans les provinces de l'est, vont réagir et nous mettre en garde.

— C'est-à-dire ?

— C'est-à-dire qu'ils vont sûrement proclamer qu'ils nous tiendront personnellement responsables de ces crimes.

— Et alors, que comptez-vous faire, Talaat Pacha ?

Le front du ministre se plissa.

— Oh, quelque chose de très simple. Nous allons légaliser la déportation, en commençant d'ailleurs par ces journalistes d'Azatamart. On ne tue plus, Bedri Bey, on déporte !

— On déporte ?

Talaat sourit à nouveau, fier de son effet :

— Oui, on déporte. Officiellement pour mettre les

populations arméniennes à l'abri de la guerre. Cette explication suffira sans doute aux Européens et ils nous ficheront la paix ! En fait, je prépare une loi portant sur le déplacement des personnes suspectes, une loi qui donnera aux commandements d'armée la possibilité de déporter les populations des villes et des villages qu'ils soupçonneront coupables de trahison et d'espionnage.

Talaat décrivit son plan. Tout avait été minutieusement préparé.

— Je vais confier l'organisation de ce système de déportation à une structure spéciale formée par le noyau dur de notre parti « Union et Progrès ». Dans chaque province, un secrétaire responsable de la supervision des administrations civiles et militaires sera nommé et exécutera mes ordres.

Talaat avala sa tasse de thé, se leva et resta debout face à la fenêtre.

Le matin d'avril semblait frisquet. Une aura grise et terne couronnait la ville. Les rues s'animaient péniblement. Il est vrai que c'était dimanche et que les bazars étaient fermés, mais quand même… C'était davantage un chuchotement que les cris habituels de la Corne d'Or qui montait jusqu'à lui. On devait déjà commenter les arrestations de la nuit. À Constantinople, tout se savait très vite.

Talaat parut songeur face à la grisaille du Bosphore et Bedri se garda bien d'interrompre sa rêverie.

En fait, le ministre entrevoyait l'inévitable scénario à venir.

Les notables et responsables politiques des bourgs et des villes seraient bientôt arrêtés, accusés de participer à un vaste complot, sommés – souvent sous la torture – de livrer armes et déserteurs. L'ordre de déportation, affiché aux murs ou annoncé par le crieur public, n'accorderait que peu de jours à ceux qui restaient – femmes, vieillards, enfants – pour préparer leur départ. Avec quelques affaires ou quelques provisions, ils quitteraient leurs villes hâtivement, en groupes séparés, escortés par des gendarmes. Dans certaines régions, la population serait massacrée sur place. Dans d'autres, les hommes et les adolescents seraient capturés, emmenés par petits groupes, et pour la plupart liquidés discrètement hors des villes. Femmes, enfants, vieillards constitueraient des convois qui prendraient la route de la déportation, à pied ou dans des wagons à bestiaux. Des convois livrés aux pillards. Ceux qui survivraient aux conditions extrêmement rudes du voyage et aux exécutions sommaires seraient dirigés vers la Syrie et la Mésopotamie. Là-bas, les déserts inhospitaliers seraient le véritable tombeau de ces colonnes de déportés.

Talaat ordonnait la montée en puissance de son plan de déportation : par caravanes successives, provenant de différentes provinces – d'abord celles de l'est et puis, progressivement, celles de l'ouest – les déportés seraient dirigés vers Alep, au nord de la Syrie. Là, on les entasserait dans des camps de fortune autour de la ville, sans secours et sans hygiène, avant de les diriger plus au sud vers les déserts de Mésopotamie et d'Arabie. Aucun homme ne pourrait résister à un pareil périple et ils mouraient, sans doute par milliers, tous les jours.

Mais, au regard des autres nations, Talaat et l'Empire Ottoman ne tueraient pas les Arméniens. Bien au contraire, ils les déplaceraient afin d'assurer leur sécurité !

Tout simplement.

Talaat s'extirpa de sa méditation. Il prit place à son

bureau, saisit une fiche pré-imprimée et se retourna vers Bedri Bey :

— Pourriez-vous me faire expédier un télégramme ?

— Bien sûr, Talaat Pacha ! Rédigez-le et je m'occupe de l'acheminement. C'est pour qui ?

— Vous l'enverrez à tous les membres du parti.

Talaat lissa ses moustaches et écrivit rapidement quelques phrases :

« Le gouvernement a décidé de détruire tous les Arméniens résidant en Turquie. Il faut mettre fin à leur existence, aussi criminelles que soient les mesures à prendre. Il ne faut tenir compte ni de l'âge, ni du sexe. Les scrupules de conscience n'ont pas leur place ici. »

Aux yeux des étrangers, la Turquie déplaçait simplement des populations afin de les soustraire aux horreurs de la guerre mais, pour les membres du parti, il s'agissait bien de mettre les points sur les i !

Constantinople, au printemps de 1915

Le dimanche 25 avril 1915 à deux heures du matin, Hamid conduisit les trois enfants jusqu'à la petite baraque en planches qu'il avait lui-même bâtie sur les rives du Bosphore, au sud de Kadiköy.

Il amarra son caïque, replia la voilure et les entraîna dans le minuscule réduit où régnaient des odeurs fortes de goudron et de poisson séché.

Les filles pleuraient. Hamid précisa en riant que les filles pleurent toujours mais Sarkis oublia de sourire à cette plaisanterie. Il était encore sous le coup de la scène de la cour des Janissaires.

Hamid prépara du thé et installa les trois enfants dans sa chambre.

À quatre heures du matin, Sarkis ne voulait toujours pas dormir. Ses sœurs, accablées par la fatigue, étaient sans doute trop jeunes pour comprendre, mais lui voulait savoir.

Il questionnait Hamid et la seule réponse du géant était :

— Tu vas attendre sagement ici. Tu sais, je traverse le Bosphore vingt fois par jour. J'irai aux nouvelles. J'essayerai de savoir où sont tes parents. Je ferai tout pour les ramener ici, mais peut-être faudra-t-il partir, loin, quitter ce pays.

Sarkis ne comprenait rien à ce monde qui explosait depuis quelques heures.

Sarkis et ses sœurs, Gaënée et Anahide, vécurent plusieurs semaines chez Hamid. Gaënée avait huit ans et Anahide quatre ans seulement.

Sarkis n'avait qu'une idée en tête, une obsession : savoir ce qu'étaient devenus ses parents, Marouk et Araxa, et les tirer des mains des Turcs.

Hamid connaissait pas mal de monde à Sultanhamet et fouinait dans les ruelles et les tavernes entre deux traversées. Sous l'effet du raki, les langues se déliaient. Il apprit ainsi par un gardien de la prison centrale que tous les détenus raflés dans la nuit du 24 avril étaient prisonniers mais vivants.

Marouk et Araxa y avaient été incarcérés avec plus de deux cent cinquante intellectuels et notables arméniens.

Un autre jour, Hamid rapporta que toute l'équipe éditoriale du journal Azatamart, le principal journal arménien de Constantinople, avait été arrêtée, conduite et emprisonnée à Diyarbekir, une ville lointaine, proche de la frontière syrienne.

Comment Constantinople avait-elle pu en arriver là ?

Comment cette ville à laquelle les Arméniens avaient apporté une riche contribution depuis des siècles, pouvait-elle se montrer aussi cruelle ?

Sarkis savait, par les récits de son père Marouk, ce que Constantinople devait au génie des bâtisseurs de sa propre famille : les palais de Dolmabahçe, de Yildiz, Beylerbeyi, le Palais des Eaux-Douces, des Tilleuls, la caserne Selimiye et plusieurs églises dont celles de Saint-Stéphane et de Üc Horan à Galatasaray. Les Balyan avaient également édifié la mosquée de Tophane ou encore celle d'Ortaköy qui occupait un site superbe surplombant le détroit. Ortaköy était l'œuvre de Nikogos Balyan et ressemblait à la mosquée de Dolmabahce, que Garabed, son propre père avait dessinée.

Sarkis, à neuf ans, connaissait tout ça par cœur !

Marouk, qui avait préféré l'orfèvrerie à l'architecture, l'avait trimbalé dans tous ces lieux. Son père savait lui raconter avec un luxe de détails l'histoire de ces édifices illustres, comme celle de l'église Saint-Stéphane, érigée par l'entreprise Wagner & Fils de Vienne à la fin du siècle. Ce bâtiment subjuguait Sarkis car il était entièrement construit en métal, y compris la décoration intérieure. Les éléments préfabriqués avaient été fondus à Vienne, transportés sur bateau par le Danube et la mer Noire et assemblés sur l'ordre du sultan en une seule semaine au bord de la Corne d'Or.

Marouk et Sarkis aimaient aussi flâner du côté des « Petits-Champs », un lieu à la mode. Là, des hôtels de luxe, des cafés, des magasins bordaient le boulevard des Petits-Champs sur un côté, tandis que sur l'autre s'étendait le Jardin Municipal, proche du Théâtre. Le quartier regorgeait de jolis passages – comme les passages Fresco, Hazzopoulos, Aznavour ou Carlmann – qui ajoutaient au charme de l'endroit.

Au fond de la cabane humide d'Hamid, Sarkis se demandait ce qu'étaient devenus les artisans et les commerçants du Grand Bazar, ces lointains cousins qu'on visitait parfois, ceux-là mêmes qui s'activaient dans les domaines de l'orfèvrerie, de l'argenterie, du textile ou de la fabrication d'instruments de musique.

Oui, vraiment, comment Constantinople avait-elle pu en arriver là ?

Hamid, au retour de ses incursions dans le quartier de Sultanhamet, ne racontait jamais tout à l'enfant.

Car il y avait ces rumeurs de persécutions dans les provinces arméniennes de l'est du pays, ces rumeurs insidieuses et sourdes qui glissaient sur le pavé des rues de Constantinople comme des serpents venimeux.

Mais les viols de Marzovan, les massacres d'Erzerum, l'installation d'immigrants turcs en provenance de Bulgarie dans Zeitoun en remplacement de la population arménienne déportée, les trente-huit responsables arméniens de Chomaklu arrêtés et exécutés promptement, les leaders arméniens de Bayburt assassinés, les massacres de la région de Khnus, entre le 27 avril et le 19 mai, constituaient des informations trop précises pour être négligées.

À Constantinople, les choses se dégradaient moins vite mais certains événements laissaient craindre le pire puisque les députés Zohrat et Vartkes – qui avaient protesté auprès du Grand Vizir, de Talaat Pacha et du président du Sénat Rifat – furent arrêtés le 25 mai puis exécutés durant leur détention à Kara-Koplu. Le cas de Krikor Zohrat était d'autant plus troublant que c'est ce même député qui avait caché son bourreau Talaat, alors poursuivi par les sbires du sultan Abdul Hamid, pendant la contre-révolution d'avril 1909 !

Lorsque Hamid rentrait à la nuit tombée, il servait le thé et Sarkis posait mille questions. Gaënée et Anahide dormaient dans la chambre. Les jours passaient et ses parents n'étaient toujours pas là.

Combien de temps faudrait-il encore attendre ?

Ce qu'Hamid ignorait, c'était la colère que Talaat Pacha avait piquée lorsqu'il avait appris la disparition du kandjar de Topkapi. Il fallait absolument retrouver cette pièce qui était la gloire de l'ancien palais des sultans !

Bedri Bey, le préfet de police, lui présenta alors le lieutenant Serif Akan qui avait résolu, par le passé, quelques ténébreuses affaires dans les bas-fonds de Constantinople.

Début mai, Serif Akan avait reçu la mission de retrouver le kandjar et c'est Talaat Pacha en personne qui l'en avait chargé.

Le lieutenant Akan avait carte blanche.

Après un bref interrogatoire des soldats qui se trouvaient au palais le 24 au soir, il avait identifié le gosse. C'était le fils de Marouk Balyan, l'orfèvre du Grand Bazar qui travaillait le soir au palais afin de remettre en état tout ce qu'on récupérait de précieux aux quatre coins de l'Empire Ottoman. Un gosse d'une dizaine d'années, qui traînait dans les cours du palais en attendant son père, s'était emparé du kandjar en or !

Les parents étaient détenus dans la prison centrale mais il ne servirait à rien de les cuisiner puisqu'ils ignoraient certainement tout de cet épisode.

Ce gosse devait se terrer quelque part en ville. Que comptait-il faire du kandjar ?

Serif mena son enquête avec application.

Bientôt, son zèle serait récompensé : il découvrirait le rôle joué par Hamid et la piste de Sarkis Balyan…

Début juin, tout s'accéléra.

Deux mille quatre cent trente-deux hommes, l'élite de la communauté arménienne de Constantinople, se retrouvèrent sous les verrous en attendant leur déportation ou leur assassinat. Parmi eux, sept sénateurs et douze députés. Des hommes qui, à l'instar de Zohrat, avaient favorisé l'émergence du mouvement « Jeunes Turcs » afin de balayer le Sultan ! Des hommes parfois très proches du pouvoir comme Gabriel Noradourjian qui avait été le protégé d'Ali Pacha, le ministre des Affaires Étrangères.

Le quartier arménien de Galata-Pera tremblait.

Certes, le tramway électrique et moderne de Pera continuait sa ronde incessante mais les visages des voyageurs étaient fermés, comme s'ils pressentaient des lendemains qui ne pourraient qu'être pires que le présent. La nuit, l'éclairage au gaz dispensait sur les façades une lumière froide, et l'on se demandait quand arriveraient les longues ombres de ces hordes de soldats coiffés de fez qui s'engouffraient parfois dans ces ruelles à la recherche des « suspects ».

Hamid apprit par Horst, un journaliste allemand qui utilisait fréquemment ses services pour traverser le Bosphore, que les soldats de l'armée russe avaient dû procéder, lors de leur entrée victorieuse à Van le 22 mai, à la crémation de cinquante-cinq mille Arméniens exécutés sommairement et dont les cadavres pourrissaient au soleil.

Hamid ramena un soir un jeune homme qu'il appelait Arak.

Arak était journaliste à Azatamart. Il avait miraculeusement échappé aux rafles d'avril en se cachant dans le cimetière de Karaca Ahmet, dans le quartier d'Üsküdar.

Un soir de la fin du mois de mai embaumé par les jasmins, Hamid et Arak évoquaient la possibilité d'un départ vers le sud, lorsqu'ils s'aperçurent que Sarkis somnolait et qu'un frisson parcourait parfois ses tempes. De quoi les rêves de Sarkis Balyan, en cette nuit de printemps, pouvaient-ils bien être peuplés ?

Pour Arak, les événements récents ne seraient que ponctuels :

— Nous autres Arméniens, n'avons-nous pas aidé Talaat et les siens à renverser le sultan ? La situation a bien changé depuis l'époque d'Abdul et les arrestations sont sans doute liées au conflit mondial. Bientôt les nôtres seront relâchés.

Alors Hamid se résolut à parler de sa jeunesse, dans un port près d'Adana.

Il raconta qu'il y avait assisté à des scènes pénibles.

Cela débuta en avril de 1909. Six ans plus tôt. Et la Cilicie, où il vivait, avait connu bien des vicissitudes.

— Dans la province d'Adana, il y avait entre trente-cinq et quarante mille Arméniens noyés dans une masse de quatre cent mille musulmans. Tu sais, tout se passa avec une progression effrayante. D'abord, pendant quatre ou cinq mois, le marché d'Adana fut inondé de marchands d'armes. On y vendait des revolvers, des pistolets, des fusils, des carabines de fabrication allemande, autrichienne ou belge. Et puis, un jour, des bandes de bachi-bouzouks sont descendues de leurs villages vers la ville, semant la mort sur leur passage. Les armes à feu, les yatagans, les massues s'acharnèrent alors sur les faubourgs arméniens. Les Turcs s'emparaient de tous les bidons de pétrole et incendiaient les maisons. Ils tuaient à coups de fusil ou de sabre les occupants qui tentaient de fuir les flammes ou les arrosaient de pétrole avant de les transformer en torches vivantes.

— Bien sûr, j'ai entendu parler de ces massacres, mais je te dis que les temps ont changé, répliqua Arak.

Hamid poursuivait son témoignage.

Il raconta comment la situation s'était progressivement dégradée dans la région jusqu'à l'apocalypse.

— Les hurlements victorieux des Turcs couvraient les gémissements des enfants empalés sur la pointe des baïonnettes, les plaintes des femmes violées puis éventrées, les ruelles étroites bordées de maisons pillées et jonchées de cadavres carbonisés ou mutilés, l'hôpital incendié. La dévastation continua jusqu'à la sonnerie du clairon.

— Du clairon ?

— Une sonnerie de clairon qui fut suivie par un tonitruant « *Pachah tchoq yacha*[9] *!* ». Alors les assaillants se dispersèrent et disparurent.

Hamid se souvenait de cette ville dévastée, de ces cadavres piétinés, de cette exécrable odeur de chair brûlée qui stagna longtemps sur Adana.

— Tu étais là ?

— Oui. Un peu par hasard. J'étais venu voir mon frère qui habitait près de l'hôpital.

— Et tu as échappé à tout cela ?

Hamid sourit faiblement. N'était-il pas venu à Istanbul pour oublier tout ça ?

— Bien sûr, puisque je te parle ! En fait, c'est le consul de France à Alep – je me souviens encore de son nom, il s'appelait monsieur Roque-Ferrier – qui m'a tiré d'affaire. Il est arrivé avec une quinzaine de braves. Nous avons fait ce que nous avons pu… Les curés du collège des Jésuites, en plein quartier arménien, ont secouru quatre mille personnes et les sœurs de Saint-Joseph de Lyon en ont hébergé un millier. Mais ces massacres n'étaient pas localisés uniquement sur Adana. J'ai appris bien plus tard qu'à Lattaquié, Alep, Bazit, Cassah et Antioche, des faits identiques s'étaient produits. Alors, tu comprends, tout ce que l'empire peut vivre aujourd'hui, je l'ai déjà connu sur ces rivages de la Méditerranée.

(9) Longue vie au sultan !

Arak écoutait avec attention. Hamid soupira.

— C'est d'ailleurs pour fuir ces visions que je suis venu jusqu'ici. Quand j'aurai gagné assez d'argent avec mes va-et-vient à travers le Bosphore, je retournerai en Cilicie. Je m'achèterai un grand bateau car je connais un petit port, dans une crique isolée, un coin si petit que tous les tueurs du monde l'ignorent. Mais j'ai bien peur d'être obligé de quitter Constantinople plus tôt que prévu. Et toi, tu me dis tout s'arrangera…

— Sans doute. L'époque a changé.

— Ouais, on dit ça… Mais n'oublie pas, Arak, que les tueries d'Adana ont commencé sous le Sultan et se sont prolongées alors que les jeunes Turcs avaient pris le pouvoir… Mais il est temps maintenant d'aller dormir, Arak. Demain, la journée sera difficile.

Arak et Sarkis devinrent vite inséparables. Le journaliste connaissait des tas d'histoires sur le pays, sans doute le fruit de ses reportages et de sa curiosité insatiable.

Gaënée restait taciturne et muette. Anahide pleurait souvent en réclamant sa mère.

Début juin, le bruit courut dans le Bazar Egyptien – où Hamid allait fréquemment se ravitailler – que les membres du parti Hnchak avaient été condamnés à mort et seraient pendus publiquement.

Marouk et Araxa Balyan étaient donc directement menacés !

Le 15 juin, le public fut convié à ce spectacle.

Sarkis était resté avec Arak et ses deux sœurs – toujours prostrées – dans la cabane d'Hamid mais le batelier, à l'annonce de la nouvelle, accourut sur l'esplanade où une vingtaine de corps pendait lamentablement au bout d'une corde.

Il reconnut Marouk et Araxa qu'il avait entrevus par le passé, sur l'embarcadère, souriants aux côtés de Sarkis.

Hamid traversa le Bosphore et accosta la rive asiatique une dernière fois, car il avait pris une décision : celle de quitter cette ville de fous.

Il repartirait vers la Cilicie avec les gosses.

Là-bas, la mer et le soleil le délivreraient de toutes ces images macabres qui hantaient ses nuits.

Beauduc, le lundi 23 avril

Levon ouvrit son dossier cartonné et en extirpa un cahier de petit format.

La couverture était racornie. Les lignes pré-imprimées des pages intérieures étaient recouvertes d'une écriture serrée aux arabesques déliées. L'encre avait dû être initialement noire mais le temps lui avait conféré cette teinte sépia qui incite à la nostalgie. Les pages étaient jaunies, froissées, parfois tâchées, souvent cornées.

Le cahier avait été parcouru maintes et maintes fois.

C'était sans doute une histoire comme aimeraient en écrire nos modernes écrivassiers : une histoire lue et relue sans cesse, une histoire apprise, une histoire qu'on pourrait réciter de mémoire.

— C'est mon père qui m'a donné ce cahier lorsque je suis revenu en France pour la première fois. C'était pour la mort de Mariam, ta grand-mère, précisa Levon.

Le jeune homme entrouvrit le livret. Les pages étaient

calligraphiées avec des signes inconnus, de mystérieux entrelacs à la sublime harmonie.

— C'est quoi, cette langue ?

Calambo ne connaissait apparemment pas les caractères de l'écriture arménienne.

Levon sourit en remuant la tête :

— J'en ai des choses à t'apprendre !

Calambo se raidit :

— Je vais te dire, Levon, depuis que je suis né, j'ai surtout cherché à vivre et parfois à survivre. Personne ne m'a jamais rien appris pour m'en sortir et personne ne m'a aidé. Alors, tes histoires, des Arméniens, des Arabes, des Juifs ou des Martiens, j'en ai rien à faire. Aucun de ces gars-là n'est venu me donner un coup de main pour m'en sortir quand j'en avais besoin !

Le jeune homme étouffa un « Et toi non plus ! ».

Levon se tut un instant. Calambo avait poussé comme un sauvageon dans un monde indifférent, voire hostile. Il ne fallait surtout pas le brusquer.

— Laisse-moi au moins te parler de ce cahier…

Calambo se calma :

— C'est l'écriture de ton père ?

— Non, celle d'un dénommé Arak. Je vais te traduire ce récit.

Derrière eux, le village de Beauduc, semblable à un bidonville, à des favelas, colonisait la plage. C'est à peine si l'on apercevait la floraison dorée des genêts sur les dunes. C'était à la fois beau et lugubre.

Beauduc méritait ainsi son nom de « phare de la mauvaise chance » car c'est dans ces parages que les navires avaient été les plus nombreux à se perdre.

Le sable tourbillonnait et frappait la carcasse du chalutier derrière laquelle ils s'étaient abrités. Levon prit le cahier des mains de Calambo, l'ouvrit à la première page et pointa son index sur le premier mot.

— Tu vois, c'est ainsi que l'on écrit Constantinople dans notre langue…

Le journal d'Arak

Du 19 juin au 1er octobre 1915

19 juin, Constantinople

Hamid a renoncé à son idée de rejoindre la Cilicie et le Liban par la mer et il ne lui a fallu que quelques jours pour vendre son caïque.

Son plan est simple : nous gagnerons Smyrne avec les trois gosses et, de là, nous nous embarquerons pour le Liban. Les côtes méditerranéennes et égéennes semblent calmes et cela ne devrait pas poser de gros problèmes.

Grâce à la vente de son bateau, Hamid a pu acheter une charrette et deux chevaux. Il lui reste quelques milliers de livres pour s'installer dans son pays d'origine. J'ai, moi aussi, économisé un peu d'argent.

Je pense que Sarkis quitte Constantinople avec le sentiment d'avoir perdu bien plus que ses parents. C'est tout un pan de sa vie qui s'effondre, mais il est encore jeune et il réagira. Il laisse ici son enfance, cette période heureuse et trop brève où l'on a tout juste assez de conscience pour savourer la joie d'être, et d'inconscience pour ignorer les difficultés de la vie. Il connaît désormais les difficultés de la vie… Sarkis sait bien qu'il doit partir afin de protéger Gaënée et Anahide. Et puis, avec Hamid, nous sommes là pour les aider.

Nous formons quand même, tous les cinq, une sacrée belle équipe !

Ce soir, nous avons chargé la charrette avec quelques effets : des vêtements, de la nourriture (du pastelma, du bouloud, du soudjouk, du riz, des lentilles, du fromage sec), deux outres remplies d'eau, quelques ustensiles de cuisine et de grands couteaux de boucher dont on ne sait pas encore s'ils nous serviront à trancher la viande ou le cou de quelques agresseurs.

Nous partirons demain matin, à la première heure.

Nous installerons les filles sur le matelas qui couronne l'amoncellement de la charrette. Tout a été entassé pêle-mêle : « Ah, le désordre trahit toujours l'absence des femmes ! » répète Hamid afin de tirer quelques maigres sourires à son petit monde.

Hamid et les enfants dorment et j'ai pris, quant à moi, la résolution de raconter notre voyage vers le Liban sur ce cahier. Sans doute une déformation professionnelle, mais les gosses pourront relire tout ça quand ils seront plus grands. Peut-être même en souriront-ils.

Contrairement au pessimisme d'Hamid, je pense encore que le gouvernement s'est égaré dans quelques exécutions, sans doute l'œuvre de mauvais conseillers, sans doute la pression de la guerre qui embrase l'Europe, mais que tout va s'arranger.

Hamid ronchonne.

Je vais éteindre la lumière et m'arrêter là pour cette nuit.

23 juin, Izmit

Sarkis n'a emporté que trois choses : une poignée de terre de Constantinople qu'il a recueillie religieusement dans une fiole de verre, trois petits galets ramassés près de la cabane, sur les bords du Bosphore, et un poignard, qu'il cache dans un vieux chiffon et qu'il a refusé de me montrer. Il a jusqu'ici dissimulé cet objet sous le matelas de la chambre et n'en a jamais parlé, ni à Hamid, ni à moi.

Nous avons quitté Constantinople il y a trois jours – le 20 juin dernier – au petit matin. La Corne d'Or dressait sa dentelle de minarets et de dômes dans un ciel de plomb.

Avec Hamid, nous marchons à côté de la charrette et Sarkis aime à nous emboîter le pas. La présence d'Hamid le rassure : il est grand et fort, c'est un géant aux avant-bras épais et velus qui inspire le respect. Quant à moi, j'essaye de distraire les enfants en leur racontant l'histoire des villages que nous traversons. Il faut avouer que les civilisations se sont succédé sur ces rives depuis la plus haute antiquité et que nous ne manquons pas de légendes. Au bout de quelques kilomètres, lorsque le garçon traîne la patte, nous le déposons sur le matelas, près de ses sœurs, et le bougre s'endort aussitôt !

Après trois jours et demi de marche, nous sommes arrivés en tout début d'après-midi à Izmit.

Nous nous sommes arrêtés près des anciennes murailles et l'aqueduc romain qu'on apercevait à l'est témoignait du passé prestigieux de la ville. Pendant que les enfants se reposaient et qu'Hamid s'occupait des chevaux, je suis descendu en ville.

Les nouvelles ne sont pas bonnes.

Les Arméniens arrêtés à Sivas le premier avril ont été transportés dans la province d'Angora et assassinés dans les bois de Meshedler-Yeri au début du mois et un convoi de déportés, parti d'Erzinjan, file actuellement vers le désert.

Je ne comprends rien à tout cela. Hamid répète que tout recommence comme en 1895, lorsque le sultan Abdul a massacré trois cent mille Arméniens. Mais je ne crois cependant pas qu'il faille faire un rapprochement. Aujourd'hui, les gouvernants ont changé : ce n'est plus le Sultan qui commande mais les Jeunes Turcs, des gens qui ont combattu Abdul Hamid, des gens que nous avons soutenus lors de leur conquête du pouvoir ! Je me souviens encore de la liesse populaire qui mêlait chrétiens et musulmans dans les rues de Constantinople lors de la chute du sultan. C'était un soir d'été – le 12 août 1908 je crois – et nous étions tous frères.

Je dois pourtant reconnaître que trop souvent les rumeurs infirment mon optimisme sur le sujet. Le patron d'une baklavadji a confié à Hamid – qui était allé acheter quelques gâteaux et un panier de cerises afin de rendre le voyage moins pénible aux enfants – que vingt-cinq mille Arméniens, déportés des villes de la province d'Erzerum, auraient été massacrés à Kemakh (du 10 au 13 juin). Pire même, il se chuchote que la quatre-vingt-sixième brigade de cavalerie, avec tous ses officiers, et la deuxième division de réserve de la cavalerie de l'armée turque auraient participé à ce carnage qui a duré quatre longues journées.

Alors, les choses ont-elles vraiment changé ?

Parfois je ne sais plus… Talaat ne réitérerait-il pas les massacres d'Abdul Hamid ?

À une échelle encore plus grande ?

25 juin, Iznik

Nous avons filé vers le sud, remonté la vallée de la Sakarya et traversé les montagnes jusqu'à Iznik – l'ancienne Nicée, que nous avons atteinte tôt ce matin.

La ville, jadis créée par Antigone, un des généraux d'Alexandre, s'étale au bord d'un lac de trente kilomètres qui apporte, en ce début d'été, un peu de fraîcheur. Nous bivouaquons sur les berges et Hamid éclabousse en riant les enfants qui se baignent.

Ici, la vie se déroule au ralenti sous les remparts romains et un beau donjon en demi-lune. La ville somnole comme ces cités désertées oublieuses de leur passé prestigieux. Une léthargie émane des jardins ombragés où l'on sirote du thé comme en Angleterre, en conversant à voix basse. Le marché et les murs des boutiques sont couverts de faïences rouges, rouge comme le soleil qui se couche sur le lac en livrant la nuit aux coassements des grenouilles.

C'est sur ce marché, où nous sommes allés acheter des bamyas et du citron, que la rumeur enfle et porte des nouvelles inquiétantes sur l'implication du gouvernement dans les massacres.

Le ministre de l'intérieur ne vient-il pas d'avertir les gouverneurs qu'une commission attribuerait désormais les biens abandonnés par les Arméniens aux immigrants musulmans ? De plus, on sait maintenant que le massacre de Mardin du 23 juin a été perpétré sur ordre direct du Docteur Reshid, le gouverneur général de la province de Diyarbekir et celui de Bitlis, du 25 juin, ordonné par Mustafa Abdullahlik Renda en personne.

Talaat et ses représentants mettraient-ils maintenant la main à la pâte ?

On dit également que Karpout a connu une extermination à grande échelle des Arméniens de sexe masculin.

« Rien n'a vraiment changé dans ce monde, les pauvres gens sont toujours les victimes de bourreaux » reconnaît tristement Hamid.

Sa réflexion me rappelle que c'est ici même, dans cette

ville, que prit fin la croisade des pauvres. C'était une horde de gueux, une masse de gens dénués de tout qui quittèrent l'Europe chrétienne afin de reconquérir la Terre Sainte.

La première croisade. La croisade des pauvres.

J'ai raconté cette histoire à Hamid mais pas aux enfants. Cette cohorte était emmenée par un dénommé Pierre l'Ermite, et la marche jusqu'à Nicée laissa une traînée de sang le long du parcours. Ils arrivèrent ici, dans cette plaine, hagards, épuisés. Alors, le sultan de Nicée les extermina froidement jusqu'au dernier, inondant la plaine de leur sang. Le sang des gueux ! Plus tard, il y a eu d'autres croisades, avec les chevaliers, mais ça, tout le monde le sait…

Hamid m'a rapporté qu'il y a eu des troubles à Bursa mais aussi à Smyrne où la population grecque semble, elle aussi, victime du Jihad.

Nous avons donc décidé d'éviter ce port qui était notre but initial et de bifurquer plutôt vers Bilejik et Eskishehir.

Nous gagnerons la Méditerranée ensuite en filant droit vers le sud.

6 juillet, Bilejik

Bilejik est à soixante-cinq kilomètres d'Iznik. L'arrière-pays présente peu d'intérêt mais le calme y règne. En parcourant ce pays paisible, comment peut-on croire à toutes les horreurs colportées par ceux qui reviennent des provinces orientales ?

Et pourtant, même ici, chaque bourg apporte sa moisson d'informations convergentes et dramatiques : deux mille soldats arméniens de l'armée turque auraient été assassinés près de Karpout le premier juillet. En plus, les déportations semblent se généraliser. Le gouverneur de Sivas vient d'annoncer que quarante mille Arméniens de sa province étaient partis en déportation. Des décrets ont intimé l'ordre aux trente mille Arméniens de Trebizonde de quitter la ville. Il en est de même à Erzerum et à Samsun. De longs convois désespérés s'ébranlent en direction de la Syrie. Mais, là-bas, les routes sont brûlantes, sans eau et bien peu sûres : trois mille Arméniens d'Erzerum auraient été assassinés le 30 juin durant leur déportation et on dit que quatre mille chetes [10] descendus des montagnes entourant Erzinjan attaquent impunément les longues files exténuées sans jamais laisser de survivants.

15 juillet, Eskishehir

La chaleur devient étouffante dès qu'on s'aventure vers l'intérieur de l'Anatolie. Sarkis ploie sous la fatigue et ses sœurs, Gaënée et Anahide, pleurent de plus en plus souvent. Les enfants ont soif et nous aussi.

Les chemins sont déserts et poussiéreux, la sécheresse règne sur ce plateau steppique. Ici, l'homme semble sans défense face à une nature hostile. Quelques taches vert bronze s'étalent sur une roche lisse et ocre. Parfois, un arbre décharné et solitaire ou une file de moutons rongeant l'ubac d'un coteau aride rappellent la force de la vie.

Nous avons atteint Eskishehir le 13 juillet en fin d'après-midi et avons stoppé près d'une fontaine. De l'eau et c'est le paradis ! Pour calmer un peu la fébrilité des enfants, je leur ai raconté la légende de Midas, le roi de Phrygie qui régna ici même et auquel Apollon avait fait pousser des oreilles d'âne pour un motif assez futile : tout simplement parce que le souverain avait eu le tort de préférer la flûte de Pan à sa lyre ! J'étais certain que cette histoire les séduirait. Même les filles ont ri aux éclats en pensant à la tête grotesque de ce roi qui cachait ses longues

(10) Les "chetes" étaient des petits groupes de mercenaires kurdes et turcs qui attaquaient les convois de déportés et les villages.

oreilles sous un bonnet.

La gare d'Eskishehir est un véritable nœud ferroviaire où se croisent les voies qui desservent Constantinople, Angora, Bursa ou Konya.

Le centre de l'ancienne Phrygie, cette cité fondée il y a plus de trois millénaires, n'est plus qu'une ville récente sans attrait. J'ai acheté du nougat au sésame et j'ai conduit Sarkis dans le quartier des artisans qui travaillent l'écume de mer. On y vend toutes sortes de pipes sculptées dans cet or blanc extrait des villages voisins et qui fait la fortune de la région.

Nous séjournons ici depuis trois jours, sur les rives de la rivière verdâtre et huileuse de Porsuk. Cela ne vaut certes pas les ports de la mer Egée, mais c'est tout de même de l'eau !

Sarkis a consenti à me montrer le poignard qu'il cache depuis notre départ. C'est, m'a-t-il avoué, un objet qui a appartenu à son père, un kandjar joliment ouvragé, recouvert d'une couche blanchâtre, sans doute un apprêt quelconque, mais mes connaissances en matière d'orfèvrerie sont limitées.

Les voyageurs de passage se reposent ici, un jour ou deux, avant d'entamer une nouvelle étape sous le soleil de plomb.

Ceux qui viennent du sud drainent des rumeurs toujours tragiques : à Karpout, on aurait assassiné le 7 juillet les hommes de huit cents familles, à Merdin deux mille sept cents personnes auraient été massacrées le 10 juillet.

Ceux qui arrivent de Constantinople nous relatent les dernières dispositions prises par le gouvernement : le ministre de l'Intérieur a décrété le 11 juillet que les villages arméniens devaient être repeuplés par des musulmans immigrés et des instructions ont été données afin de répartir les orphelins arméniens dans des familles turques.

Pour moi, tout s'éclaircit et le plan de Talaat se dévoile chaque jour un peu plus. Il vise à l'extermination pure et simple des Arméniens. Les dirigeants turcs donnent même à cette opération un caractère religieux, comme pour en accentuer les effets, puisque c'est le 13 juillet – le jour de notre arrivée à Eskishehir qui coïncidait avec le début du mois du ramadan – qu'a eu lieu la plus grande concentration de meurtres, de massacres et de déportations dans chacune des provinces turques !

19 juillet, sur les berges du Sankarya

Nous avons quitté Eskishehir au matin du 16.

La nuit précédente, le chemin de fer a amené dans la ville un bataillon de soldats qui ont dressé leurs tentes coniques en toile blanche sur un des grands terrains jouxtant la gare.

Je pense que la position stratégique d'Eskishehir risque d'en faire une plaque tournante si les déportations gagnent le nord-ouest de l'Anatolie.

L'altitude du haut plateau avoisine les mille mètres et la nuit apporte un peu de fraîcheur après les journées de marche étouffantes.

La steppe rabougrie s'étend à l'infini. Quelques maisons nichées dans une faille, de maigres troupeaux ou des carrières de marbre, qui dispensent sur le paysage déjà poussiéreux une fine poudre blanche, rompent parfois la monotonie sauvage de la route.

Angora se trouve à plus de deux cents kilomètres d'Eskishehir.

À mi-chemin, nous nous sommes arrêtés pour la journée sur les bords ombragés du Sankarya, un fleuve qui prend sa source dans un des lacs du sud-est d'Afyon et se jette dans la mer Noire.

Une escouade de fantassins bivouaque non loin de nous, sur les berges. Ils semblent avoir été oubliés par leur commandement et n'affichent pas un air très belliqueux : « Mieux vaut être ici qu'au front ! » a reconnu en souriant le sergent-chef qui semble commander la troupe lorsque je l'interrogeais avec mon art consommé de journaliste.

Un des soldats a même offert de l'*ayran*[11] aux enfants.

Quand je leur ai demandé comment cela se passait au front, ils m'ont répondu qu'ils espéraient que cette guerre finirait rapidement afin qu'ils puissent rentrer dans leurs villages. Ce sont des Kurdes. Ils habitent dans les montagnes de l'est du pays, un pays difficile mais c'est leur pays, alors…

Hamid pense que la guerre sera longue. Toute l'Europe s'est embrasée mais, pour les soldats kurdes, il n'y a pas que la guerre avec la Russie. Ils nous ont confié que les opérations de déportation des Arméniens les occupaient beaucoup. Trop, sans doute. C'est ce que je crois aussi.

Le sergent-chef m'a raconté qu'ils arrivaient des provinces du sud-est et que quelques jours plus tôt, Jemal, le commandant du quatrième corps d'armée à Alep, avait protesté auprès du Docteur Reshid, le gouverneur général de la province de Diyarbekir, à cause du nombre trop important de corps jetés dans l'Euphrate, et lui conseillait de les brûler. Il m'a décrit d'un air dégoûté le flot ininterrompu de cadavres qui flottent dans ce fleuve depuis le 22 juin.

La déportation n'est finalement qu'un prétexte à des tueries. Un soldat m'a précisé que trois mille Arméniens ont été exterminés par les Turcs dans la région de Dersim, il y a quelques jours. La plupart des Kurdes présents ont refusé de participer à ces massacres et les familles kurdes ont même recueilli les survivants.

« Heureusement, nous nous éloignons de cette zone de folie car notre bataillon a reçu l'ordre de regagner

(11) Lait caillé

Constantinople », nous a confié le sergent-chef mais, moi, j'en savais assez.

Ces Kurdes sont de curieux hommes : tantôt ils se jettent sur nos convois comme des vautours afin de piller le peu qui nous reste, tantôt ils nous sauvent. Je sais aussi que certains Turcs nous ont secourus alors que d'autres sombrent dans la fascination du mal. L'homme est un bien étrange animal !

L'élimination des Arméniens va à coup sûr gagner tout l'empire.

Après notre halte à Angora, il nous faudra repiquer vers le sud et nous embarquer au plus tôt dans un des ports de la Méditerranée.

22 juillet, Angora

Après le Sankarya, la steppe a repris ses droits sur le paysage. Les collines pelées s'étendent à l'infini, sous un ciel de plomb et une chaleur orageuse.

Angora n'est qu'un gros bourg d'un peu moins de quarante mille âmes.

La ville s'est regroupée autour d'une citadelle protégée par vingt tours de basalte. Ici, on est éloigné de tout et on manque à la fois d'eau et d'ombre. On cherche en vain des arbres et on ne trouve que des marais stagnants et insalubres qui entretiennent maladies et épidémies.

Hamid a grimpé, avec son chargement, jusqu'aux portes de la citadelle et s'est arrêté sous les fortes murailles contre lesquelles s'appuient les masures aux murs de pisé.

Le quartier des cuivres n'a pas dû beaucoup évoluer depuis l'antiquité. Plus loin, des forgerons travaillent torse nu et frappent sur des lames de fer rougeoyantes. Par les grandes portes de bois entrouvertes, on aperçoit des femmes en *salvar*[12], le visage caché par des châles.

Comme je connais bien Ali, le correspondant du journal Sabah à Angora, je suis allé m'enquérir auprès de lui des évènements récents. Il nous faut identifier les zones à éviter. Il m'a présenté Armin Wegner. C'est un photographe allemand qui a certainement désobéi à ses autorités afin de photographier les camps de réfugiés dans le désert syrien. Les photos valent mieux que les chiffres et les discours. Les cadavres d'enfants décharnés, les amoncellements de crânes en décomposition, les pendus à des tréteaux hâtivement agencés sur les places publiques : ça ne fait que quelques morts, mais quelle force dans ces clichés ! Wegner nous a confié qu'il craignait d'être arrêté et souhaite faire passer ses photos – il en a plusieurs centaines – aux États-Unis.

Qu'il fasse vite car ici, ce sont toujours les mêmes nouvelles.

Le 7 juillet, Talaat a décidé, et informé le parti Ittihad de Malatia, que la moitié des biens des Arméniens sera versée au comité de Ittihad de Constantinople, l'autre moitié aux chetes[13].

Le ministre de l'intérieur a également donné des instructions à Ourfa, Deir-el-Zor et Diyarbekir, afin que les cadavres soient incinérés et non plus jetés dans les lacs et les ruisseaux. D'après Ali, cette mesure ne pourra cependant pas résoudre le problème puisque Sabit, le gouverneur général de la province de Karpout, a reconnu quelques jours auparavant que toutes les routes étaient jonchées de dépouilles de femmes et d'enfants et qu'il devenait impossible de toutes les brûler.

À Erzerum, le gouverneur général a reconnu, le 28 juillet, que les pillages et les viols s'étendent de façon systé-

(12) Pantalon de toile.
(13) Le journal turc Sabah affirme, en décembre 1918, que chaque chete a reçu 15 000 livres turques.

matique à toute sa province. Cette dégradation a été confirmée par le vice-gouverneur de Yozgat, une ville proche d'Angora, qui a rapporté à Talaat que soixante-huit mille Arméniens ont été tués dans son district.

Ali, mon ami Turc, semble atterré du tour pris par les événements. Il rêvait d'une Turquie où tous vivraient en paix et il pensait que l'abdication d'Abdul Hamid, en 1909, faciliterait cela.

En me rapportant ces (mauvaises) nouvelles, Ali m'a conseillé de quitter au plus tôt Angora qui va sans doute être touchée – si l'on en croit ses informateurs – par les mesures du ministre de l'intérieur. Il m'a affirmé que des arrestations ont déjà eu lieu.

10 août, Kirshehir

Nous avons quitté Angora le 28 juillet, tôt le matin, afin de profiter de la relative fraîcheur.

Bien nous en pris car Ali avait raison.

Le 30, tous les Arméniens arrêtés à Angora ont été déportés, mais leur convoi ne s'épuisera jamais sur les routes caniculaires : six heures seulement après leur sortie de la ville, ils ont tous été massacrés !

Nous avons pris le chemin du sud. Il nous fallait éviter à tout prix Yozgat et Sivas et nous nous sommes donné pour objectif la ville de Kirshehir, au sud-est.

Dans cette région, l'austère grisaille des montagnes pelées, rocheuses, sablonneuses, tachetées de mousses timides emplit l'espace et, seuls, quelques arbrisseaux rachitiques résistent dans cet univers rude.

Après le lac de Göl Basi, la route était en très mauvais état et la charrette brinquebalait. Nous avons croisé des Arméniens de Konya qui gagnaient Angora où ils pensaient pouvoir se réfugier. Nous avons échangé nos informations.

Je leur ai raconté le début des arrestations à Angora et le sort qui avait été réservé aux convois. Ils m'apprirent que vingt-cinq mille déportés avaient quitté Adabazar, près de Constantinople, le 1er août, et que cinq cents personnes avaient été torturées dans les prisons de la capitale.

Comme je le craignais, la déportation gagne le nord-ouest et les rives du Bosphore, et je sais maintenant que plus rien ne l'arrêtera.

On parle de deux cent cinquante mille exilés à Alep.

Nous avons poursuivi notre route vers le sud, à travers une steppe désolée, parsemée de quelques maisons, de pauvres habitations bâties à l'aide de briques de boue argileuse, séchées au soleil, et aux murs recouverts d'une mince couche de pisé.

On devine parfois quelques champs de blé qui viennent d'être moissonnés. Les cultures semblent, ici, pourtant, assez rares. Le plateau culmine à plus de mille mètres et les villages sont très espacés.

Ici et là, un hameau, riche d'un silo à blé, se nichait dans une excavation, au creux de rocailles.

Quelques maisons en dur nous annoncèrent Kirshehir.

C'est un centre agricole sans grand intérêt. La mosquée de Cacabey, qui était jadis un observatoire, semble être la seule curiosité de ce bourg envahi par des paysans pauvres.

Mais une cité, aussi petite soit-elle, draine toujours son lot de nouvelles. Les émigrés, les journalistes, les soldats qui remontent vers Constantinople, tous répètent ici ce qu'ils ont vu ou entendu.

Beaucoup évoquent l'assassinat des prisonniers arméniens de Gok-Medrese, dans la province de Sivas. La tuerie aurait duré sept jours, du 1er au 7 août, et visé essentiellement les intellectuels. Le gouverneur général de Sivas semble se déchaîner : il a créé trente-six centres d'exécution pour liquider des milliers d'Arméniens qu'on avait temporairement incarcérés dans les écoles seldjoukides de Gok-Medrese et Sifahdiye-Medrese.

Talaat aurait donc fait des petits !

Nous avons décidé de gagner Kayseri qui se trouve un peu à l'est, ensuite nous filerons tout droit sur le sud. Gaënée, Anahide et Sarkis sont épuisés et dorment sur la charrette, protégés du soleil par des châles.

Sarkis a une nouvelle fois sorti son poignard. Il voulait couper un melon. Peine perdue, son couteau est surtout décoratif et sa lame peu affûtée. Cet objet me rappelle quelque chose mais ce n'est certainement qu'une de ces vieilleries qu'on trouve dans les bazars.

Une odeur de cadavres plane désormais sur le pays, mais l'on ne sait plus si elle est réelle ou suggérée par le récit des horreurs commises.

Après Mucur, la route descend vers Nevshehir et traverse le Kizil Irmak.

Quelle dérision de fouler cette région où de superbes civilisations antiques ont prospéré et qui semble aujourd'hui livrée à la mort et au désespoir !

Je raconte l'histoire de ces peuples disparus à Sarkis. Il m'écoute avec attention. Il semble toujours très intéressé par ces épopées antiques et mystérieuses où les dieux côtoient les monstres et les hommes. Ces histoires fantastiques lui font oublier un temps la réalité quotidienne.

Beauduc, le lundi 23 avril

Pater s'était calé dans un fauteuil et vidait religieusement ses godets de pastaga en écoutant Antoine.

L'eau du jaune n'était pas fraîche, le vent hurlait et jetait des bourrasques de sable contre les fenêtres, on était au bout du monde, loin de tout et dans une piaule sans télé, mais Pater était heureux. C'est toute sa jeunesse qui fleurissait sous le verbe de son ami. Leurs conversations d'anciens combattants n'intéressaient qu'eux et c'était déjà bien suffisant.

Antoine se levait de temps à autre, histoire de préparer la bouffe pour toute la smala :

— Des pâtes, ça vous dit ?

— Des pâtes comment ? s'inquiéta Pater avec une voix de gourmet.

— Des pâtes avec des tellines, précisa à voix basse Antoine qui redoutait la réaction violente de Bubble.

Mais le jeune obèse ne répliqua pas. Il était trop occupé

à tripoter son trésor, ces petits bouts de gomme rose qui lui enchanteraient le palais des heures durant. Aussi, avaler une pastachoutta – même avec ces abominables tellines – n'avait plus rien de dramatique, si l'on pouvait mâcher ensuite ce bonheur aux effluves de fraise synthétique.

— La Bêche, pourquoi, il se tirerait ? Pour une galline ? Parce qu'il a fait une grosse connerie ? Non, je le sens pas ce coup. Je le connais bien, La Bêche. Même en galère, c'est pas le genre de gars qui te laisse sans nouvelles... Surtout avec tous les projets qu'on a ensemble...

Kader pianotait régulièrement sur son portable mais les réponses étaient toujours les mêmes : personne n'avait plus vu La Bêche depuis cinq jours.

Les tellines et les oignons qu'Antoine faisait revenir embaumaient la petite baraque. Une énorme casserole d'eau frémissante, une marmite à bouillabaisse, ronronnait sur le gaz.

— Y z'en ont encore pour longtemps ? Tu comprends, c'est pour les pâtes... demanda le maître des lieux en désignant Calambo et Levon d'un mouvement du menton.

— J'en sais fichtre rien. Écoute, mets les pâtes et on les appellera... soupira Pater.

Antoine ouvrit la porte d'un placard antédiluvien et demanda à la cantonade.

— Spaghettis ou nouilles ?

Comme tous s'en foutaient, il déversa d'un geste ample et un tantinet solennel deux paquets de spaghettis dans l'eau bouillante avant de se rasseoir face à Pater et de vider son verre de 51.

Kader rangea son portable, Lila essuya son pied javellisé et Bubble, sous les yeux éberlués de son père, sortit sept assiettes qu'il posa avec délicatesse sur le plateau de bois qui faisait office de table.

La maisonnée s'affairait et s'apprêtait pour le repas.

À l'abri de la carcasse du bateau échoué, Calambo buvait les paroles de Levon.

Il était naturel que personne ne remarque les quatre touristes en 4x4 qui traînaillaient, en cette fin d'après-midi, à l'entrée de Beauduc. Ces gars semblaient un peu perdus sur cette plage.

Les quatre hommes, en jean et polo, cherchaient peut-être à se restaurer dans un des deux estaminets du lieu ou à organiser une partie de pêche.

En fait, ce qui intéressait Isker, Yaga, Erkan et l'orang-outan c'était davantage la chasse que la pêche.

Suite du journal d'Arak

18 août, Kayseri

Nous sommes à Kayseri depuis hier. La ville grouille de vie : les femmes sous leur voile et les hommes en turban à pointe témoignent de l'attachement de la région à la tradition.

Nous restons prudents car je sais que la capitale de la Cappadoce est devenue un centre de tri important vers lequel confluent les sinistres convois de Yozgat, Kirshehir et Tomarza, avant d'être dirigés vers Alep. Un boulanger m'a même affirmé que des massacres ont été perpétrés dans ce coin.

Le marché des armes à feu, qui se tient sous la citadelle bâtie en roche volcanique, incite à la prudence, mais les boutiques et le *bedesten*[14] regorgent de charcuterie : des soudjouks et des salmas s'entassent derrière les vitrines. Nous avons acheté du pastelma débité en tranches très fines.

Les remparts romains sont coiffés de nids de cigogne et, au midi, le mont Erciga Dagi – le mythique Mont Argée

(14) Marché couvert

des anciens – trône à près de quatre mille mètres avec sa couronne de neiges éternelles.

Nous nous sommes installés près de Ulu Camii. C'est une mosquée, adossée aux thermes romains, qui dresse un curieux minaret en briques orné de mosaïques. J'ai un peu traîné dans le bedesten et les faubourgs. Les langues se sont déliées au fil des discussions. Ce matin, j'ai aperçu, dans le lointain, d'interminables hordes de déportés encadrées par l'armée régulière et cheminant vers le sud.

On nous a dit que les deux cent cinquante mille déportés arrivés à Alep étaient en route vers le désert. Que pouvait-on faire de tout ce monde à Alep ? Le désert, la faim, la soif, les attaques des uns et des autres auront tôt ou tard raison de ce peuple en guenilles.

Comme je l'avais pressenti, les déportations se généralisent. Dans la région de Constantinople, Izmit et Bursa sont touchées à leur tour.

On conduit et on regroupe les populations jusqu'à Eskishehir – où nous étions il y a un gros mois – dans des wagons à bestiaux avant de les acheminer vers Konya et la Syrie. Le gouverneur de Sivas aurait mis son plan macabre à exécution : les quinze mille Arméniens enfermés à la prison centrale auraient été exterminés dans les trente-six centres qu'il a créés il y a quelques jours.

La tenaille se referme inexorablement sur notre peuple. Tout semble avoir été planifié et minuté avec une précision scientifique et diabolique.

On veut nous rayer de la Terre !

Le 12 août, Enver Pacha aurait même rapporté, avec une certaine fierté, que deux cent mille Arméniens ont déjà été exécutés.

Je sais maintenant que Talaat n'est pas l'égal d'Abdul Hamid : il est pire !

Les convois se succèdent dans la périphérie de Kayseri et je vais essayer de convaincre Hamid, qui est allé acheter de la viande de bœuf, des fèves et des aubergines au bedesten, de quitter au plus tôt cette ville maudite.

19 août, en Cappadoce, sur la route de Nigde

La Cappadoce est vraiment une région étonnante. La vie paraît y être d'une extrême précarité, même si l'on aperçoit çà et là quelques moutons ou quelques ânes.

Les falaises ont de faux airs de forteresses, et l'on devine dans leurs à-pics des habitations troglodytes. Les plus riches de leurs locataires ont même érigé – sublime luxe – des murets sur l'accès des grottes.

L'horizon est bouché par la masse des montagnes et la pierre, moussue par plaque, qui se confond souvent avec la prairie. Quelques minuscules agglomérations, curieusement dépourvues de mosquées, se succèdent. Parfois, dans le fond d'une vallée, les parois montagneuses s'écartent, laissant apparaître des cônes torturés d'une vingtaine de mètres qui se dressent vers le ciel.

Lorsque le soir descend, le paysage devient fantomatique. Ne serait-ce point un gigantesque cimetière dans lequel, au cœur de la nuit, les morts se haussent sur la pointe des pieds, dans leurs suaires de sable blafard, pour une farandole de cauchemar ?

Ne serait-ce point le symbole de ces journées de folie ?

On est bien dans un autre monde, plongés dans un paysage lunaire qui me rappelle l'enfer de Dante :

> *« Et moi qui avais la tête entourée d'ombre,*
> *je dis : « Maître, qu'est-ce que j'entends ?*
> *Qui sont ces gens si défaits de souffrance ? »*
> *Et lui à moi : « Cet état misérable*

est celui des méchantes âmes des humains
qui vécurent sans infamie et sans louange.
Ils sont mêlés au mauvais chœur des anges
qui ne furent ni rebelles à Dieu
ni fidèles, et qui ne furent que pour eux-mêmes.
Les cieux les chassent, pour n'être pas moins beaux,
et le profond enfer ne veut pas d'eux,
car les damnés en auraient plus de gloire. »

Mais je sais aussi que l'explication est bien plus simple car je suis déjà venu en Cappadoce, il y a deux ans, pour y effectuer un reportage sur les anachorètes byzantins, pères des Églises troglodytes, qui se retirèrent dans cette contrée. Le vent, la pluie, les séismes et les éruptions volcaniques ont tout simplement fait preuve ici d'une imagination débridée. En observant ces formes sur lesquelles le soleil joue, Sarkis, Gaënée et Anahide imaginent d'extraordinaires histoires que je m'empresse d'enjoliver.

Hamid envisage de se réfugier dans l'une de ces grottes. C'est vrai qu'on pourrait y vivre cachés en attendant la fin des massacres, mais ces massacres finiront-ils un jour ? On m'a rapporté que James Bryce, le diplomate anglais, estimait qu'un demi-million d'Arméniens avait déjà été tué en Turquie.

Un million, un demi-million, cent mille, dix mille, mille… Que signifient les nombres ? Quel volume de cadavres entassés cela représente-t-il ? Qu'est-ce que les Chinois, les Français ou les Brésiliens ont à faire d'un million de morts en Turquie ? Ils sont certainement plus touchés par un seul et unique mort si ce mort est leur cousin, leur père, leur frère ou leur fils que par un million de morts à l'autre bout de la terre !

Lorsque la guerre sera finie, si les Allemands sont vaincus, Talaat et les siens risquent de payer le prix fort. En attendant, il nous faut fuir et attendre le jour où nos bourreaux seront chassés et où on nous restituera enfin nos terres.

Fuir. J'ai de plus en plus la certitude que notre salut passe par un de ces ports du sud et un embarquement rapide vers le Liban ou l'Egypte.

22 août, Nigde

Au sortir de la Cappadoce, le relief de la steppe change. Les collines arrondies, les troupeaux paisibles et la rivière Melendiz rendent le coin plus hospitalier : Nigde est blottie dans un écrin de verdure.

Ici aussi, les Hittites, les Phrygiens, les Perses, les Grecs, les Romains et les Byzantins se sont succédé, comme dans toutes les contrées que nous avons jusqu'ici traversées. C'est aujourd'hui cela, le paradoxe : ce pays dans lequel on massacre des innocents par milliers est le berceau de l'humanité !

Nous ne resterons guère dans Nigde, juste le temps de nous approvisionner dans l'opulent marché de fruits et de légumes. Le soleil est lourd et le ciel plombé, un temps à l'orage dans ce pays où il pleut pourtant rarement. Un temps de fin août.

Les rues serpentent entre les estaminets et baignent dans des odeurs familières et rassurantes de viande grillée, de menthe et de café. Des parfums domestiques.

La mosquée seldjoukide d'Alaaddin Camii, perchée au sommet d'une colline, domine la cité. Un vieux m'a raconté que son architecte était si malheureux en amour qu'il a conçu le portail de manière à ce que la lumière du soleil y dessine, au matin, une tête de femme couronnée.

À dire vrai, les malheurs de ce brave architecte ne

m'émeuvent guère : le présent et le sort des miens me préoccupent davantage. L'étau se referme lentement mais sûrement : le ministre de la guerre vient de réquisitionner plus de quarante sortes d'articles ou de marchandises essentielles – comme le savon, le bois, le charbon ou le cuivre – chez les Arméniens et cette mesure a été complétée par un ordre général de fermeture de tous les commerces arméniens le 21 août.

Nous sommes asphyxiés !

Aux abords de la ville, Hamid a aperçu des convois de déportés venus d'Everek ou de Kayseri qui empruntent le parcours vers le sud.

Il veut quitter rapidement la ville et il a raison.

24 août, Eski Gümüler

Je ne connaissais pas ce monastère qu'un paysan nous a indiqué.

Cette nuit, nous dormirons ici, en sécurité.

Eski Gümüsler se trouve à une dizaine de kilomètres de la ville. Le monastère est creusé dans le tufa de Cappadoce et comporte une crypte et d'étonnants silos à grains qui affleurent.

C'est la fresque de la Vierge qui étonne le plus Sarkis. La peinture est en excellent état mais la représentation bien curieuse, car le sourire de Marie est des plus énigmatiques. Pressentait-elle la folie qui s'abat aujourd'hui sur ces régions ?

Nous nous abriterons, les jours prochains, dans les cabanes où les moissonneurs passent la nuit, des abris sommaires qui sont nombreux dans cette région.

28 août, Bozanti

Nous sommes arrivés il y a moins de trois heures à Bozanti.

Il y règne une grande effervescence. La ville semble être un point de transit essentiel dans le mécanisme de déportation. On nous parle à demi-mot des convois qui arrivent par les routes du nord – de Yozgat, Kayseri ou Kirshehir – et par la voie ferrée du nord-est, des alentours de Constantinople. On nous confirme qu'Alep ne serait pas une destination définitive mais simplement une étape, puisque soixante mille nouveaux déportés viennent de quitter cette ville pour le désert arabe.

Hamid vient m'interrompre dans mon écriture. Il veut décamper au plus vite.

Nous partons donc, direction Adana.

5 septembre, Adana

Nous avons écourté la halte de Bozanti et filé vers la Méditerranée par des petits chemins qu'Hamid connaît bien. Le bougre a longtemps vécu dans la région. Il nous a conduits à travers d'étroits défilés des montagnes du Taurus, où la route sinue au-dessus d'un torrent rugissant entre deux falaises grises et abruptes, où des pins et des genévriers solitaires s'accrochent désespérément aux rochers. Nous étions loin de tout, dans un paysage lunaire, dans un lieu perdu à l'écart des routes traditionnelles de la déportation. Malgré cela, des cadavres flottaient sur les flots.

Aux abords de la côte, le paysage s'est égayé. Les champs de coton, les plantations d'orangers et de citronniers font vite oublier l'aridité des monts du Taurus.

Nous avons atteint les faubourgs d'Adana hier, 4 septembre.

Adana, au centre des massacres de 1909, semble jouer dans le plan de Talaat un rôle essentiel. Les déportés, entassés dans les wagons à bestiaux à Bozanti arrivent par milliers à la gare ferroviaire, et font d'Adana un lieu de transit incontournable. Les convois ne restent pas longtemps dans cette cité fondée par Uranus. Ils sont aussitôt acheminés par la voie ferrée vers Alep.

Il flotte, aux alentours de la gare, une odeur pestilentielle.

La température dépasse les quarante degrés, le vent chaud et l'humidité amplifient et diffusent les relents de décomposition des cadavres et de ces convois sans hygiène depuis plusieurs semaines.

Dès que le soir tombe, les moustiques pullulent.

La position d'Adana est stratégique. La ville est construite sur le fleuve Seyban et l'antique pont d'Hadrien a longtemps été le seul passage possible vers la Syrie et la Palestine. Aujourd'hui encore, Adana reste la ville de transit vers le Moyen-Orient mais aussi vers la mort, puisque les convois de déportés ont malheureusement remplacé les fiers escadrons des chevaliers des croisades.

Et comme un malheur n'arrive jamais seul, ce matin, j'ai appris l'assassinat de mon ami, le poète Daniel Varoujan.

J'ai rencontré Varoujan à Constantinople en 1912. Il avait, à l'époque, vingt-huit ans et dirigeait l'École Saint-Grégoire l'Illuminateur. Il avait été l'élève des frères Mekhitaristes et avait déjà pas mal voyagé – beaucoup plus que moi – entre le collège Moorad-Rafaélian de Venise et l'Université de Gand. J'étais alors un tout jeune journaliste mais il m'a fait, ensuite, l'honneur de m'accueillir dans le cercle littéraire qu'il a créé en 1914.

On m'a rapporté les circonstances de sa mort « Varoujan est mort attaché à un arbre, mutilé de part en part, et ses restes furent jetés aux chiens errants. »

Je reste seul, anéanti, les yeux dans les étoiles. Je me souviens de ce « Chant Païen » écrit par Daniel, de cet hymne vibrant de vie, de plaisir et de passion. Les dernières strophes montent en moi comme une sève amère et nouvelle :

« Alors, je sursaute brûlé de désir,
En laissant tomber, sous mes pieds,

mon diadème aux éclats de neige.
Tâtonnant dans l'obscurité, je découvre la Circassienne,
Guidé par le souffle palpitant et sublime de sa poitrine.
Puis, saisissant son poignet couvert de sueur,
Je l'étends sur mon divan garni de peaux de léopard.
Ô ce corps aimanté et tendre, pétri de lumière,
Qui écume comme du lait et du sang dans mes bras !
Ô cette chevelure houleuse, au sein de laquelle je nage,
En courant sans cesse le danger de me noyer dans sa masse !
Ô cette chaleur ardente qui se dégage de ses bras nacrés et voluptueux
Avec lesquels elle enlace puissamment mon cou comme un serpent !
Enfin, nos corps se confondent dans l'élan d'un baiser ardent…
Lorsque j'aurai eu ses lèvres vermeilles dans ma bouche,
Lorsque j'aurai vidé lentement, pendant des heures,
le contenu de ses veines,
Oh ! c'est alors seulement qu'il me semblera avoir goûté entièrement
Aux délices de l'ère païenne,
Aux piments des Indes et à tous les encens de l'Arabie. »

Daniel, si vivant, si sensuel, est mort et les chiens ont déchiqueté sa dépouille !

Il n'a pas été, hélas, l'unique victime des soldats de Talaat : près de cinq mille Arméniens ont été tués à Jezire le 2 septembre et un journaliste anglais m'a signalé que le New York Times a relaté qu'Izmit a été incendiée et tous ses Arméniens massacrés. Le journal américain aurait également confirmé, le 14 septembre, le meurtre de trois cent cinquante mille des nôtres.

Des nombres, toujours des nombres, mais les récits sont plus dramatiquement réels. Ainsi, cette histoire du boucher de Trébizonde qu'un réfugié venu des rivages de la mer Noire m'a racontée. Le boucher s'appelait Adam et son fils Karékine. Les Turcs sont entrés, les ont tabassés et se sont amusés à les découper vivants : les mains, les pieds, les bras, les jambes puis les têtes ont été pendus aux crochets de la boucherie et les soudards braillaient : « Venez vous servir ! La viande d'Arméniens, ça ne vaut rien ! ».

C'est comme si les crimes engendraient des criminels, s'ils réveillaient des vocations meurtrières enfouies sous les bonnes manières.

Ici, le mal est banalisé, le mal fascine…

Nous allons dormir à l'extérieur de la ville. Hamid connaît un coin tranquille qu'il appelle Catal Hüjük. Il paraît que c'est la plus vieille ville du monde. Voilà une histoire que je ne connaissais pas.

Heureusement, Alexandrette, le port où Hamid compte embarquer pour le Liban ou Port-Saïd n'est plus très loin.

Ce cauchemar va finir. Il faut s'éloigner de ces récits de massacres, de l'odeur pestilentielle et sucrée des cadavres qui jonchent les routes et flottent dans toutes les rivières de la région, de la vision de ces corps d'enfants décharnés, de ces poètes décapités, de ces femmes éventrées.

Le pire dans tout cela, c'est qu'il existe une sorte d'accoutumance au malheur. Ces spectacles sordides, qui nous auraient fait vomir et hurler en d'autres temps, ne nous émeuvent plus. Ils sont devenus notre lot quotidien. La sensibilité n'est plus de mise. Il nous faut survivre. Comme des bêtes traquées. Fuir et mettre de la distance.

Mettre de la distance mais ne jamais oublier.

16 septembre, Alexandrette

Nous avons quitté Catal Hüjük à regret. Nous y avons dormi au calme et en paix, loin des tourmentes de la région. Hamid avait raison, c'est un site exceptionnel créé il y a sept mille ans et le pêcheur cilicien m'a donné une véritable leçon d'histoire. Cette agglomération désertée s'étendait sur plus de dix hectares et était constituée de maisons bâties en bois et en pisé, mais l'originalité réside dans le fait que toutes ces constructions étaient attenantes et qu'il n'y avait pas de rue ! On entrait alors chez soi par les toits et des échelles car tout communiquait. Un bel exemple de fraternité dans un monde de loups !

Nous avons pris la direction de Ceyhan et sommes vite retombés dans la réalité des drames quotidiens car sur notre gauche, Osmaniye qui se situe sur la route d'Alep, passe pour regrouper les convois de déportés provenant d'Adana et de Sis.

Nous avons mis le cap au sud.

Hamid connaît bien Alexandrette et il y trouvera certainement un bateau pour nous emmener très loin d'ici.

Le port n'était plus très loin. Dans un virage, j'ai montré aux enfants une forteresse arménienne datant du Moyen Âge qui offre une vue sur la mythique plaine d'Issos, celle-là même où Alexandre le Grand défit Darius.

Nous avons deviné au loin des convois de déportés qui remontent de Dörtyol vers Osmaniye.

Et Alexandrette apparut enfin.

C'est la mi-septembre et la Méditerranée n'a jamais été aussi bleue.

Le soir, les ombres s'allongent et le ciel prend une transparence cristalline.

Le port ne présente aucun charme particulier, mais c'est plus qu'un port, c'est une porte ouverte sur un autre monde. Nous parvenons au terme du périple, au terme de notre chemin de croix. Je lis dans les yeux de Sarkis qu'il espère et redoute à la fois le monde inconnu qui va s'offrir à nous.

Nous avons abandonné la charrette dans un parc du centre de la ville, sous un poivrier. Hamid la vendra avec les chevaux avant d'embarquer avec quelques affaires. Ce sera toujours un peu d'argent en plus.

Nous nous sommes installés sur la terrasse ombragée d'un des estaminets minables qui bordent le port, un endroit où l'on sert le raki en abondance aux marins.

Les gosses sont épuisés par une traversée de l'Anatolie qui a duré près de deux mois. Il règne dans les rues une odeur de poisson grillé qui se mêle agréablement aux senteurs iodées de la mer. Les pêcheurs de rougets ont installé des braseros à charbon de bois à même le quai et y déposent le produit de leur pêche. Ils vous offrent un festin contre une piécette. Parfois, un souffle de vent mutin rabat sur la terrasse une fumée grasse et odorante.

Hamid a bu en vitesse un café puis s'est éclipsé.

Il fouine sur le port à la recherche d'une barque qui ferait route vers le sud. Amarrés aux quais, des caïques et des tartanes aux voiles repliées ondulent nonchalamment au gré des clapotis. C'est une image sereine et une de ces embarcations nous emmènera loin, dans une région occupée par les Anglais ou les Français. Vers la Paix.

Gaënée et Anahide dorment comme des bébés sous un figuier près de la terrasse. J'écris en décrivant inlassablement, entre deux phrases, l'histoire des conquêtes d'Alexandre à Sarkis qui m'écoute d'un air distrait. Il doit sûrement se demander à quoi peuvent bien ressembler les pays situés de l'autre côté de cette étendue bleue qui frissonne doucement sous la brise du soir.

Sarkis aimerait bien lire ce que j'ai raconté dans ce petit cahier depuis que nous avons quitté Constantinople. Alors je vais lui prêter le récit de notre périple et il va s'isoler sous le figuier, à côté de ses sœurs, afin de lire ma prose tandis que j'attendrai le retour d'Hamid.

C'est bien. Je suis un auteur heureux : j'ai au moins un lecteur !

Beauduc, le lundi 23 avril

La faction d'Erkan et de l'orang-outan au Beau Bar avait été productive : en plus de Calambo, ils avaient découvert Levon.

Isker débarqua donc à Beauduc avec satisfaction : les choses semblaient enfin rentrer dans l'ordre ! Les descendants de ce satané Sarkis Balyan étaient au moins deux et ils étaient là, à quelques dizaines de mètres de lui, près de cette baraque minable à la clôture de bois écaillé.

Seule ombre au tableau : il y avait foule chez le bon Toine ! Bien sûr, ce n'était pas un rassemblement de foudres de guerre et Isker avait fait un rapide inventaire des occupants du lieu : les deux gros, le père et le fils, l'Arabe, la fille, l'autochtone, Calambo et Levon. Sept en tout.

— Quatre contre sept, boss, releva Yaga.

— Et alors ? T'as les chocottes ? répondit Isker en dévoilant ses dents jaunies par le tabac.

— T'as un plan ?

— On attaquera ce soir. Ces mecs de Marseille, ils ne

peuvent pas se passer de se murger lorsqu'ils se retrouvent. Ce soir, après le repas, ils seront sûrement bourrés et donc vulnérables.

— Mais jusque-là, nous, on fait quoi, nous ? Y a même pas un bistrot pour boire un coup !

— Les trois quarts des baraques sont désertes. Elles ne demandent qu'à être squattées. On va bien dénicher une caravane, un peu à l'écart, histoire de se reposer en attendant notre heure.

— Et si tu t'emmerdes, tu pourras toujours faire le ménage, ajouta Erkan avec son rire bête.

Yaga avait garé sa voiture de location – ils avaient opté pour une Range Rover car leur premier périple en Camargue leur avait permis de découvrir des routes bosselées et envahies par le sable – à l'entrée du village.

Le quatuor fut étonné de trouver ces amoncellements de baraques, caravanes et autres véhicules rouillés dans ce lieu loin de tout.

— Ceux qui critiquent la Turquie et ses gecekondus feraient mieux de venir ici, lâcha ironiquement Yaga.

Ils squattèrent un cabanon situé à deux cents mètres de celui d'Antoine.

Le coin était calme. Toutes les habitations voisines étaient désertes. Le vent violent avait défait les auvents couverts de canisses et arraché les portes sommaires des chiottes plantées sur les dunes.

Ils s'enfermèrent avec trois packs de bières et un jeu de jacquet. De quoi passer le temps en attendant la nuit !

Alexandrette, le 17 septembre 1915

Lorsque Serif arriva à Alexandrette, le 17 septembre 1915, Arak croupissait depuis quelques heures dans une cellule sordide. Le sergent qui l'avait reconnu et arrêté fut fort surpris d'être traité d'imbécile par l'officier revenu en hâte.

Serif fulminait : Arak était bien sous les verrous et connaîtrait le sort de ses amis du journal Azatamart, abattus quelques mois auparavant pas très loin d'ici, mais les enfants et le géant avaient disparu !

Le sergent avait arrêté Arak alors qu'il quittait la terrasse du bar pour flâner sur les quais. Les deux fillettes dormaient sous le figuier et le garçon lisait un cahier d'écolier. Le sergent crut bien faire en remettant les gosses – conformément aux directives ministérielles – aux gendarmes qui convoyaient des déportés vers Alep via Dörtyol et Osmaniye. Comment le sergent aurait-il pu penser que c'était moins le journaliste que ces enfants qui intéressaient l'officier ?

Rien ne servait alors d'interroger et de torturer Arak. Il fallait l'éliminer au plus tôt et rechercher Sarkis parmi les déportés.

Serif décapita lui-même le journaliste dans sa cellule.

Il l'avait fait agenouiller, les mains liées dans le dos, devant lui. Personne ne raconterait jamais plus aux enfants l'histoire de ce curieux roi Midas honteux de ses oreilles d'âne, ni la titanesque bataille qui opposa les Perses de Darius aux Grecs d'Alexandre le Grand à quelques lieues de là, dans la belle plaine d'Issos.

Dès le mois de mai 1915, le lieutenant Serif Akan avait identifié le gosse : il s'agissait de Sarkis Balyan, le fils de Marouk Balyan.

L'orfèvre et sa femme, des membres du parti Hnchak, avaient été pendus à Constantinople, le 15 juin, mais le fils et les deux filles avaient disparu.

Serif manquait certainement de génie mais il était pugnace et avait mené une longue enquête de voisinage. Les langues se déliaient toujours lorsqu'on les y aidait un peu. Par la flatterie, l'argent ou la menace.

Ainsi, Serif apprit que Sarkis et ses sœurs s'étaient réfugiés chez un batelier qui vivait dans une de ces cabanes de la côte orientale du Bosphore.

À la fin juin, il repéra l'endroit mais, quand il arriva, la cabane était déserte.

Hamid le batelier avait tout vendu, son bateau et sa maison, et il était reparti vers le sud – il avait parlé de Smyrne à ses voisins – avec les enfants et un jeune homme d'une trentaine d'années. Un des bateliers du coin avait identifié Arak Dilberian. Arak était un journaliste d'Azatamart et nombreux sont ceux qui le connaissaient à Constantinople. Malgré son étendue, la ville n'était qu'un gros bourg où tout se savait. Le Grand Bazar, le Bazar Égyptien, les rives de la Corne d'Or propageaient les informations et les rumeurs. Ici, un journaliste ne passait jamais inaperçu.

Serif Akan se mit alors résolument à la recherche des fugitifs.

Il retrouva et suivit leur trace, de Constantinople à Iznik, sans jamais pouvoir les rejoindre. Avec son cheval, il se déplaçait plus vite qu'eux mais la charrette avait bien cinq à six jours d'avance. En plus, il perdait un temps précieux à interroger chaque jour les gens sur les routes ou dans les villages afin de recueillir des bribes d'informations. Il lui fallait recommencer sans cesse ce travail de fourmi.

À Iznik, Serif retrouva le lieu où la petite troupe avait dormi. C'était au bord du lac, sous un saule. On lui dit qu'ils avaient quitté la ville la veille.

La veille ! Pour Serif, les rattraper n'était désormais plus qu'une question d'heures !

Il ne s'arrêta dans la garnison militaire que pour changer de monture et prit immédiatement la route de Smyrne.

Le golfe et les plages de Gemlik s'étendaient sur la droite, mais Serif ne se laissa pas distraire par le paysage enchanteur. Il filait au galop et, à cette allure, il les apercevrait sûrement avant d'arriver à Bursa !

Mais Serif Akan ne les rejoignit jamais.

Comment aurait-il pu deviner qu'Hamid avait modifié son plan initial, préférant au dernier moment la direction d'Eskishehir à celle de Smyrne ?

Les routes se peuplaient d'immigrés et de déportés. Il était difficile dans ce flot continu de localiser une charrette puisque des milliers de charrettes sillonnaient maintenant l'Anatolie dans tous les sens.

Serif avait néanmoins donné les signalements d'Hamid et d'Arak aux officiers de l'armée turque. Arak était le plus connu. Le jeune journaliste avait déjà parcouru le pays et quelqu'un pouvait le reconnaître.

Et Serif avait bien compris que Sarkis Balyan ne devait pas se trouver bien loin d'Arak…

L'été passa et l'officier de renseignement Serif Akan eut fort à faire entre les liquidations des personnalités arméniennes et la résistance qui s'organisait à Musa Dagh. Il passa d'ailleurs l'été à orchestrer le siège de Musa Dagh. Il arriva début août dans cette zone montagneuse – qu'on appelait aussi montagne de Moïse – dominant la Méditerranée au sud d'Alexandrette. Les Arméniens y étaient retranchés depuis le 21 juillet.

Le 10 septembre, lorsque quatre navires de guerre – trois anglais et un français – évacuèrent les quatre mille cinquante-huit personnes qui avaient survécu cinquante-trois jours durant à Musa Dagh, Serif se replia sur Alexandrette et attendit les ordres.

L'Empire Ottoman allait certainement faire appel à ses services pour d'autres nobles missions !

On lui confia, trois jours plus tard, la tâche de distribuer les denrées réquisitionnées auprès des Arméniens aux troisième et quatrième armées irakiennes.

Serif se trouvait à Rajo lorsqu'un télégramme lui apprit qu'Arak Dilberian avait été arrêté à Alexandrette.

Arak Dilberian !

Talaat, averti en urgence, nomma un autre officier afin de le remplacer auprès de l'armée irakienne et modifia la mission de Serif.

On remettait la récupération du kandjar à l'ordre du jour !

Le convoi s'égrenait sur une longueur de deux kilomètres et était « protégé » par des gendarmes turcs. « Protégé » était le terme officiel bien peu adapté aux circonstances, car le télégramme adressé par Talaat Pacha le 15 septembre 1915 à la préfecture d'Alep était explicite : « Il a été précédemment communiqué que le gouvernement, sur l'ordre du *Djemiet*[15], a décidé d'exterminer tous les Arméniens habitant en Turquie. Ceux qui s'opposeraient à cet ordre et à cette mission ne pourraient faire partie de la formation gouvernementale. Sans égard pour les femmes, les enfants et les infirmes, quelques tragiques que puissent être les moyens de l'extermination, sans écouter les sentiments de la conscience, il faut mettre fin à leur existence. »

Mais le convoi de misère ignorait la teneur des ordres du ministre de l'intérieur. Il fallait s'accrocher. À la vie, à l'espoir. À n'importe quoi, mais s'accrocher aveuglément.

La route jusqu'à Osmaniye fut interminable. Le soleil de septembre était encore brûlant. Le long des routes, des tourbillons aspiraient la poussière du sol et l'élevaient jusqu'au ciel. Les femmes avaient confectionné des ceinturons portés à même la peau, sous les longues jupes, afin d'y dissimuler leurs bijoux, un peu d'argent ou de minuscules souvenirs. Hamid avait tout juste eu le temps d'emporter un sac de nourriture et une outre emplie d'eau. Gaënée et Anahide marchaient comme des automates en donnant la main à Sarkis.

Un peu avant Osmaniye, un nuage de poussière indiqua qu'une autre colonne arrivait du nord.

— Une colonne, c'est une colonne !

Sarkis exultait comme si cela constituait une information rassurante. Les déportés du nord, arrivant de Hadjin et de Sis, se joignirent à eux. Bientôt une autre file en provenance de Zeitoun et de Marash les rattrapa.

L'augmentation de la taille du convoi rassurait Sarkis mais ses sœurs supportaient de plus en plus mal les longues marches

(15) Autre appellation de l'*Ittihad*

sous le soleil. Hamid les transportaient l'une après l'autre sur ses larges épaules mais l'eau manquait, l'outre était vide et les gendarmes distribuaient chichement un peu de pain rassis.

Dans le convoi, les mères soutenaient les jeunes enfants amaigris et les hommes parlaient entre eux à voix basse.

Les arrivants de Zeitoun confiaient que la déportation avait débuté chez eux dès le 20 avril et que, depuis, l'Empire Ottoman menait une campagne systématique de repeuplement des villages arméniens par des immigrés turcs. Le 8 avril, huit mille immigrants venus de Bosnie avaient été installés et le fameux monastère de Zeitoun avait été incendié. Le 3 mai, c'était au tour des Turcs de Macédoine d'arriver en masse afin de repeupler la région.

Leurs voisins de Marash n'étaient pas mieux lotis : la chasse avait commencé encore plus tôt puisque le 3 avril, une vague d'arrestations et la fouille de toutes les maisons arméniennes avaient eu lieu. L'armée, qui recherchait les armes, y compris les couteaux de cuisine, avait semé la terreur. Cette descente s'était accompagnée de pillages et de viols collectifs. Deux jours plus tard, les Turcs avaient exigé de la population cinq mille ânes et mulets, au titre de « dommages de guerre » !

Les gendarmes hurlaient des ordres en turc lorsque les conversations des déportés arrivaient à leurs oreilles et ordonnaient souvent de presser l'allure en guise de représailles.

Un gendarme plus amène confirma à Hamid que le ministère de l'intérieur avait ordonné par télégramme, le 27 septembre, la déportation de tous les enfants, femmes ou malades arméniens de l'empire et que les mariages avec des femmes arméniennes étaient désormais interdits.

Les quelques déportés épuisés venus du nord, les vieux et les nombreux malades ne pouvaient soutenir le rythme. Ils s'écroulaient sur le bord des routes où les gendarmes les achevaient souvent. Les cadavres gonflés comme des baudruches des convois précédents jonchaient les bas côtés et répandaient une odeur pestilentielle.

À proximité de la gare d'Osmaniye, les gendarmes stoppèrent la marche.

Un interminable train de marchandises attendait sa cargaison. Ils furent entassés dans des wagons à bestiaux, par dizaines. Les gendarmes refermaient les portes et restaient sur les marchepieds. Le bruit courut qu'on se dirigeait vers Alep, Alep dont on entendait toujours parler, Alep qui semblait être l'incontournable but du voyage…

Le train circulait à faible allure. On étouffait dans les wagons où régnait une puanteur sordide. Les plus faibles mouraient mais jamais, lors des arrêts à Rajo, Mamura, Intili, Islahiye, Katma ou Karlik, on ne dégagea leurs cadavres. On accrochait simplement, à chaque arrêt, d'autres wagons, bondés eux-aussi, au sinistre convoi.

Mais le voyage d'Alep n'était rien à côté de ce qui les attendait.

Serif quitta Alexandrette et doubla les convois de déportés qui s'égrenaient vers le nord. Comment retrouver Sarkis dans ces hordes grises, dépenaillées, sales et poussiéreuses ?

Il y avait des milliers d'enfants sur les routes. Des milliers d'orphelins. La plupart d'entre eux ne supporteraient pas les conditions de la déportation et Serif connaissait les derniers ordres de Talaat concernant cette ribambelle de mioches. D'abord, la « turquification ». Il savait que six cents orphelins venaient d'être turquifiés à Herek le

1er octobre. Ensuite l'interdiction des orphelinats, puisque Talaat avait officiellement pris position contre l'ouverture de ce type d'établissements le 4 octobre. Il n'y aurait donc bientôt plus d'enfants arméniens en Turquie puisque l'alternative était simple : soit ces gosses deviendraient Turcs, avec un prénom turc et une religion : l'islam, soit ils mourraient en déportation. Et Serif espérait bien que Sarkis vive assez longtemps pour qu'il puisse retrouver le kandjar !

Tous les soirs, les corps s'affaissaient à la recherche d'un illusoire repos dans les champs brûlés par le soleil, mais la fatigue de la journée et les images d'horreur gravées à jamais dans les mémoires hantaient les songes brûlants de ces hordes qui repartaient au lever du jour, en abandonnant les morts de la nuit.

Alep grouillait. Il y régnait une chaleur étouffante en ce début du mois d'octobre, et le chemin de fer y déversait chaque soir de nouvelles cohortes épuisées, auxquelles se joignaient les rescapés des longs convois venus des provinces de l'est anatolien. De Malatia, de Kharpout, de Sivas, d'Erzinjan, de Trebizonde, d'Erzerum ou d'Ourfa.

Les gendarmes descendaient, à tour de rôle en ville. Une fois la porte d'Antioche dépassée, ils se dispersaient à travers les rues dallées, les caravansérails et les petites places bruyantes. Les échoppes des artisans qui rétamaient les seaux ou travaillaient le cuivre leur faisaient oublier un instant l'horreur des convois. Ils croquaient un falafel, picoraient quelques pistaches grillées et s'égaraient dans ce labyrinthe de boyaux étroits aux voûtes austères qui desservaient des souks spécialisés. Ici, on vendait de la laine, là, de l'or et des bijoux, plus loin des fruits secs, des épices ou des tissus. Les ânes bâtés apportaient les marchandises jusqu'aux minuscules boutiques. Les gendarmes recherchaient le plaisir des corps avec des filles mieux nourries que ces déportées qu'ils violaient chaque nuit. Ils emplissaient leurs narines de ces arômes de musc, de rose ou de jasmin qui embaumaient le souk des parfumeurs. La vie débordait de ce dédale mais il fallait bientôt regagner le camp, repasser la porte d'Antioche, quitter la vie pour la mort. Car demain, on repartirait, avec ces relents macabres, ces cadavres gonflés le long des chemins poussiéreux et cet inéluctable désespoir.

Dans les campements, d'effroyables récits circulaient. Les yeux des survivants étaient vides et leurs guenilles imprégnées de l'odeur de la mort.

Un matin, les gendarmes arrivèrent dès le lever du jour et hurlèrent des ordres en turc. Les femmes et les enfants d'un côté, les hommes de l'autre ! On descendait encore plus au sud. Le gouverneur d'Alep avait sans doute reçu les recommandations de Talaat Pacha que les remarques américaines avaient indisposé : « Par la démarche que, sur l'instruction de son gouvernement, l'ambassade américaine fit dernièrement auprès de nous, il apparaît que les consuls américains se procurent des nouvelles par des moyens secrets. Bien qu'il leur fût répondu que la déportation s'effectue d'une manière sûre et confortable, cette affirmation n'étant pas suffisante pour les convaincre, tâchez que, lors de la sortie des Arméniens des villes, des bourgs et des centres, des faits pouvant attirer l'attention ne se produisent pas. Au point de vue de la politique actuelle, il est d'une importance capitale que les étrangers qui circulent par-là soient convaincus que cette déportation ne se fait que dans un but de changement de séjour. Pour ce motif, il est provisoirement important d'étaler pour la frime une conduite délicate et de n'employer les moyens connus que dans les endroits propices. »

Et un des endroits les plus propices, c'était le désert de Mésopotamie.

Le convoi des femmes et des enfants s'ébranla le premier.

Sarkis, Gaënée et Anahide furent ainsi séparés d'Hamid qui confia à l'enfant un peu de nourriture achetée à Alep, un peu d'argent et l'outre emplie d'eau.

Sarkis comprit alors qu'il ne reverrait certainement plus Hamid. Il devenait ainsi un chef de famille et il n'avait pas dix ans.

Les premiers jours de marche furent meurtriers.

Le convoi comprenait trois mille femmes, vieillards et enfants.

Une charrette de vivres – du pain, du fromage de brebis et de l'eau – clôturait la caravane. Au premier soir, une centaine de vieillards, exténués par les parcours précédents, s'écroula sans pouvoir reprendre la route. Gaënée et Anahide ne pleuraient plus. Elles avançaient machinalement avec une certaine gravité, sans jamais plus se laisser aller aux caprices et aux lubies. Les enfants ont sans doute une perception du malheur que notre éducation dilue. Sarkis les désaltérait chichement car on s'aventurait dans un désert sans trace d'eau ni d'arbre. Il marchait, l'outre et le sac de nourriture donnés par Hamid sur ses épaules.

Une pierre blanche affleurait des collines dénudées. Parfois une petite plaine de terre rouge portait quelques cultures faméliques : des pistachiers que Sarkis confondait avec les oliviers ou des champs de coton.

Quelquefois, il faufilait sa main dans sa poche et faisait glisser entre ses doigts les trois cailloux ronds qu'il avait ramassés sur les rives du Bosphore. Ce geste simple le rassurait. Il fallait vraiment s'attacher à n'importe quoi pour survivre.

On marchait dans un désert de pierres, un espace sans limite où des moutons solitaires broutaient les rares touffes d'herbes de rocaille. Souvent, la nuit, le jappement des chacals qui s'attaquaient aux cadavres couvrait les gémissements des mourants et résonnait à l'infini.

Les jours s'enchaînaient avec la même implacable monstruosité. Le paysage changeait peu, il restait désertique et brûlé. L'eau de l'outre était épuisée et il ne restait que peu de nourriture.

Puis il fallut grimper et traverser les hauts plateaux.

Les nuits glaciales succédèrent aux jours brûlants.

Un paysage toujours sans eau et sans arbre. Une colline succédant à une autre colline dans ce drame infini. Des défilés interminables. Toujours cette odeur infecte qui annonçait que, plus loin, les morts pourrissaient sur le chemin. Toujours ces cadavres gonflés sous le soleil. Toujours cet air empuanti par les miasmes pestilentiels. Toujours ces corps s'écroulant sur les bas côtés dans des râles exténués. Toujours ces gémissements et ces cris dans la nuit lorsque les gendarmes saouls choisissaient une femme moins décharnée que les autres pour distraire leur solitude.

La terre devint rose et orange, l'herbe – qu'on rongeait parfois – dure et sèche. Une plaque humide offrait çà et là un peu d'eau boueuse, vénéneuse offrande d'une nature barbare.

La première attaque eut lieu au sortir d'un large défilé.

C'étaient des cavaliers. Des Kurdes. Ils pillèrent le convoi sous le regard impassible des gendarmes amadoués par quelques gourouchs. Ils enlevèrent une dizaine de jeunes femmes, elles constituaient leur butin. Ils arrachèrent les enfants qui s'accrochaient à elles et empalèrent les plus jeunes sur leurs lances. Par jeu. Les femmes se débattaient, ivres de désespoir et de colère, mais les cavaliers les emmenèrent à une centaine de mètres du convoi. Elles hurlaient et ils riaient bruyamment.

Lorsqu'ils en eurent terminé, ils les éventrèrent les unes après les autres avant de regagner les hauteurs. Le spectacle semblait ravir les gendarmes – toutes les nuits ne violaient-ils pas, eux aussi, les femmes et les filles du convoi ? – et Sarkis essayait de se rassurer en pensant que ses sœurs étaient trop jeunes pour assouvir les appétits de ces barbares.

Les montagnes s'élevaient inexorablement. On grimpait toujours. Le roc entamait les chaussures. On était réduit à l'état de bêtes.

Anahide s'épuisa la première. Elle n'avançait plus et délirait, harassée de fatigue et infectée par l'eau fétide qu'ils buvaient. Sarkis la transporta trois jours durant sur son dos. Ils n'avaient presque plus rien à manger et à boire et le garçon lui humectait les lèvres avec un chiffon imbibé d'eau boueuse. Les survivants avaient la gorge sèche et brûlante. Ils étaient complètement obsédés par l'eau.

Anahide s'éteignit, à bout de forces, la quatrième nuit dans les bras de Sarkis.

Il affirma à Gaënée, afin de la consoler, qu'elle avait quitté cet absurde pays en rêvant à la table de leur maison de Constantinople, cette grande table des jours de fête, au plateau couvert d'*halva*, de *güllaç*, de *bülbül yuvasi*, de *baklavas*, de *goulabias* ou de *kadin göbegi* que préparait si bien leur mère Araxa.

— Gaënée, il ne faut pas mourir ! Jure-moi de ne pas mourir, Gaënée ! répétait inlassablement Sarkis en secouant sa sœur par les épaules lorsqu'elle faiblissait.

Certaines nuits, Sarkis pensait aussi – sans en parler à Gaënée – que peut-être valait-il mieux quitter ce monde atroce, s'évader dans cet hypothétique paradis, retrouver Anahide et ses parents dans les vallées paisibles et verdoyantes de l'au-delà.

Un gendarme le tira de sa rêverie en le saisissant brutalement à bras-le-corps. Avant de reprendre la route, il lui fallait enterrer Anahide…

Gaënée tenait bien le coup. Elle avançait, renfrognée et muette, serrant fermement la main de son frère dans la sienne.

Le convoi emprunta un chemin escarpé taillé dans le flanc de la montagne. D'un côté, la roche grise, lisse comme une pierre tombale, de l'autre le précipice abrupt avec, dans le fond, un torrent qui grondait.

Devant Sarkis, une femme hurla en découvrant que l'enfant qu'elle portait sur ses épaules était inerte. Les gendarmes tentèrent de la calmer. En vain. Elle avait les yeux exorbités et serrait contre elle le petit corps décharné et sans vie de son fils. Tout à coup, son regard s'illumina, elle se dégagea de l'étreinte des gendarmes se précipita dans le vide.

Sarkis vit son corps rebondir sur les rochers avant de s'écraser dans le lit du torrent. D'en haut, il lui semblait qu'elle enlaçait toujours son fils.

Le chemin était étroit et la file s'allongeait.

Les Kurdes attaquèrent l'arrière du convoi au sabre et à la machette. Le sang giclait sur les parois sombres de la montagne et les cadavres mutilés chutaient dans les eaux noires. En contrebas, le torrent-charnier charriait les corps vers des destinations inconnues.

Pour Sarkis, le vocabulaire ne comporta plus que quelques mots : vivre, boire et vivre ou encore boire, manger, dormir, marcher, vivre. Des mots simples auxquels il fallait s'accrocher. Des mots qui retrouvaient ici leur sens originel.

Sarkis confectionna des chaussures avec des chiffons et de la ficelle. Gaënée était maintenant squelettique. Ses orbites se creusaient, l'eczéma dévorait son visage. Et lui ne devait guère être plus flamboyant…

Qu'était devenu Hamid ? Et Arak, que les soldats avaient menotté à Alexandrette ? Et Gaënée résisterait-elle longtemps ?

Sarkis chassait ces questions pernicieuses de sa tête et répétait inlassablement les mêmes mots : boire, manger, dormir, marcher, vivre. L'angoisse avait même disparu devant ces quêtes fondamentales.

Et puis, un matin, l'Euphrate apparut.

C'était un fleuve majestueux, aux méandres larges et aux eaux vertes. Ici, le fleuve n'était pas encore vraiment synonyme de fertilité, comme le Nil égyptien. Ses berges étaient cultivées à l'ombre des peupliers et des eucalyptus, mais au-delà de cette étroite frange verte, le sol était rocailleux et aride.

Les rescapés assoiffés burent à en perdre haleine. Il ne restait guère plus de cinq cents personnes dans le convoi. L'herbe des rives et les alignements d'arbres auraient constitué un paysage enchanteur d'une sérénité absolue sans ces cadavres qui flottaient et s'échouaient au gré des berges.

L'eau leur sembla belle et pure, et même la mort ne semblait pas l'altérer. En dépit de cette macabre flottille, Sarkis et Gaënée s'immergèrent dans un bras du fleuve : ils avaient eu soif trop longtemps. L'eau les lavait de leur misère, les rendait plus forts, plus dignes. Les rives verdoyaient comme aux plus beaux matins de printemps, mais il fallut repartir.

À Abuharar, ils furent à nouveau attaqués et mis à nu. Sarkis ne regretta pas d'avoir enterré le poignard dérobé à Topkapi sous le figuier de l'estaminet d'Alexandrette. De toute façon, ce poignard était bien inutile, sa lame n'était pas assez effilée et on n'aurait pas pu découper une tranche de soudjouk avec !

Mais si Dieu lui prêtait vie, il retournerait un jour le récupérer…

Sarkis ne fut même pas fouillé. Fouille-t-on un enfant chétif et maladif qui joue à l'écart ? Il conserva ses trois galets, quelques pièces de monnaie, sa petite fiole emplie de terre et le cahier d'Arak. Le jour où il retrouverait Arak, il lui remettrait son récit et son ami serait certainement très content.

Comme les rescapés ne possédaient plus rien, les Kurdes exigèrent des esclaves et payèrent les gendarmes de quelques gourouchs pour cela.

Le cavalier qui enleva Gaënée n'avait pas l'air d'un voyou mais il se servit sans rien demander, comme les autres. Il choisit également deux femmes plus âgées et assura à Sarkis que sa sœur serait bien traitée. Il possédait une ferme et des chèvres. Mais, comme le garçon lui battait la poitrine de ses poings, un gendarme assomma Sarkis d'un coup de crosse.

La conversation était terminée.

Lorsqu'il se réveilla, Sarkis crut que sa tête allait exploser. Il se retrouvait seul, avec ses galets, son cahier et sa fiole emplie de terre. Ce n'étaient que des babioles sans valeur mais c'était vraiment tout ce qui lui restait. Il avait perdu ses biens les plus précieux : ses sœurs et ses amis.

Une nouvelle attaque eut lieu à Sebka.

Lorsqu'ils arrivèrent à Deir El Zor, il ne restait qu'une quarantaine de survivants. Ils s'installèrent quelques jours au bord de l'Euphrate, dans l'attente de l'arrivée d'autres convois. Ils n'avaient plus rien à manger et se nourrissaient de racines ou de détritus. À chaque nouvelle arrivée, les survivants se précipitaient : des mères cherchaient leurs enfants, des frères leurs sœurs, des gosses leurs pères. Toujours en vain.

Les gendarmes maintenaient les groupes à l'écart de la population locale et appliquaient avec vigilance les derniers ordres de Talaat : « A une époque où des milliers d'émigrés musulmans et de veuves de martyrs ont besoin de protection et de nourriture, il est inadmissible de faire des frais pour nourrir des enfants de personnes connues qui, à l'avenir, ne serviront pas à autre chose qu'à être dangereux… » [16].

Et le périple n'était pas fini !

Un déporté, qui était là depuis deux jours, expliqua à Sarkis que lorsqu'ils seraient assez nombreux, les gendarmes les regrouperaient et les conduiraient en suivant la rivière Khabur jusqu'à Hasiche et de là vers Mosul, puis vers Suleimaniye et le désert perse.

Les convois d'Alep arrivaient à Deir El Zor tous les jours.

Quelques dizaines de personnes décharnées et épuisées survivaient sur les deux ou trois mille partants. Sarkis apprit ainsi que le convoi des hommes, celui dans lequel se trouvait Hamid, avait été entièrement massacré à Meskene par la quatre-vingt-sixième Brigade de cavalerie.

Il ne lui restait plus que Gaënée et il lui fallait la retrouver.

Fausser compagnie aux gendarmes s'avéra être un jeu d'enfant. Le soir, les « protecteurs » ivres ne pensaient qu'à violer les rares survivantes et ne prêtaient guère d'attention à un gosse. Une nuit, il en profita pour s'échapper et filer en ville, vers le bedesten. Il passa la nuit sous une voûte du souk. C'était un petit marché très actif qui s'animait tôt le matin. On y travaillait l'argent, le cuivre et le bois. On y vendait de la vannerie, des tissus, des bijoux et des vêtements. Il lui restait quelques gourouchs mais

(16) Télégramme du 23 janvier 1916.

c'était bien suffisant pour acheter une chemise, un pantalon et des chaussures de Bédouin.

Le marché aux légumes était richement fourni. L'île – c'est ainsi qu'on nommait cette portion de terre fertile de Deir El Zor enchâssée dans un bras du fleuve – était couverte de vergers et de potagers. Les salades, pastèques ou aubergines débordaient des éventaires. Les fruits et les légumes étaient ici de véritables dons de l'Euphrate !

Au dehors se tenait le marché aux chameaux. Les paysans arrivaient et proposaient des dromadaires, des ânes, mulets, chevaux, moutons, chèvres et poulets.

Sarkis dévora une demi-pastèque avant de flâner parmi les animaux. Il proposa ses services comme garçon de ferme à un paysan turc qui vendait des poules et du blé. C'était un brave homme, un Chammar. L'Empire Ottoman avait installé dans la région deux grandes confédérations bédouines : les Anézés sur la rive droite du fleuve, les Chammars sur la rive gauche.

Le Bédouin accepta l'offre de Sarkis. Il savait que les gendarmes turcs ne s'embarrassaient plus guère de sentiments avec les enfants arméniens depuis le télégramme que Talaat leur avait adressé le 7 mars 1916 : « Prétextant qu'ils seront soignés par l'administration des déportés, sans éveiller les soupçons, prendre et exterminer en masse les enfants des personnes connues, ramassés et soignés, sur ordre du ministère de la guerre, par les stations militaires. Nous aviser. »

Pour le paysan, recueillir Sarkis était également une bonne affaire pour sa ferme : il lui suffisait de nourrir ce gringalet sans avoir besoin de le payer. Il lui suffirait de faire passer le gosse pour un Turc.

Sarkis garda pendant quelques saisons les troupeaux de chèvres près d'Hassaka, dans le nord de la Mésopotamie.

On appelait ce pays Djeziré, ce qui signifiait île en arabe, tout simplement parce qu'il était délimité par le Tigre et l'Euphrate.

La région bénéficiait des eaux provenant des montagnes du Kurdistan turc et était irriguée par des oueds et des rivières qui rejoignaient le Kabbour, un affluent de l'Euphrate. Les femmes de paysans portaient de longues robes aux motifs très colorés sur fond noir et s'affairaient dans les champs et les vergers. L'olivier, le pistachier, le figuier, le néflier et l'amandier prospéraient, tandis que les champs de coton et de pois chiche s'étiraient derrière les potagers.

Au-delà de la frange fertile et des cultures, s'étendait un décor minéral, sans relief, blanchâtre. Quelques touffes d'herbes y maintenaient des troupeaux de moutons à la large queue graisseuse.

Ce relief désespérément plat était parsemé de tells le long des cours d'eau. Le Bédouin avait expliqué à Sarkis que ces tells, des monticules de quinze à cinquante mètres de haut, étaient en fait des collines artificielles constituées par les ruines de villes anciennes. Ici aussi, on avait donc détruit des villes, tué des hommes. Sarkis découvrait un monde qui avait été, de tout temps, cruel, un monde inimaginable dans son enfance dorée de Constantinople.

Son patron l'appelait Ismet et proclamait à la ronde qu'il était un bon musulman. Cela l'exaspérait souvent, mais lui évitait les ennuis qui guettaient les jeunes Arméniens. Il contenait alors sa colère en se raccrochant à son unique idée : vivre pour retrouver Gaënée et fuir avec elle.

Il accompagnait son patron sur tous les marchés de la région dans l'espoir d'y croiser un jour sa sœur. La Mésopotamie était loin de tout mais il s'y murmurait que la guerre était finie, que les Allemands étaient vaincus et que leur alliée, la Turquie, allait être démembrée. On disait aussi que l'Arménie serait bientôt indépendante et reconstruite sur ses bases historiques.

Au printemps de 1919, Sarkis retrouva enfin Gaënée sur le marché de Sheddadiye.

Cela faisait quatre ans qu'ils avaient été séparés. C'était une jeune fille triste, amaigrie mais vivante. Sa longue déportation vers le désert mésopotamien avait laissé des traces indélébiles sur son visage.

Une nuit, Sarkis emporta ses trésors – une fiole emplie de terre, trois galets, un cahier – et partit récupérer sa sœur. Son plan était simple : gagner Ourfa. La guerre était terminée. Les Turcs avaient été défaits et les Anglais occupaient cette ville.

Sarkis et Gaënée arrivèrent à Ourfa un jour d'octobre 1919 et un soldat anglais, avec un drôle de casque qui ressemblait à une assiette retournée, les conduisit directement dans une grande demeure à l'écart de la ville.

Dans les rues, des soldats français défilaient. C'étaient des Nord-Africains et des Noirs qui portaient le fez. Comme les Turcs, mais ce n'étaient pas des Turcs !

La grande maison qui les accueillit était, en fait, un orphelinat dont la cour grouillait d'enfants. D'un côté les filles, de l'autre les garçons. Tous ces gosses portaient des shorts bleu marine – ou des jupes pour les filles – et des chemisettes blanches. La plupart d'entre eux avaient des regards tristes et ne semblaient rien comprendre à leur enfance. Certains pourtant jouaient comme s'il ne s'était jamais rien passé, comme si le soir ils rentraient chez eux et poursuivaient ces jeux avec leurs frères et sœurs sous l'œil débonnaire et vigilant des parents.

Mais ils n'avaient plus ni frères, ni sœurs, ni parents.

On leur donna du pain, du lait et du fromage sec.

La maison était immense, sans luxe, mais étonnement propre. Une nuée de grosses femmes transpirantes virevoltait dans le dortoir, le réfectoire, l'infirmerie, la buanderie et veillait à l'ordre et la salubrité du lieu.

À table, ces grosses dames avaient bien du mal à imposer le silence car ici, on parlait toutes les langues de la région, le turc, l'arménien, l'arabe et le kurde.

Ici, Sarkis n'était pas véritablement heureux mais il avait retrouvé Gaënée, il mangeait à sa faim et se sentait protégé.

À treize ans, il est vrai qu'on ne pense pas forcément au bonheur !

Beauduc, le lundi 23 avril

Levon referma le vieux cahier aux feuilles jaunies et ôta ses Ray-Ban. Une brise légère avait succédé au mistral. Sans doute était-ce pour cela qu'il avait les yeux humides.

Le soleil déclinait sur la mer violette.

– On dit que le soleil se couche. Mais c'est en fait une ânerie. Le soleil ne se couche jamais puisque c'est la terre qui tourne ! remarqua le vieil homme.

Au loin, on entendait rire Antoine et Pater. Ils avaient certainement dû vider quelques fioles de pinard, histoire de fêter leurs retrouvailles. Bubble se régénérait en mâchouillant de nouveaux malabars au bon goût de fraise artificiel. Entre deux coups de téléphone portable à ses potos de la Castellane qui restaient toujours sans nouvelles de La Bêche, Kader lisait un antique « France-Football » qui traînait dans le Citroën. Lila, quant à elle, tirait un mourre de six pieds de long en regardant, blasée, ce paysage sans accroc, tandis que son mec discutaillait avec un hypothétique tonton venu des Amériques.

Mais de ces quatre-là, Calambo n'en avait rien à faire. Le récit d'Arak l'avait ébranlé mais aussi révolté :

— Comment ont-ils pu supporter ça ! Il faut les flinguer tous ces Turcs !

Levon haussa les épaules. C'est une remarque qu'il avait entendue des dizaines de fois :

— Et puis on flinguera tous les Allemands parce qu'ils ont eu Hitler, tous les Espagnols parce que leurs Conquistadores ont massacré les Aztèques, les Amerlos parce qu'ils ont tué les Peaux Rouges, les Australiens parce qu'ils ont fait un sort aux Aborigènes, les Japonais pour Pearl Harbor, les Anglais pour Jeanne d'Arc... Sans oublier les Français, pour Vichy, pour les massacres dans les colonies, pour la Saint-Barthélemy... Je continue ?

Calambo retrouva son ton agressif de sauvageon, comme à chaque fois qu'il restait sans réponse :

— Après tout, ce que j'en dis... Qu'est-ce que j'en ai à foutre de cette histoire ? Que chacun gère sa merde et le monde ira mieux !

— C'est exactement ce que disaient les Occidentaux en 1915. Ils géraient leur merde comme tu dis. Ils avaient une guerre sur le cul – et Dieu sait si elle fut atroce – et peu de voix se sont élevées pour dénoncer le génocide. Pas assez de voix, en tout cas, pour qu'on arrête de nous égorger !

— T'as peut-être raison. Mais rester sans rien faire ?

Levon sourit :

— Qui te dit que je reste sans rien faire ? Nous avons un devoir de mémoire. Tu sais, Stéphane, le malheur rend souvent égoïste. On se referme sur soi, on s'apitoie sur son sort sans jamais témoigner, sans gueuler afin d'éviter à d'autres de subir la même infortune. Le monde est plein de lâches et c'est à nous, à ceux qui ont subi la cupidité des hommes, de les aiguillonner. L'histoire que raconte Arak s'est répétée à plusieurs reprises dans le siècle qui vient de finir. En Allemagne, au Cambodge, au Kurdistan, au Rwanda et dans des tas d'autres régions qui n'intéressent personne. Des régions sans importance géographique stratégique, des régions où l'on ne produit pas de pétrole, des régions peuplées de pauvres mecs en guenilles, pas médiatiques pour deux ronds, des régions dont on se fout tous en général et nous en particulier. L'histoire de notre peuple, comme celle du peuple juif, est dramatique mais notre tragédie et notre témoignage devraient permettre d'éradiquer de l'histoire de l'humanité de semblables épisodes. Il nous faut agir, parler, rester vigilants et surtout être ouverts sur le monde afin de dénoncer à chaque fois les prémices de ce qui pourrait être l'extermination d'un peuple. Le fait que nous ayons été victimes ne doit pas nous autoriser à nous recroqueviller sur notre passé et notre malheur. Nous devons être en tête de ceux qui dénoncent les atrocités d'aujourd'hui, et l'on ferait mieux de consacrer notre fric à armer les opprimés plutôt qu'à acheter des couronnes et des gerbes en souvenir des massacres passés !

— Tu veux dire qu'on doit oublier ?

Levon se déplia et rugit :

— Oublier ? Non, jamais, on n'oublie pas ces choses-là. On a le devoir de vivre avec mais on ne doit pas porter une croix, on doit porter un flambeau !

Ils firent quelques pas sur la plage sans dire un mot. C'est Calambo qui revint au récit initial :

— Comment Sarkis, ton père, est-il arrivé en France ?

— Ce ne fut pas simple. Un conflit éclata entre les Turcs et les Français. L'orphelinat d'Ourfa déménagea alors au Liban. Dans ce Liban où Hamid voulait les conduire cinq ans auparavant !

— Et ils s'embarquèrent du Liban vers la France ?

— Pas du tout. Le traité de Sèvres permettait la constitution d'une république arménienne et de nombreux Arméniens – qui avait fui le génocide – revinrent s'installer au pays. Ainsi les combattants de Musa Dagh retournèrent dans leurs villages.

Les derniers rayons du soleil déclinant se reflétaient sur les verres des lunettes de Levon.

— Mais tout se gâta à nouveau quelques années plus tard avec Kemal Atatürk, qui contesta immédiatement l'Armistice et mena une guerre de reconquête contre les Grecs débarqués à Smyrne et… les Arméniens. Après Abdul Hamid, Talaat Pacha, Atatürk paracheva le génocide en 1923. Les orphelins d'Ourfa furent alors trimbalés au hasard des reconquêtes françaises. Au Liban d'abord, ensuite vers la Syrie où ils prirent un train vers Alep avant de retourner à Alexandrette.

Antoine gesticulait et hurlait afin de rameuter tout son petit monde. C'était l'heure du pastaga et ensuite, on passerait à table. Il y avait des tellines au menu…

Levon lui répondit d'un signe de la main. Il se leva et marcha sur la plage, vers la baraque à la clôture bleue. Calambo lui emboîta le pas :

— Alexandrette ? Mais c'est, en quelque sorte, le voyage à l'envers ?

— Exactement. Et mon père me parlait toujours de ce périple avec de l'émotion dans la voix. Il avait peur que les gens oublient. Sur le chemin du retour, il ne restait plus trace des tueries et des massacres. Et puis, tous ces lieux étaient riches en souvenirs, en mauvais souvenirs. Anahide était morte dans ces montagnes, Hamid près d'Alep et Arak – il l'apprit par la suite – assassiné dans sa geôle d'Alexandrette. Mon père retourna dans l'estaminet où, avec Hamid, Arak et ses sœurs, ils s'étaient arrêtés lors de leur passage en octobre 1915. Rien n'avait changé. Il retrouva même le poignard qu'il avait enterré sous le figuier presque dix ans plus tôt. L'objet maculé de boue avait piètre allure et c'était mieux ainsi : il n'éveilla pas les convoitises…

— Et le voyage vers la France ?

Levon poussa le portillon à la peinture bleue racornie :

— Ils embarquèrent à Alexandrette sur un grand paquebot blanc nommé « l'Aquitaine » et débarquèrent à Marseille au printemps de 1924. Mais tout ça, Stéphane, c'est une autre histoire et maintenant, j'ai surtout besoin d'un bon pastaga…

Iskenderun, en décembre 1939

Le commandant Akan parcourait d'un pas altier les quais de ce port qu'il avait foulés presque un quart de siècle plus tôt, en revenant de la prison centrale où il avait exécuté de ses propres mains ce sale intello d'Arak Dilberian.

Mais les temps avaient bien changé.

Le nom de la ville aussi. Alexandrette était devenue Iskenderun.

À défaut d'être prospère, la république turque était désormais solide. Et ce n'était pas la disparition du Ghazi, Mustafa Kemal Atatürk, l'année précédente, qui remettrait son équilibre en jeu.

Le Sandjak d'Alexandrette venait d'être restitué par les Français à la Turquie et Serif Akan avait reçu du gouvernement d'Ankara la mission d'organiser le nouveau vilayet. Il en concevait une immense fierté. Il méprisait ouvertement ces Français qui, comme les Anglais d'ailleurs, n'avaient que fort peu d'honneur puisqu'ils cédaient une partie du territoire de la Syrie que la Société des Nations avait placée sous leur protectorat. Comme protecteurs, on pouvait trouver mieux !

Vingt ans seulement s'étaient écoulés depuis la Grande Guerre et le million et demi de poilus morts de 1914 à 1918 marquait encore terriblement les esprits de la population française et de son élite politique.

« Plus jamais ça ! » clamaient les pacifistes. La crise de 1929 et le chômage qui s'ensuivit minèrent le moral des Français, d'autant que les grandes espérances du Front Populaire de 1936 avaient été rapidement balayées par les ombres menaçantes de l'Allemagne nazie et de l'Italie fasciste.

Serif Akan savait bien que les gouvernants français étaient prêts à toutes les concessions afin d'éviter une nouvelle guerre. Depuis 1936, la République française n'avait-elle pas, en plusieurs occasions, abdiqué devant Adolf Hitler ? En mars 1936 d'abord, lorsque le Führer avait lancé ses troupes sur la Rhénanie en violation du Pacte de Locarno. En 1938 ensuite, lorsqu'il avait occupé la Tchécoslovaquie et que Daladier et Chamberlain étaient revenus triomphants de Munich.

Mais Serif Akan ne savait pas forcément que les diplomates français avaient également abandonné la République espagnole, renoncé à tenir leurs engagements à l'égard de la Syrie et du Liban en ne ratifiant jamais les traités conclus avec ces pays, reporté indéfiniment les accords Blum-Violette sur l'Algérie qui auraient pu amorcer une ouverture vers une intégration.

De petites capitulations en petites capitulations, de lâcheté en veulerie, la France avait perdu son honneur et son prestige. Comment s'étonner alors que ses diplomates aient souhaité obtenir d'Ankara un bon traité d'amitié et la neutralité turque en cas de conflagration en Europe ? Ainsi, ils offrirent dans la corbeille de mariée le Sandjak d'Alexandrette, ce territoire bien loin de Paris, une contrée peu intéressante puisqu'elle faisait partie intégrante de la Syrie.

Et puis, il est toujours plus facile de donner ce qui ne vous appartient pas…

Le commandant Akan s'était illustré en maintes occasions depuis le fameux 16 septembre 1915, ce jour où il abattit froidement Arak Dilberian dans sa cellule. Il avait gagné ses galons d'officier le pistolet à la main dans la grande aventure que constitua la guerre d'indépendance. Il s'agissait alors d'effacer l'humiliant Traité de Sèvres qui amputait l'Empire Ottoman de nombreuses provinces et réduisait la Turquie nouvelle à l'Anatolie et Constantinople.

En 1920, Serif Akan combattit à l'est, aux côtés du général Kasim Karabedir. Il s'agissait de massacrer les Arméniens qui venaient de proclamer, conformément au traité de Sèvres, leur république. L'affaire fut promptement menée.

Il faut dire qu'Akan s'était déjà fait la main cinq années auparavant…

Auprès de ce bon Karabedir, il participa également à la prise de Kars, une ville mollement défendue par les Russes.

Les affaires de l'est de l'Anatolie réglées, Akan apporta sa science de la guerre et de la mort à Ismet Pacha lors de la bataille d'Inönü et prit part à l'extermination des Grecs débarqués sur les côtes égéennes.

Ankara avait deviné que l'organisation de la vilayet d'Alexandrette – qu'on rebaptisa Iskenderun pour l'occasion – serait une affaire délicate.

Les populations de la région ne voyaient pas forcément d'un bon œil ce rattachement provoqué par la lâcheté française à une nation qui ne les avait guère épargnés par le passé. Qu'en pensaient les combattants héroïques de Musa Dagh, revenus dans leur montagne après la défaite turque de 1918, qui se retrouvaient ainsi, et à nouveau, sujets turcs ?

Pour Ankara, le commandant Akan était vraiment l'homme de la situation.

À partir de juillet 1922, à la suite du traité de Lausanne qui redonnait à la Turquie ses frontières actuelles, il supervisa les déplacements forcés de populations.

Quatre cent mille Turcs vivant en Grèce avaient alors été accueillis et un million de Grecs refoulés vers le Péloponnèse. Serif Akan avait su gérer par la matraque les problèmes douloureux rencontrés par ces familles grecques qui quittaient un pays qui était le leur en y abandonnant leurs amis, une partie de leur famille et toute leur histoire.

Lorsqu'il s'installa dans le palais du gouvernorat d'Alexandrette, le commandant Akan récupéra de nombreux documents. Il s'intéressait plus particulièrement aux longues listes d'Arméniens jadis embarqués sur ces quais pour fuir la Turquie.

Il avait suivi, à l'époque et à partir des promontoires du Taurus, le va-et-vient des grands paquebots blancs qui arboraient un pavillon tricolore et venaient récolter sur le petit port les rescapés des massacres.

Il parcourut des heures durant les registres d'émigration, d'épais volumes à la couverture cartonnée et aux pages de format in-quarto couvertes de noms et de dates calligraphiés à l'encre sépia.

Sa pugnacité fut récompensée lorsque trois éléments retinrent son attention.

Une date, le 4 mai 1924.

Un nom de bateau : l'Aquitaine.

Un nom d'immigrant : Sarkis Balyan.

Balyan ! Ainsi le fils de l'orfèvre de Constantinople avait réchappé à la déportation !

Avec ou sans le kandjar ?

Serif Akan se sentit envahi par une excitation frénétique qui le ramenait quelques années en arrière.

Pourtant, il ne sut jamais si Sarkis avait gardé le kandjar car son télex, puis le rapport détaillé sur cette affaire qu'il envoya à Ankara, restèrent lettre morte et furent simplement archivés dans le sous-sol d'un ministère.

Dans la nouvelle capitale de la république laïque, on avait, manifestement, bien d'autres chats à fouetter en ce début de guerre !

Beauduc, le lundi 23 avril

Pater appréciait la pastachoutta d'Antoine. il en avait ingurgité trois belles assiettes saupoudrées d'un demi-kilo de gruyère râpé.

Pater retrouvait l'appétit et ça faisait plaisir à voir. À Malpassé, le repas c'était pinard, pinard et pinard avec, quelquefois, une livre de cacahuètes en guise d'amuse-gueule. Ici, il picolait autant qu'à Marseille, mais en plus il mangeait. Et il parlait ! Sa volubilité étonnait Calambo et Bubble qui ne le connaissaient que comme un obèse austère puant la vinasse et zappant comme un fêlé.

— Il est bonnard, ton Pater, murmura même Lila à l'oreille du fiston.

Bubble en conçut une certaine fierté et cela l'étonna. Le vent s'était calmé et la bonne humeur régnait dans la véranda. En fait, c'était surtout « les vieux » qui mettaient l'ambiance.

Du côté des jeunes, c'était un peu la soupe de brègues.

Bubble ne supportait plus les tellines et, s'il avait renoncé à étrangler Antoine en public, il observait avec dégoût son père emplir et vider des assiettées de pâtes cuisinées avec ces épouvantables mollusques bivalves.

Kader s'inquiétait de la disparition inhabituelle de La Bêche.

Lila commençait à trouver le temps long. Son pied était toujours douloureux et son mec passait le plus clair de son temps avec un vioque venu des US. Elle se demandait bien ce que ce vieux avait bien pu raconter comme bobards car Calambo, d'ordinaire si sémillant, avait perdu tout enthousiasme.

Calambo la bouclait. Les confidences de son oncle et le récit d'Arak l'avaient marqué. Sans doute y a-t-il une espèce de honte à être heureux lorsqu'on évoque certaines misères. Il entrevoyait un autre monde, un monde inconnu et pourtant bien réel, un monde si lointain et si proche, dans une autre dimension où l'horreur était quotidienne, avec une histoire qui était quelque part la sienne, une histoire qu'il n'avait jamais soupçonnée. Il en concevait un sentiment d'impuissance, de révolte, d'inutilité et picorait dans son assiette.

Levon semblait lui aussi engourdi par la lecture du récit d'Arak, une histoire qu'il avait pourtant lue et relue mais qui lui laissait, à chaque fois, la bouche pâteuse et la morosine pour trois jours.

— Y sont pas bon, mes spaghettis ? lança plusieurs fois Antoine à la cantonade.

— Je n'en ai jamais mangé de meilleurs, même dans Little Italia, reconnut Levon en esquissant un sourire,

— Ça, c'est pas un plat de pédés ! tonna Pater qui semblait reprendre goût à la vie en se resservant pour la quatrième fois.

Antoine et Pater se remémoraient des aventures qui n'intéressaient qu'eux, des histoires d'anciens combattants. Comme Calambo leur en fit la remarque, Pater se lança dans une série de blagues, accessibles à toutes les couches de la population, dont la salacité allait en croissant avec la consommation de pinard.

À la quatrième fiole de gris de gris, l'ambiance s'était considérablement réchauffée. Bubble suivait du coin de l'œil ce père qu'il redécouvrait. Calambo tournait sa fourchette dans son assiette, figé dans ses pensées ou plutôt son absence de pensées, et écoutait sans attention les cochonneries des aînés. Lila trouvait dans les histoires pas terribles de l'obèse un motif d'oublier ses soucis. Faut dire que celui qui la choquerait n'était pas près de visiter le quartier.

Kader, oubliant un peu la disparition de La Bêche, rajouta même la sienne :

— C'est deux mecs qui discutent :

« — J'ai entendu dire que tu t'es remarié.
— Oui, c'est la quatrième fois.
— Et les précédentes ?
— Mes femmes sont mortes, toutes.
— Putain ! Et comment ?
— La première a mangé des champignons vénéneux.
— Putain ! Et la deuxième ?
— Aussi.
— Et la troisième a mangé aussi des champignons vénéneux, elle aussi ?
— Non, non, elle s'est cassé le cou.
— Un accident ?
— Non, elle n'a pas voulu manger les champignons ».

— Les histoires un peu machistes, ça fait toujours rigoler les hommes, surtout quand ils ont un coup de trop dans les narines ! lança avec acidité Lila à l'assistance masculine hilare.

Il en fallait plus pour clouer le bec de cette assemblée de phallocrates avinés.

— Ah, les gallines, on pourrait en parler pendant des heures… lança Toine avec une voix rigolarde teintée de misogynie.

Pater semblait oublier le temps.

— Ah, la putain, les jeunes. Avec Toine, des gonzesses, on peut pas dire qu'on en a manqué, pas vrai, Toine ?

Antoine évita d'entrer dans cette discussion et préféra s'inquiéter du reste de la soirée :

— Bien entendu, vous restez tous dormir ici, ce soir ! proposa-t-il.

La nuit était tombée, et repartir en empruntant les digues qui serpentaient entre les étangs n'enchantait personne. D'autant plus que l'accumulation des verres de rosé troublait quelque peu la vue des conducteurs potentiels.

— Je suis partant pour pioncer ici, déclara Pater, mais c'est pas grand chez toi. On dormira où ?

— Les jeunes, dans le bus. Ils ont l'habitude. Levon et toi, vous dormirez dans la caravane d'à côté. Y a dégun ! Les voisins, ils viennent dans leur baraque chaque fois qu'il leur tombe un œil. Et puis le mec, comme il est aussi gros que toi, tu pourras utiliser son pageot sans risquer de l'espoutir.

Pater essuya sa bouche :

— Ça me va. On débarrasse la table et on s'en fait une petite. En quinze cents ?

Levon se retourna vers Calambo :

— À moins que tu sois un accro de la contrée, j'aimerais qu'on puisse encore un peu discuter avant d'aller dormir. C'est possible ?

— *Why not ?*

Pater les interrompit :

— Que vous discutiez d'accord, mais pas ici. On a besoin

de concentration pour la belote. Qui joue aux cartes ?

Et comme il n'y avait pas de candidat dans les rangs de la jeunesse, Pater déclara sur un ton péremptoire :

— Bon, compris. On se fait une découverte, comme au bon vieux temps du Bar des Hirondelles, Toine ?

— Ouais, en quinze cents.

Avant de prendre place en face de son futur adversaire, Antoine déclencha son radiocassettes. Frank Alamo assurerait la musique d'ambiance :

« Tenant d'une main ta petite glace ronde
Tu plisses ton front enfantin
Et de l'air le plus sérieux du monde
Tu dessines en un tour de main
Un œil de…
Biche, ô ma biche
Lorsque tu soulignes
Au crayon noir tes jolis yeux
Biche, ô ma biche
Moi je m'imagine
Que ce sont deux papillons bleus… »

Levon et Calambo venaient de sortir et Pater déposa avec précaution les quatre premières cartes de son adversaire. Bubble suivait d'un air détaché la partie et Lila s'attelait à repasser une nouvelle couche de vernis violine sur ses ongles longs et fins. Kader avait repris le France-Football qui expliquait pourquoi Platini, le stratège, avait raté son péno contre le Brésil lors de la Coupe du Monde de 86 et comment Fernandez, qui avait les pieds aussi carrés que la ganache, l'avait, lui, réussi. Les journaleux ont toujours des explications à tout !

Lorsque Levon prit la direction de la plage avec Calambo, Isker et Yaga se courbèrent derrière une clôture. Ils épiaient la maison – maison est peut-être un bien grand mot… – d'Antoine depuis une bonne demi-heure.

Ils n'avaient pas perdu un mot de la conversation, ce qui n'était pas très difficile car le volume sonore augmentait proportionnellement au nombre de bouteilles de Listel vidées. Le repas avait été bien arrosé, les inquiets et les tristounets semblaient s'être refait une santé et cette insouciance leur faciliterait le travail.

Isker avait également noté que la petite troupe se répartirait pour la nuit entre trois lieux voisins mais distincts : la maison d'Antoine, le bus orange et une baraque voisine.

Calambo et Levon s'éloignaient sur la plage. On distinguait leurs ombres noires qui se découpaient sur le fond d'argent des flots.

Isker fit mine à Yaga de se replier vers leur abri provisoire où Erkan et l'orang-outan jouaient au jacquet en s'encagnant et en frappant les pions sur la tablette de bois.

Pour Isker, l'heure de vérité approchait.

Il s'agissait de bien préparer l'attaque…

La nuit était fraîche.

— Mais pas désagréable… avoua Levon en relevant le col de son polo.

L'Amerlo, sans doute marqué par le mistral glacial qui l'avait accueilli sur la Canebière, appréciait la relative clémence de la température.

— Ton histoire d'Arak, c'est intéressant mais ça vient faire quoi dans ta visite ? T'es quand même pas venu spécialement des US rien que pour me raconter ça ?

Levon sourit :

— Bien sûr que non, mais il te fallait connaître le contexte.

— Ça, c'est réussi. Tu parles d'un contexte ! Tu m'as refilé la morosine pour une semaine.

— Donc, si je reprends mon récit, Sarkis est arrivé en France en 1924. Il avait alors dix-huit ans. Sa sœur Gaënée n'a survécu qu'un an et demi à Marseille. Les épreuves et les privations l'avaient rendue fragile et elle est morte d'une grippe toute bête. Ça semble un peu idiot de mourir d'une grippe quand tu es passé au travers de tant d'épreuves, non ? Mais c'est la vie…

Le ciel était violet et les étoiles semblaient toutes proches. On apercevait au loin des squelettes de « chèvres », ces pyramides semblables à des derricks qui faisaient jadis office de bouées de signalisation en avant des phares.

Le bruit des vagues qui remontaient sur la plage emplissait timidement le silence de la nuit. Parfois le cri strident d'un oiseau perçait le chuchotement de la mer. Levon observait la voûte céleste. Ici, sur cette Terre, l'histoire des hommes se déroulait dans le sang et les larmes mais les étoiles là-haut s'en foutaient. Elles brillaient déjà ainsi il y a deux mille ans, il y a quatre mille ans, il y a dix mille ans, il y a cent mille ans. Le même spectacle céleste s'offrait à la vue des peuplades d'alors : la Grande Ourse, la Petite Ourse, l'Étoile Polaire et les autres.

— Regarde donc la Grande Ourse. Sais-tu que les Gaulois y voyaient un sanglier, les Égyptiens un hippopotame, les Vikings un char, les Sioux un putois. Mais la Grande Ourse, elle, elle s'en fiche. Elle est là depuis si longtemps !

Quelle était l'importance d'une pauvre vie d'homme comparée à cette immensité ?

Cela rappela à Levon quatre vers de Rimbaud qu'il récita à voix basse :

« Mon unique culotte avait un large trou.
Petit poucet rêveur, j'égrenais dans ma course
Des rimes. Mon auberge était à la Grande Ourse.
Mes étoiles au ciel avaient un doux frou-frou. »

Calambo tira Levon de sa rêverie :

— Je découvre ma famille. OK, c'est bien. Mais à part toi, ils sont tous morts ! Et je comprends pas que l'arrivée de ton père à Marseille en 1924 puisse provoquer, près de quatre-vingts ans plus tard, les emmerdements que j'ai connus ces jours-ci.

Levon répondit :

— Normal, je n'ai pas fini de te raconter mon histoire. Retiens simplement que Sarkis est arrivé à Marseille avec ses petits galets, sa fiole de terre et son poignard. Il n'en parlait jamais à personne.

Levon sortit un paquet de Marlboro de sa poche et le tendit à Calambo :

— Tu veux un clope ?

Il refusa d'un signe de tête. Levon alluma sa cigarette. C'était la première fois qu'il fumait depuis son arrivée à Beauduc.

— Tu sais, je ne fume guère mais celle-là me fait du bien. En fait, c'est le poignard que mon père a ramené qui est la cause de tes engambis.

— Le poignard ? C'est une blague ?

— Hélas non. Le boss du Croissant Noir – le parrain de la mafia turque si tu veux – un certain Mustafa Yilmaz veut récupérer cet objet. À n'importe quel prix.

— Comment tu sais tout ça ? Il habite pas à New York, ce Mustafa ?

— Il vit à Istanbul. Mais j'ai des antennes un peu partout, reconnut Levon en prenant un air mystérieux.

— Des antennes ?

Levon éclata de rire :

— Non, pas vraiment. Je ne traficote pas avec la CIA. C'est un peu une coïncidence mais la vie n'est-elle pas faite de coïncidences ? Plus je vieillis et plus je me persuade que le hasard fait les trois quarts de la besogne de ce misérable univers. À New York, je suis un homme connu et j'ai pas mal de relations. Des stars, des hommes politiques, des industriels. Un de mes amis, qui occupe un emploi important à l'ambassade américaine d'Ankara, m'a confié récemment que le Croissant Noir recherchait Sarkis Balyan ou ses descendants à Marseille. C'est le nom – Balyan, comme moi – qui a fait tilt dans son cerveau, alors il m'en a parlé.

— Et ils recherchent Sarkis pour le poignard ?

— Eh oui, pour un poignard ! Mais ce poignard est exceptionnel, il est en or et serti de très grosses pierres précieuses. C'est le véritable kandjar de Topkapi.

— Topkapi ?

Décidément Calambo avait tout à découvrir ! Levon raconta Topkapi, un palais regorgeant de richesses fabuleuses accumulées au cours des siècles par les sultans de l'Empire Ottoman.

— Le kandjar est la pièce maîtresse de ce musée. Des millions de visiteurs viennent chaque année pour le voir quelques secondes. Il a même inspiré Jules Dassin qui en a tiré un film, intitulé justement « Topkapi ».

— Je t'arrête. Je pige plus que dalle. Le poignard, il est à Topkapi ou quelque part à Marseille ?

— Ça, je n'en sais rien ! Je sais simplement que le poignard de Topkapi n'est vraisemblablement qu'une copie du véritable, de celui que Sarkis emporta au soir du 24 avril 1915. Lorsque les Turcs comprirent que la perle du palais avait été dérobée, ils lancèrent un gars sur les traces de mon père. Serif Akan, il s'appelait. Mais jamais ce Serif n'a pu mettre la main sur Sarkis qui a ramené le poignard à Marseille sans véritablement en connaître la vraie valeur. Pour lui, c'était surtout le souvenir d'un jour douloureux. Talaat Pacha a fait remplacer le véritable poignard par une vulgaire copie et l'a placée derrière une vitre épaisse. Et c'est devant cette copie que les rombières du monde entier s'extasient depuis quatre-vingt-cinq ans !

— Attends, y a un truc que je pige pas. Pourquoi tant d'années après, les Turcs repartent à la chasse au poignard ?

— D'abord, ce n'est pas le gouvernement turc mais le Croissant Noir qui s'intéresse à cet objet. Tu penses bien que Topkapi, qui exhibe depuis tout ce temps une copie qui satisfait totalement les touristes, n'était que moyennement intéressé par une récupération qui aurait demandé énormément d'efforts pour un résultat aléatoire. De plus, les ministères turcs concernés ne sont certainement pas au courant de cette histoire et ne souhaiteraient pas que l'affaire soit ébruitée. Ça ferait un tel scandale ! Par contre, pour notre ami Yilmaz, c'est très différent.

Levon raconta l'attirance que le parrain éprouvait pour les objets précieux, les possibilités et les ramifications de son immense organisation souterraine, les portes qui s'ouvraient devant lui dans les plus hautes sphères du gouvernement.

— Yilmaz a eu vent de cette histoire lorsque les ministères ont fouillé leurs archives à Ankara à la suite de la reconnaissance du génocide par la France. Un de ses sbires lui a remis le dossier original de Serif Akan. C'est pourquoi je ne suis pas certain que le gouvernement d'Ankara connaisse aussi bien que Mustafa Yilmaz l'affaire du kandjar.

Calambo réfléchissait. La clarté de la lune ourlait d'argent l'écume des vagues qui mouraient sur le sable.

— Si je te suis bien, à part Yilmaz et toi, il n'y a personne qui est au courant ?

— Nous sommes plus de deux, évidemment, répondit en souriant Levon, sinon cela signifierait que je tire mes infos directement de Yilmaz !

— Évidemment.

— En fait, compte donc sur les doigts de ta main : Yilmaz, son informateur (celui qui a découvert le dossier dans les archives du ministère), mon informateur de l'ambassade américaine, toi et moi.

— Et les gars qui me poursuivent… ajouta Calambo.

— Penses-tu ! Ce sont des exécutants, des tueurs du Croissant Noir tout au plus. Ils savent ce qu'ils recherchent mais ne connaissent pas l'histoire. En fait, ces gars ont travaillé comme des fourmis, utilisant leurs relations pour remonter jusqu'à toi. Mais ce sont des tueurs très dangereux.

— Mais moi, ce poignard, je ne l'ai jamais vu !

— Je te rassure, moi non plus ! Mais on doit le trouver. Et avant eux. Avant qu'ils ne nous réduisent en bouillie !

L'air parut soudain plus frais et Calambo frissonna machinalement.

Marseille, en décembre 1939

« Le bonheur, c'est peut-être tout simple » pensait Sarkis chaque fois qu'ils s'attablaient tous les six dans la grande cuisine de la maison de la rue d'Alexandrie.

Il avait trouvé ses marques dans ce quartier populaire de la Madrague-Ville, sans doute parce que de nombreux Arméniens vivaient dans les alentours immédiats. On se regroupait à chaque occasion, on parlait la langue, on maintenait les coutumes, on évoquait le pays mais rarement les massacres. En tout cas, jamais devant les enfants.

Sarkis s'était plongé dans Marseille avec cette furieuse envie de vivre, animé par cette frénésie qui submerge souvent ceux qui ont côtoyé la mort. Il s'était fondu dans cette ville et y avait mûri, en accompagnant toutes ses évolutions. Il avait largement commenté – comme les vieux Marseillais persifleurs – le comblement du canal de la douane, l'inauguration du grand escalier de la gare, l'assassinat du roi Alexandre de Yougoslavie sur la Canebière, l'érection du stade vélodrome et, plus récemment, l'incendie des Nouvelles Galeries.

Et puis il y avait la vie à Marseille.

Marseille, la ville vilipendée, la ville qui fut un temps sans nom. Marseille la plébéienne, Marseille la rebelle, Marseille la mal-famée, Marseille la pouilleuse, Marseille-Chicago, mais Marseille qu'on aimait, avec ses matelots enragués, ses filles de joie arpentant les ruelles du port, avec son verbe et ses accents du bout du monde.

Ici, tout était couleurs et odeurs.

Couleurs des tomates, qu'on appelait joliment « pommes d'amour », des oranges ou des citrons, parfums entêtants de cannelle, de goudron, d'algues et d'épices, arôme du café qu'on torréfie et du romarin ramené des garrigues. Marseille, avec sa foule grouillante, le passage des troupes coloniales, les grooms du Grand Hôtel de Noailles galopant sur la Canebière, les néons racoleurs, les terrasses des bistrots où l'on parlait trop fort, le mistral qu'on maudissait.

Sarkis savait aussi que l'opulence du langage et des scènes de la rue dissimulaient mal les meetings tumultueux, les élections truquées, les magouilles des politiciens maqués avec les voyous. Mais la vie était là, des bistrots au Vélodrome et de l'Alcazar à la Bonne Mère.

Sa vie à lui était désormais à Marseille et nulle part ailleurs.

Ohannes venait d'avoir quatorze ans, Garabed treize ans, Levon dix ans et Mariam huit ans. Tout ce petit monde s'excitait sous le regard débonnaire de Sarkis tandis que sa femme Ani apportait des monceaux de keuftés que les jeunes ogres dévoraient.

Oui, pour Sarkis, le bonheur, ce n'était ni les strass du cinéma d'Hollywood, ni la côte d'Azur, ni même les belles villas du parc Talabot, au-dessus du Prado et de la Corniche, mais cette cuisine qui bruissait des chuchotements, des rires, des disputes.

Le bonheur, ça tient souvent à si peu de choses…

La traversée de l'Anatolie, Constantinople, Alexandrette, Alep, Ourfa étaient des images, des relents, des cris enfouis au fond de sa mémoire. Il n'en parlait jamais – ou parfois à demi-mot avec son voisin Aroutioun – mais ses nuits étaient peuplées de fantômes.

Il n'en parlait jamais, sans doute parce que le souvenir du bonheur n'est plus du bonheur mais le souvenir de la douleur est de la douleur encore.

Les souvenirs étaient vifs – et donc douloureux – dans la mémoire de tous ceux qui étaient arrivés à Marseille dans les années vingt.

Quelle ville, Marseille !

Sarkis se rappellerait toujours de son arrivée dans cette vaste baie.

Tous les immigrants se pressaient et s'agglutinaient contre les rambardes du pont de « l'Aquitaine ». Les reliefs cernant la cité ressemblaient un peu aux contreforts du Taurus mais un vent infernal et glacial soufflait sur la ville. Le mistral.

Le ciel était d'un bleu absolu et, sur une colline, une basilique, avec sa vierge dorée, semblait les accueillir et les protéger.

Mais ils n'avaient pas débarqué immédiatement. Ils avaient dû faire une halte sur l'archipel du Frioul. En principe, les immigrés arméniens devaient y rester trois jours afin d'y être vaccinés et désinfectés. Les passagers de « l'Aquitaine » eurent droit à un épouillage sommaire, une douche et des vêtements propres.

Ils étaient enfin descendus avec leurs maigres balluchons sur le quai de la Joliette et avaient longtemps poireauté là, en plein vent, en attendant une décision administrative.

Des femmes joviales à la voix forte leur avaient apporté du pain et de l'eau. L'une d'entre elles, toute de noir vêtue et plus âgée que les autres, aborda Sarkis en lui tendant un morceau de fromage sec : « Mange-moi ça avec ton quignon, gari. C'est pas grand-chose mais ça te fera du bien ! ».

Alors, il partagea le fromage avec Missak qu'il ne quittait plus.

C'est sur le pont de « l'Aquitaine » que Sarkis Balyan rencontra Missak Manouchian.

Missak avait le même âge que lui. Il était fils de paysans et originaire du petit village d'Adyaman. Il avait huit ans lorsque son père fut massacré par des militaires turcs. Sa mère mourut d'une maladie aggravée par la famine qui frappait alors la population arménienne. Missak fut recueilli comme des centaines d'autres orphelins par une institution chrétienne, après avoir été hébergé dans une famille kurde. Un scénario connu. Missak gardait en lui le souvenir douloureux du martyre arménien mais aussi de la gentillesse des familles kurdes, et cela le rapprochait de tous les persécutés.

Témoin de ces atrocités et de nature renfermée, Missak devint encore plus taciturne et cherchait à exprimer ses états d'âme dans des vers qui enchantaient Sarkis :

« Un charmant petit enfant
A songé toute une nuit durant
Qu'il fera à l'aube pourpre et douce
Des bouquets de roses. »

Sarkis et Missak avaient bien trop de points communs pour ne pas devenir amis. De plus, Sarkis aimait bien les poètes et les écrivains. Sans doute à cause du souvenir d'Arak. S'il ne ramenait que bien peu de choses dans son petit balluchon, le cahier d'Arak avec le récit de la traversée de l'Anatolie ne le quittait plus. Il y relisait souvent le poème de Varoujan. Ses vers le fascinaient car ils évoquaient des mystères langoureux encore inconnus.

C'est sur le paquebot français qu'il rencontra également Aroutioun, un ami de son père Marouk.

Aroutioun était bijoutier à Constantinople et possédait une boutique proche de celle de Marouk Balyan. Il avait survécu à la déportation et gagnait la France avec sa femme et son fils de dix mois. Aroutioun avait quarante-quatre ans et il s'était marié juste avant de quitter la Cilicie avec Evguinée, une jeune fille de dix-sept ans à peine. Sarkis regardait avec une admiration teintée d'envie Evguinée. Elle avait pratiquement le même âge que lui, ses longs cheveux noirs retombaient en cascade sur ses épaules et, surtout, elle possédait un extraordinaire regard doré. Aroutioun l'appelait affectueusement avec une fierté non dissimulée « mon Arménienne aux yeux d'or ».

Ils étaient tous sur le port de Marseille, serrés à l'abri du vent violent qui balayait les quais. Des fonctionnaires indélicats avaient retenu certains passeports et exigeaient trente francs pour les rendre à leurs propriétaires.

Un certificat Nansen était délivré à chacun des nouveaux arrivants. Il portait la mention « sans possibilité de retour ».

Il avait suffi d'un petit coup de tampon et d'une carte pour franchir les grilles. Alors, la ville s'était déployée.

Naturellement.

Parce que Marseille s'ouvrait depuis des siècles sur les hommes venus d'ailleurs. Pour mieux s'en imprégner. Pour s'en enrichir aussi sans doute. Mais cela ne se faisait pas sans souffrance : le lugubre enclos Milliard, construit de bric et de broc et coincé dans les rues qui dessinaient un H donnant sur l'avenue Pelletan, recueillait les Annamites, les Africains, les anarchistes espagnols et les opposants algériens. Les Russes étaient parqués dans les alentours de la gare.

Ils furent surpris par le nombre important de véhicules dans la ville où les charrettes côtoyaient les automobiles dans un brouhaha indescriptible.

Marseille était un tourbillon. Tous les continents étaient ici en transit. Quelques Somaliens ou Comoriens attendaient patiemment depuis des jours sur les bancs de la place Gélu, face au port, un navire qui les embarquerait vers l'Afrique orientale contre du boulot. On proposait du haschich venu d'Asie du sud-est dans les estaminets insalubres du quartier de l'Hôtel-Dieu, les marins de toutes les couleurs s'accrochaient comme des grappes devant les hôtels miteux, en attendant que des putes qui auraient pu être leur mère soient enfin libres pour trois sous de plaisir, les commandants de bord traficotaient avec des mecs en costard dans les brasseries de la Canebière, on courait de navire en navire, d'Asie en Amérique, d'Afrique en Océanie et tout passait par Marseille.

Sarkis, Aroutioun et Missak ne se quittèrent plus. Le camp de réfugiés du boulevard Oddo fut leur premier refuge marseillais.

La première arrivée massive d'Arméniens fuyant le génocide date de 1922.

Le « Tourville » débarqua alors quatre cents réfugiés d'un coup, alors que les arrivées avaient été jusque-là confidentielles. La délégation de la république arménienne, créée suite au Traité de Sèvres, aidait les immigrés à se loger provisoirement.

On rechercha les campements militaires désaffectés susceptibles d'abriter ces familles et on se tourna vers ceux qu'on avait mis en place durant la guerre. Les quatre cents réfugiés du Tourville furent abrités au camp Mirabeau, un ensemble de baraquements destinés à la main-d'œuvre coloniale durant la guerre.

D'autres lieux furent ensuite dégagés : le camp Victor Hugo, proche de la gare Saint-Charles et le camp Oddo.

Le camp Oddo occupait un terrain concédé au ministère de la guerre par la compagnie de chemin de fer PLM. Il était constitué d'une quarantaine de baraquements en bois, des abris précaires contre les intempéries car les toits prenaient l'eau et il fallait déployer des bâches goudronnées dès que l'orage éclatait.

En septembre 1923, le camp Oddo abritait sept cent quatre-vingts réfugiés et atteignait la limite du tolérable. Quinze jours plus tard, au début d'octobre, on comptait mille deux cents personnes et deux mois plus tard, le 26 novembre, plus de deux mille trois cents personnes.

Lorsque Sarkis, Aroutioun et Missak arrivèrent, en 1924, trois mille Arméniens vivaient dans le camp.

C'était un habitat délabré, insalubre, à la limite du bidonville. Malgré cela, on y était en sécurité. Sarkis cacha le poignard sous sa paillasse. Le camp assurait le lit, la nourriture et constituait un abri contre l'hostilité du milieu extérieur qui recevait mal cette masse de nouveaux arrivants.

Ici, on était habitué au va-et-vient de toutes les foules du monde. Sur la Canebière, on pouvait être noir, jaune, rouge ou vert : cela n'étonnait personne. Mais lorsque dans la seule journée du 27 octobre 1923, deux mille cents Arméniens débarquèrent sur le port – le record date cependant du 22 décembre 1923 avec onze mille immigrants dont six mille restèrent à Marseille – les vieux fantômes ressurgirent.

Les bonnes âmes qui nous gouvernaient, toujours soucieuses du bien-être de leurs électeurs, suggérèrent de diriger toute cette populace vers le Maroc, une colonie qui n'était pas entièrement pacifiée. Pour les bourgeois de Marseille (et d'ailleurs), quelques immigrés, c'est bien, ça fournit une main-d'œuvre bon marché, taillable et corvéable à souhait, mais des milliers… Faut quand même pas exagérer !

On assista donc, comme toujours dans de telles circonstances, à l'inévitable réveil des fantasmes xénophobes et des inquiétudes. Ainsi, dans une lettre non publiée et qui n'ajoute rien à sa gloire, Siméon Flaissières, le maire de Marseille, écrivit au Préfet : « 40 000 sont en route vers la France, ce qui veut dire que la variole, le typhus et la peste se dirigent vers nous ».

Dans le camp, la solidarité était de mise, l'ordre était assuré par les Arméniens eux-mêmes, un médecin visitait simplement le camp deux fois par semaine et distribuait quelques médicaments.

La scolarité était obligatoire et gratuite, et deux institutrices avaient été détachées à Oddo pour cela.

Sarkis épousa Ani en 1924. Ani n'était pas le véritable prénom de la fille aux yeux bleus, une orpheline qui dormait dans leur baraquement du camp et qui avait échoué, elle aussi, à Marseille. Ani était simplement le nom de son lieu de naissance qu'un employé inculte avait confondu avec un prénom. C'était naturel, il y avait des Annie en France. Et puis Ani ou un autre prénom…

Chaque baraquement abritait alors dix à quinze familles, soit environ quatre-vingts personnes. Ani n'avait que seize ans et Sarkis dix-huit.

Sarkis apprit la menuiserie et s'adonna avec Missak à des métiers de circonstance. Des pisteurs faisaient miroiter du travail et une maison aux immigrants du camp, et les entreprises locales profitaient de cette main-d'œuvre bon marché.

Sarkis travailla dans une entreprise voisine du quartier du Canet. Il quittait tous les matins le camp pour s'y rendre à vélo.

Aroutioun, qui était le plus âgé, vogua aussi de petits jobs en petits jobs jusqu'au moment où il put se fixer dans une minuscule bijouterie de la rue de Lyon.

Missak quitta Marseille pour Paris et ils le perdirent un peu de vue. On s'écrivait, bien sûr, mais chacun avait ses propres occupations.

La décision d'évacuer le camp avait été prise dès l'automne 1924, mais personne n'avait eu le courage de la faire exécuter. Elle suscitait une forte résistance des Arméniens et tous les subterfuges étaient bons pour échapper au départ.

En avril 1926, le nombre de baraquements concédés fut réduit. Le camp comprenait alors mille quatre cent trente personnes dont plus de cinq cents enfants, cent trente vieillards, infirmes ou impotents, et une soixantaine de malades.

Sarkis décida alors de s'installer dans le quartier de la Madrague-Ville, à côté de la maison qu'avait louée Aroutioun. Il travaillait dur la journée, mais sa récompense était de retrouver sa famille le soir, une famille qui s'agrandissait d'année en année. Ohannes, Garabed, Levon et enfin Mariam apportèrent le chahut et la joie dans la maisonnette de la rue d'Alexandrie.

Sarkis cacha alors le poignard sous une pile de draps, dans sa chambre.

Dans ses lettres, Missak racontait à Sarkis qu'il consacrait ses journées de chômage aux études et qu'il fréquentait les universités ouvrières créées par la CGT. Il était toujours passionné par la poésie. Devenu journaliste, il fonda même deux revues littéraires, *Tchank*[17] puis *Machagouyt*[18], côtoyant

(17) Effort en arménien
(18) Culture en arménien

ainsi des poètes, des écrivains ou des artistes.

Missak rejoignit le Parti communiste dès 1934 et intégra le groupe arménien de la MOI (Main d'Œuvre Immigrée). Trois ans plus tard, il prit la tête du Comité de secours à l'Arménie et de la rédaction de son journal, *Zangou*[19].

De nombreux Arméniens débarquèrent à Marseille entre 1920 et 1928. On estime leur nombre à soixante mille. Vingt mille Grecs, chassés par Atatürk, les rejoignirent. Beaucoup ne faisaient que passer puisqu'en 1930, il restait vingt et un mille Arméniens et trois mille Grecs dans le département. Beaucoup étaient repartis plus loin, vers les États-Unis principalement.

Quatorze mille Arméniens s'installèrent à Marseille. Les autres formèrent des colonies importantes proches de la cité phocéenne, à Gardanne ou La Ciotat, ou plus lointaines, à Lyon, à Saint-Etienne ou dans l'Isère.

Noël 1939 approchait.

Le premier Noël depuis la déclaration de guerre de septembre. Levon et Mariam trépignaient. Ohannes et Garabed étaient en âge de gagner quatre sous. Ils traînaient sur le port à la recherche de petits jobs.

Sarkis avait montré le poignard à Ohannes – c'était normal puisqu'il était son aîné – et il s'était promis d'en parler un de ces jours à Aroutioun. Le poignard était magnifique avec ses énormes pierres vertes. On aurait dit des émeraudes et Aroutioun pourrait sans doute lui en dire plus.

Sarkis écoutait la TSF avec un zeste d'inquiétude. Souvent ce même Aroutioun le rejoignait pour l'occasion. N'était-il pas logique de s'inquiéter puisqu'ils vivaient dans un pays en guerre ? Enfin, c'était une façon de parler, parce que la guerre n'était guère apparente. Depuis trois

(19) Nom d'un fleuve d'Arménie

mois, on appelait ça avec un air moqueur la « drôle de guerre » : chacun restait sur ses positions et ça pouvait durer des années.

Mais Sarkis n'aimait pas ça.

Au-delà des combats, les guerres sont toujours perverses. Il se souvenait que celle de 14 avait été un excellent prétexte pour l'extermination des Arméniens.

En temps de guerre, les gens sont prêts à croire n'importe quoi et à suivre n'importe qui…

Marseille, dix ans plus tard, en décembre 1949

« Le bonheur, c'est peut-être tout simple » pensait jadis Sarkis lorsque toute la famille était réunie autour de la table.

Mais tout ça, c'était avant la guerre. Dix ans auparavant.

Et les guerres apportaient le malheur.

La paix revenue, jamais plus les fêtes n'avaient la même saveur.

Aujourd'hui, ils n'étaient plus que trois dans la grande cuisine de la maison de la rue d'Alexandrie

Mariam apporta les *bamyas* à la viande de mouton. Elle venait tout juste de les arroser d'un jus de citron.

Sarkis se servit et tendit le plat à Levon. Le père était préoccupé :

— Tu vas quand même pas partir, Levon ?

Le fils soupira :

— Venez avec moi… Vous n'avez plus rien à faire ici…

Mariam baissait les yeux, comme si la conversation ne

concernait que les hommes.

— Plus rien à faire ! C'est à voir, tous mes amis sont ici, ta pauvre mère est enterrée ici. J'y ai mes habitudes. Je suis trop vieux pour repartir maintenant…

— Arrête tes conneries. Trop vieux à quarante-trois ans !

— Trop vieux, je te dis…

Sarkis ne pouvait pas expliquer que les années passées à courir l'Anatolie afin d'échapper aux massacres avaient été des siècles. Il était las, usé, fatigué. Dans le quartier de la Madrague-Ville, il avait maintenant son boulot, son bistrot, ses voisins, des gens – comme Aroutioun – qui avaient vécu et souffert comme lui. Tous se comprenaient. Il ne quitterait plus jamais Marseille et Levon, le seul fils qui lui restait, voulait filer en Amérique !

En Amérique !

Encore une de ces idées modernes que le cinéma et la radio ancraient dans la tête des jeunes. On disait que tout était mieux là-bas et il y avait des couillons pour le croire !

Le problème de Sarkis, aujourd'hui, était simple : un de ces couillons était son propre fils…

Ohannes n'eut jamais l'occasion de parler du poignard ramené par son père à Aroutioun. Il mourut au matin du 21 février 1944, fusillé par les nazis au mont Valérien, avec vingt-deux de ses camarades.

Onze ans plus tard, Aragon popularisa la mort de ces « parias ».

« Tout avait la couleur uniforme du givre
À la fin février pour vos derniers moments
Et c'est alors que l'un de vous dit calmement
« Bonheur à tous, bonheur à ceux qui vont survivre
Je meurs sans haine en moi pour le peuple allemand. »

Les vingt-trois résistants de la MOI étaient Arméniens, Polonais, Hongrois, Espagnols ou Italiens. Le groupe était dirigé par Missak Manouchian.

Missak ! Le compagnon de route de Sarkis sur les routes de l'exil. Celui-là même qui avait débarqué avec lui sur les quais de la Joliette un matin de 1924.

Ohannes avait rejoint Missak à Paris en novembre 1942, lorsque les Allemands envahirent la zone sud. Il voulait « faire quelque chose » contre le nazisme, à l'instar des défenseurs de Musa Dagh qui s'étaient jadis dressés face aux troupes de Talaat.

En août 1943, Missak prit la tête des Francs-Tireurs et Partisans de la MOI parisienne et Ohannes le suivit, participant aux activités du groupe qui réalisait en moyenne une opération armée tous les deux jours. Attentats, sabotages, déraillements de trains, poses de bombes étaient le lot quotidien de ces galavards.

Leur grand coup d'éclat eut lieu le 28 septembre, dans le seizième arrondissement de Paris, lorsqu'ils abattirent le général SS Julius Ritter, ami du Führer et responsable du Service du Travail Obligatoire en France.

Les Allemands, fous de rage, déployèrent d'énormes moyens afin de les capturer. Le 16 novembre, Missak fut arrêté à Evry, sur les bords de la Seine et tout le groupe tomba à l'automne 43.

Les nazis, croyant dénigrer la Résistance en stigmatisant la MOI, choisirent délibérément vingt-trois personnes parmi les soixante-six résistants de toutes nationalités appréhendés et organisèrent une caricature de procès à grand spectacle. Les murs de France se couvrirent alors d'une étonnante affiche qui les désignait comme des criminels : l'Affiche Rouge. La propagande allemande voulait montrer que ces hommes n'étaient pas des libérateurs mais bien des criminels et des terroristes.

Sarkis resta longtemps marqué par le placard dont la couleur rappelait le sang. Il n'y avait reconnu ni Ohannes, ni Missak car les dix visages présentés dans des médaillons cerclés de noir et répartis symétriquement étaient mal rasés. Sous chacun d'eux, on pouvait lire un nom à consonance étrangère. Bien entendu, aucun des Français du groupe n'y figurait. Missak y était qualifié de « chef de bande ».

« Vous aviez vos portraits sur les murs de nos villes
Noirs de barbe et de nuit, hirsutes, menaçants,
L'affiche qui semblait une tache de sang,
Parce qu'à prononcer vos noms sont difficiles,
Y cherchait un effet de peur sur les passants. »

« L'armée du crime ! » proclamait l'affiche.

Des tracts de même composition furent imprimés. On y avait rajouté au verso : *« Si des Français volent, sabotent et tuent, ce sont toujours des étrangers qui les commandent ; ce sont toujours des chômeurs et des criminels professionnels qui exécutent ; ce sont toujours des Juifs qui les inspirent. »*

« En temps de guerre, les gens sont prêts à croire n'importe quoi », répétait toujours Sarkis.

Garabed avait, lui aussi, disparu depuis deux ans et demi.

Le jeune homme avait suivi les traces de son frère dans la Résistance mais il avait eu plus de chance que son aîné. Il avait participé à la libération de sa ville, Marseille, en bloquant avec ses camarades des FFI la garnison allemande dans quelques points d'appui. Grâce à eux, De Lattre avait pu entamer sa marche triomphale. Les réseaux ferrés avaient été totalement désorganisés par les FFI et Garabed avait combattu – avec des guérilleros espagnols – à la Madeleine, dans le Gard, empêchant ainsi les unités allemandes de rejoindre la vallée du Rhône pour chercher la route du Nord.

La guerre terminée, Staline avait organisé le rapatriement vers l'Arménie soviétique des Arméniens de la diaspora. Même s'ils n'étaient pas tous communistes, l'Arménie restait à leurs yeux la dernière parcelle de « mère patrie », le seul territoire où l'arménité continuait de subsister.

Garabed répondit avec enthousiasme à l'appel des Soviétiques : il fallait rebâtir une Arménie, un pays de liberté, de paix et de prospérité, un pays où tous les hommes seraient enfin libres et égaux.

En 1946 et 1947, ils furent cent cinquante mille à suivre son exemple. Mais rapidement le flot se tarit. Les premiers arrivants, déçus, dissuadaient le reste de leurs familles de les rejoindre [20].

À partir de mars 1947, Garabed ne donna plus signe de vie. Missir, le fils d'Aroutioun, qui avait choisi lui aussi l'aventure soviétique, raconta dans une de ses lettres d'Erevan que la police de Beria avait interpellé Garabed. On lui reprochait ses prises de position déviationnistes et on l'avait transféré dans un camp du nord du pays.

Béria et Staline n'aimaient guère les « rebelles » et Garabed ne revint jamais.

Ni à Marseille. Ni même à Erevan.

Sarkis n'avait conservé que quelques photos jaunies de

(20) Il faudra attendre le XXe congrès du Parti communiste de l'Union soviétique en 1956 pour que ces rapatriés soient autorisés à repartir vers les lieux de leur diaspora d'origine.

ses fils et de sa femme Ani qu'une maladie avait emportée au début de l'année. Les médecins avaient diagnostiqué une mauvaise grippe mais Sarkis l'avait vue dépérir depuis l'apparition de l'affiche rouge. Puis la disparition de Garabed l'avait minée.

Sarkis conservait aussi quelques documents. Des lettres d'Ohannes, des lettres qui ressemblaient à celles que ses camarades du groupe MOI écrivirent le jour de leur exécution. Leurs dernières lettres.

Sarkis connaissait toutes ces phrases par cœur.

Celle de Missak à sa femme :

« Nous allons être fusillés cet après-midi à 15 heures. Cela m'arrive comme un accident dans ma vie, je n'y crois pas mais pourtant je sais que je ne te verrai plus jamais.
Que puis-je t'écrire ?
Tout est confus en moi et bien clair en même temps.
Je m'étais engagé dans l'Armée de Libération en soldat volontaire et je meurs à deux doigts de la Victoire et du but. Bonheur à ceux qui vont nous survivre et goûter la douceur de la Liberté et de la Paix de demain. Je suis sûr que le peuple français et tous les combattants de la Liberté sauront honorer notre mémoire dignement. Au moment de mourir, je proclame que je n'ai aucune haine contre le peuple allemand et contre qui que ce soit, chacun aura ce qu'il mérite comme châtiment et comme récompense.
Le peuple allemand et tous les autres peuples vivront en paix et en fraternité après la guerre qui ne durera plus longtemps. Bonheur à tous…
Je meurs en soldat régulier de l'armée française de la libération… Adieu.
Ton ami, ton camarade, ton mari ».

Celle de Spartaco Fontano à sa mère et sa sœur :

« Ma Chère Maman,
De tous et toutes, je sais que ce sera toi qui souffriras le plus, et c'est vers toi qu'ira ma dernière pensée. Il ne faut en vouloir à personne de ma mort, car j'ai moi-même choisi mon destin.
Que puis-je t'écrire, car quoique j'aie l'esprit clair, je ne trouve pas mes mots. Je m'étais engagé dans l'Armée de Libération et je meurs quand la victoire éclate, c'était mon destin. Je vais être fusillé tout à l'heure. Après la guerre tu pourras faire valoir tes droits de pension. La prison te fera parvenir mes affaires personnelles, je garde le maillot de Papa pour que le froid ne me fasse pas trembler.
Ma chère Sœur, il ne faut pas trop penser à moi, ne sois pas triste et ma mort ne doit pas t'empêcher de faire ta vie, marie-toi à un bon gars, et à tes enfants, tu leur parleras de cet oncle qu'ils n'ont pas connu.
Mon cher Papa, il faut que tu sois fort, d'ailleurs il est impossible que l'homme et la femme qui m'ont mis au monde ne soient pas forts.
Encore une fois, je vous dis adieu et courage. »

Celle d'Olga Bancic à sa fille, Dolorès [21] :

« Ma chère petite fille, mon cher petit amour,
Ta mère écrit la dernière lettre, ma chère petite, demain à 6 heures, le 10 mai, je ne serai plus.
Mon amour, ne pleure pas, ta mère ne pleure pas non plus. Je meurs avec la conscience tranquille et avec

(21) Condamnée à mort au procès de l'Affiche Rouge, Olga Bancic fut transférée à Stuttgart (Allemagne) pour y être décapitée à la hache le 10 mai 1944, le jour de ses trente ans.

toute la conviction que demain tu auras une vie et un avenir plus heureux que ta mère. Tu n'auras plus à souffrir. Sois fière de ta mère, mon petit amour. J'ai toujours ton image devant moi.
Je vais croire que tu verras ton père, j'ai l'espérance que lui aura un autre sort. Dis-lui que j'ai toujours pensé à lui comme à toi. Je vous aime de tout mon cœur. Tous les deux vous m'êtes chers. Ma chère enfant, ton père est, pour toi, une mère aussi. Il t'aime beaucoup. Tu ne sentiras pas le manque de ta mère.
Ma chère enfant, je finis ma lettre avec l'espérance que tu seras heureuse pour toute ta vie avec ton père, avec tout le monde. Je vous embrasse de tout mon cœur, beaucoup, beaucoup.
Adieu mon amour. »

Aujourd'hui, on laissait croire que tous les Français avaient été résistants. Mais Sarkis savait que les plus gros pourris étaient passés à travers les mailles des filets de l'épuration. Il n'oubliait ni les grands rassemblements où l'on acclamait Pétain, ni les immenses chorales d'enfants entonnant « Maréchal nous voilà », ni les flics qui rabattaient le gibier pour la Gestapo, ni les pervers et les égarés qui plastronnaient sous l'uniforme noir de la milice et remplissaient les wagons de marchandises en route pour des camps aux noms imprononçables.

Alors, Sarkis aurait préféré avoir ses fils auprès de lui.

Pourquoi diable avaient-ils voulu s'extirper de cette foule de Français moyens au profil bas, au regard vissé sur les godasses, qui prenaient dans les soirs borgnes de l'occupation les cris des suppliciés pour le murmure du vent ?

Il se surprenait à envier parfois ses voisins qui avaient des fils lâches… mais vivants.

Que resterait-il donc à Sarkis si Levon partait aux États-Unis ?

Mariam, bien sûr, mais pour combien de temps ? Un jour, elle se marierait parce que c'est la vie. Alors, elle suivrait son mari et irait vivre Dieu sait où…

Sarkis découpa un morceau de *kashkaval*[22] et s'abîma dans une longue réflexion. Levon et Mariam connaissaient bien ces moments d'absence ou de méditation qui le submergeaient parfois.

À quoi pouvait bien alors penser Sarkis ?

Leur père ne leur avait jamais raconté le détail de son enfance et des massacres en Turquie, mais les récits à voix basse des voisins décrivaient un enfer. En y repensant, Sarkis était tellement ému qu'il ne pouvait rien relater. Il avait bien ce cahier, le cahier d'Arak, qui était un témoignage qu'il laisserait un jour à ses enfants, mais aucun écrit ne pourrait jamais retracer l'effroyable marche vers Deir El Zor, la soif, la pestilence, les cadavres pourrissant au bord des routes et dans les fleuves, l'enchaînement irrémédiable de la tragédie, Hamid, Anahide, Gaënée et les autres…

Peut-être les générations futures, avec un plus grand recul, pourront enfin parler de tout cela.

Sarkis pensait simplement aux trois babioles qu'il conservait, cachées sous les serviettes de table, dans le large tiroir de son armoire à glace : des galets, un peu de terre dans une fiole et un joli poignard, un poignard rénové par Ohannes.

Peut-être un jour, montrerait-il cette pièce à Aroutioun, l'orfèvre de la rue de Lyon afin d'avoir son avis…

Peut-être, un jour, aurait-il le courage de raconter son histoire à ses enfants et de leur montrer le cahier d'Arak et ces objets dérisoires.

Un jour peut-être. Un jour sûrement…

Mais il avait encore le temps pour cela.

(22) Fromage de brebis

Beauduc, le lundi 23 avril

Levon poussa la porte de la véranda en confiant à Calambo :

— T'en fais donc pas, je pense avoir une piste pour retrouver le poignard…

À l'intérieur, la température était beaucoup plus douce. Kader semblait apprendre par cœur les résultats de la Coupe du Monde de 86, Lila suivait sans passion la partie de belote endiablée des deux vieux qui ponctuaient chaque mène par un verre de Garlaban cul sec.

— Et Bubble, il est où ? demanda Calambo à la cantonade.

— Il est allé caguer dans les dunes, répondit Pater avec beaucoup de sobriété et après avoir tourné le neuf de cœur sec sur sa donne.

Toine jouait trente points et disposait d'un cent majeur à l'atout, autant dire que les carottes étaient cuites pour Pater.

— Eh bé, j'envoie ! jubila-t-il.

Toine abattit fièrement son valet de cœur sur le tapis afin de cueillir le neuf sec qui lui tendait les bras. Il n'eut pas le temps de retourner son pli victorieux. La porte d'entrée fut balayée par un ouragan. Deux hommes firent irruption avec fracas, pistolet au poing.

— Plus dégun bouge et on la ferme ! hurla l'orang-outan avec un fort accent marseillais, prouvant ainsi qu'il était doté de la parole.

Toine, pris par le jeu et émoustillé par l'alcool, ne tint absolument pas compte des canons de bronze des CZ75 que les deux hommes pointaient sur eux et, comme il avait horreur des gens qui pénétraient chez lui sans y être invités, il propulsa violemment la tellinière vers la face de l'orang-outan qui ouvrit le feu. Il tira quatre balles au jugé : trois atteignirent Toine et une Pater.

L'orang-outan reçut le tellinier en pleine gueule. Il beuglait comme un perdu, le cuir chevelu largement entamé. Il pissait le sang et la table de jeu en était maculée. Isker tira deux fois en l'air, histoire de calmer tout ce petit monde.

Tous se turent, à l'exception de Frank Alamo qui ronronnait en boucle :

« Allô… Mademoiselle, Maillot 38-37
Quel est votre prénom ?
Oui, j'ai compris « Juliette »
Je ne vous ai vue qu'une fois
Oh Juliette, c'est plus fort que moi
Je voudrais encore entendre votre voix. »

Pour Pater, c'était pas trop grave, la balle s'était logée dans le gras de la cuisse, ce qui n'avait rien d'extraordinaire puisque Pater était enrobé d'une épaisse couche de graisse.

Pour Toine, par contre, c'était beaucoup plus délicat. La première balle lui avait brisé l'épaule droite, la deuxième l'épaule gauche – à croire que l'orang-outan avait bien visé – mais Toine ne gémissait pas. En fait, ses deux épaules foutues ne le handicaperaient pas. Tout bonnement parce que la troisième balle s'était logée entre ses deux yeux et qu'il n'aurait plus besoin de se servir de ses bras.

Kader, Lila et Calambo portèrent secours à Pater qui se tordait de douleur et l'allongèrent sur le sol sablonneux de la véranda. Levon, quant à lui, s'occupa de Toine et ne put que constater, avec regret, que le taulier ne cuisinerait plus jamais de pâtes aux tellines.

Ameutés par les coups de feu, Yaga et Erkan – qui étaient restés au dehors – se rappliquèrent. Ils étaient armés eux aussi.

— C'est lequel, le petit con ? demanda Isker dans un mauvais français en se retournant vers Yaga.

Yaga désigna d'un mouvement de menton Calambo.

— Dis-lui, reprit Isker qui se dirigea vers Lila et posa sans délicatesse son pistolet Heckler und Koch sur la tempe de la jeune fille.

Yaga pointa son arme sur Calambo :

— Voilà, c'est simple. On sait que tu es le descendant de Sarkis Balyan qui a quitté la Turquie il y a bien longtemps en oubliant de laisser à la frontière un bibelot qu'il avait emprunté à Topkapi. Alors, c'est très simple, il nous faut ce bibelot.

— C'est quoi, ce truc ? répondit Calambo.

— Je te dis que c'est très simple. Tu nous files le bibelot et on te lâche. T'obéis pas et on te liquide. Toi et tous tes potes.

Il dessina un arc de cercle avec le canon de son pistolet vers les occupants de la baraque. Ils étaient tous dans le bain !

— Tu sais, on rigole pas. Regarde-moi ce con qui a

voulu faire le mariolle.

Il désigna Toine d'un mouvement du menton.

— Et puis, je te parle pas de ton ami, l'Arabe. Enfin le gros avec le booster rouge.

— La Bêche !

Kader se releva et se dirigea vers Yaga en hurlant :

— La Bêche ? Il est où, La Bêche !

Isker stoppa son élan en lui fourrant le canon de son HKP7 dans la bouche et répondit avec un français au fort accent :

— Ferme-la sinon tu le rejoins illico. Il nous emmerdera plus, ton ami. Je m'en suis occupé moi-même. Il a enfin du plomb dans la cervelle, comme vous dites ici !

Isker retira le canon en décrochant un violent coup de genou entre les jambes du beur. Kader tomba à terre, hébété et le chef du quatuor prit la parole :

— Voilà, comme vous l'a dit mon ami, c'est très simple. Je veux le poignard. Comme je ne pense pas que vous le trimbaliez sur vous, je vous propose de m'appeler dès que vous pourrez me le livrer.

— Mais ce poignard, je sais même pas où il est, grogna Calambo.

— Tu te démerdes. J'ai appris que tu avais ton tonton près de toi. Une aubaine que vous ne soyez guère discrets, car figure-toi que dans notre enquête nous avions complètement oublié ce tonton d'Amérique. Si vous n'avez pas le poignard, vous n'avez qu'à le retrouver. Comme je suis bon prince, je vous laisse trois jours, jusqu'à jeudi minuit.

Isker semblait se calmer et l'orang-outang maintenait son saignement en pressant contre son front une serviette de table.

— Vous devez penser que je suis bien bon en vous laissant trois jours. Mais voici les règles du jeu : j'emmène la fille avec moi…

Calambo se révolta :

— Lila, pas question parce que…

La crosse de Yaga s'abattit sur sa tempe :

— La ferme !

— Ce sera difficile de s'entendre si je ne peux pas parler, remarqua Isker. Donc nous emmenons la fille et je vous laisse un numéro de téléphone. Un portable. Appelez-moi dès que vous pouvez me remettre le poignard et je vous donnerai un rendez-vous : le poignard contre la pute.

Il passa le Heckler und Koch dans sa main gauche et inscrivit au dos de la feuille de score de la belote les dix chiffres d'un portable en poursuivant :

— Je vous demanderai aussi de bien vouloir passer tous les soirs, sur le coup de sept heures, dans le café de l'Estaque que vous fréquentez parfois. Le Beau Bar, il s'appelle, je crois. Si j'ai un message pour vous, je vous le ferai parvenir là-bas. Je ne voudrais pas que vous tardiez trop. Ce n'est pas parce que je vous donne trois jours qu'il faut lambiner. Aussi, afin de vous inciter à vous magner le cul, je vous enverrai chaque soir une phalange d'un doigt de cette chère poupée, précisa Isker en souriant à Lila.

Il saisit le poignet de Lila afin de renforcer sa menace.

— Salaud, fulmina Calambo, ce qui lui valut un second coup de crosse.

— Enfin, et pour terminer, il est bien évident que toute fausse note – un appel à la police par exemple – condamnera votre copine. De même, si jeudi à minuit nous n'avons rien reçu, nous l'éliminerons. En douceur, pas comme votre ami qui a connu une mort beaucoup trop rapide, précisa-t-il en désignant Toine.

Isker se rapprocha du quatrième homme, de celui qui n'avait rien dit jusqu'à présent.

— Je suis sûr que mon ami Erkan ne serait pas hostile

à une vivisection sur un aussi joli corps. Ses longues études médicales ne seront pas inutiles ! Et ensuite, nous nous occuperons de chacun d'entre vous. Vous y passerez tous.

Levon regardait attentivement le quatuor. Il n'y avait pas grand-chose à faire. L'état des troupes était déplorable : Antoine agonisait, Kader était plié en deux et avait du mal à reprendre sa respiration, Calambo titubait, à demi sonné par les coups de crosse, Pater gisait affalé et immobilisé par sa blessure à la jambe. Il n'y avait plus que Lila qui semblait valide. Elle avait un regard noir et intense. Nul doute que la fille en avait vu d'autres mais les heures à venir ne seraient pas de la rigolade pour elle.

Isker se retourna vers Yaga :

— C'est bon ?

Yaga opina du chef puis se dirigea vers Lila. Il la menotta, les mains plaquées dans le dos, tandis qu'Isker poursuivait :

— Je dois vous préciser qu'il est inutile de nous poursuivre. D'ailleurs, je pense que vos véhicules ne pourraient pas rouler bien longtemps !

Le rire de Yaga découvrit ses dents jaunes. Lila se débattait. Isker la traîna par le bras mais dut manquer d'attention car Lila lui asséna un violent coup de genou dans les bijoux de famille. Le nervi se plia de douleur et, quand il se redressa, il la gifla violemment. La lèvre de la jeune fille éclata et Isker se retourna sur le pas de la porte :

— Enfin, avant de nous séparer, j'ai deux confidences à vous faire. D'abord, je n'aime pas vos chansons !

Il déplia promptement son bras et le coup de feu claqua dans la nuit. La balle pulvérisa le radiocassettes et interrompit brutalement la déclaration énamourée de Frank Alamo :

« Allô… Mademoiselle, Maillot 38-37
Allô… m'entendez-vous Maillot 38-37

Oh ! Ne raccrochez surtout pas
Avant de savoir que ce soir
Je n'ai qu'un… »

— Et puis, j'aime encore moins les Arabes !

La seconde balle brisa le genou de Kader qui s'effondra en hurlant de douleur.

— De toute façon, un Arabe ne vous servirait à rien pour ce que je vous demande. N'oubliez pas : jeudi dernier délai !

Beauduc, le lundi 23 avril

Le 4x4 démarra en soulevant un nuage de poussière. Yaga conduisait. Isker avait pris place auprès de lui et gardait son HKP7 bien en main. Lila était coincée à l'arrière, entre les deux sbires. L'orang-outan pissait encore le sang sous l'œil indifférent d'Erkan qui soumettait la fille entravée à une séance de chaspage en règle.

Levon – qui était le seul vraiment valide – se précipita vers les voitures, la clef de contact de la R8 en main. Il serait facile de filer le 4x4 dans la nuit. La Gordini démarra au quart de tour mais s'ensabla rapidement.

Les quatre pneus avaient été crevés ! Ceux de Titine, la 4L dont Toine n'aurait plus jamais besoin, également.

Lorsqu'il regagna la véranda, Levon découvrit Bubble penché sur son père :

— Il va pas mourir, Levon ? Dis-moi qu'il va pas mourir !

Le petit gros levait sur lui un regard mouillé de larmes

et un air encore plus triste qu'à l'accoutumée.

— Mais non, Bubble. L'artère n'est pas touchée. Il faudrait surtout le conduire à l'hosto avec Kader. Mais nous sommes coincés ici. Je crois qu'ils ont crevé tous les pneus.

— Je sais, je les ai vus.

— Tu les as vus ? Mais au fait, dis-moi, où tu étais toi pendant que ces fêlés nous menaçaient ?

— Eh bé, je caguais tranquillou, le cul dans le sable. Les tellines, ça me fait cet effet… Et puis je suis revenu vers la piaule à Toine quand les zozos vous braquaient. Alors, je me suis fait tout petit car j'ai pensé que je serais plus utile dehors.

— Plus utile, ouais, mais qu'est-ce que tu pouvais faire pour être utile ?

Bubble tourna son visage triste vers Levon :

— Tu sais, Levon, tout le monde me prend pour un imbécile, un impuissant et pour la dernière roue de la charrette. Mais c'est pas parce que je suis pas une baraque que je fais pas du boulot. Moi, à l'inverse des gros bras, je fais surtout travailler mon teston.

— Et ton teston, il t'a aidé ?

Pour la première fois, le vieil Américain vit Bubble sourire tristement :

— Eh bé, ça se pourrait bien…

En Camargue, le mardi 24 avril

— Elle va arriver bientôt, cette putain d'ambulance ?

Levon regarda le cadran lumineux de sa montre :

— Dans une petite demi-heure maintenant. Une heure et demie, ils ont dit les pompiers d'Arles quand je les ai appelés.

Sa réponse rassura Bubble qui mâchouillait un malabar en essayant d'éviter les ornières, invisibles la nuit. Avec Calambo, ils pédalaient lentement sur les digues car rien ne servait de se presser. Le service du bac ne démarrait pas avant sept heures et leur voyage nocturne était dû davantage à leur souci d'échapper aux longs interrogatoires de police, que la blessure de Kader et la mort de Toine ne manqueraient pas de déclencher, qu'à leur crainte de manquer le premier bac.

Les étangs argentés s'étendaient à l'infini. Les cris lugubres des oiseaux, certainement étonnés de découvrir des cyclistes parcourir la Camargue à trois heures du matin, saluaient parfois leur passage.

Une heure plus tôt, grâce au téléphone portable de Kader, ils avaient appelé les pompiers d'Arles en prétextant l'explosion d'une bouteille de gaz chez Toine. Ils avaient simplement indiqué qu'il y avait trois blessés et que c'était urgent. Pas tellement pour Toine qui devait gambader à la recherche de tellines sur les plages de l'au-delà, mais surtout pour Kader qui souffrait terriblement. Pater, dont la blessure était moins douloureuse, s'était emparé de la bouteille de Garlaban et tenait le coup en suçotant le goulot.

Lorsque la VSAB arriverait, les pompiers seraient bien obligés de conduire Kader et Pater à l'hosto et Toine à la morgue. Il serait toujours temps, pour les blessés, de prétexter une attaque sans motif apparent mais cela déclencherait illico une enquête qui aboutirait inévitablement, un jour à l'autre, à Bubble et Calambo. Les interrogatoires deviendraient gênants à cause du passé des jeunes gens qui avaient longtemps usé et abusé de l'impunité que leur conférait leur minorité.

Leur réputation de petits malfrats qui s'ancrait dans certains quartiers de la cité phocéenne les rattraperait bien un jour ou l'autre.

Mais on penserait à tout ça plus tard... L'urgence du moment, c'était l'ultimatum d'Isker. Aussi, Calambo, Levon et Bubble n'avaient pas de temps à perdre dans les interminables interrogatoires de la maison poulaga.

Trois jours ! Ils avaient trois jours pour se sortir de la merde. Trois jours pour retrouver ce satané poignard ! Après tout, de ce poignard, ils s'en foutaient comme de leur première chemise. Ils avaient vécu heureux en l'ignorant durant des années. Mais, aujourd'hui, le retrouver devenait une question de vie ou de mort. Lila était en danger entre les mains de ces fêlés. Et eux, ils la suivraient sans doute dans l'au-delà en cas de recherche infructueuse. La manière dont Isker avait froidement flingué Kader en disait long. La mort de La Bêche prouvait également que ces quatre barjos n'étaient pas des enfants de chœur !

Pourtant Bubble, le petit gros aux allures de clown triste, avait quand même remonté le moral de la troupe en avouant qu'une fois arrivé à Marseille, il pourrait suivre les pérégrinations du 4x4. Tout simplement parce que, lorsque les quatre malfrats braquaient ses amis dans la véranda de Toine, il s'était glissé jusqu'au parking. Yaga venait tout juste de crever les pneus des véhicules garés.

Ce qui intéressait Bubble, c'était la demi-boule de pétanque collée sur le toit de la Gordini. Il avait pesté l'après-midi en découvrant que son père n'avait pas ôté la balise GPS en quittant Marseille mais la négligence de Pater était devenue une aubaine. Ce fut un jeu d'enfant de décrocher le dispositif et de le plaquer sur le toit du 4x4 bourré d'accessoires, entre les barres de la galerie.

Pour peu que les quatre tueurs conservent cette voiture et qu'ils ne s'éloignent pas de la région, Bubble pourrait les suivre sur l'écran de son ordinateur. Dans le cas contraire, il les perdrait de vue. Mais mieux valait ne pas entrevoir cette hypothèse.

Leur seul espoir était donc de regagner au plus vite le parking de la rive opposée du Rhône, celui-là même où, quelques jours plus tôt, Calambo avait abandonné la 205 (en espérant que des chapacans locaux ne l'aient pas désossée entre-temps), de filer directo sur Marseille et de s'atteler au micro de Bubble.

Pédaler le jour n'était déjà pas facile mais alors la nuit…

Calambo souffrait des coups de crosse reçus à la tête, Bubble peinait et soufflait comme une forge, Levon n'avait plus les mollets de ses vingt ans pour jouer les rois de la petite reine. Ils s'arrêtèrent une paire d'heures à la cabane du pêcheur, histoire de se reposer un peu et de laisser se dissiper les vapeurs de l'alcool.

Adossés à la petite maison camarguaise, ils pouvaient distinguer, sous la lune de l'autre côté de l'étang, une large tache claire, preuve que les flamants dorment aussi la nuit.

Lorsqu'ils repartirent, le jour se levait et il était plus facile de suivre la route. Le mistral était tombé et la Camargue s'éveillait. Les toros noirs, les chevaux blancs, les vols roses de flamants offraient des spectacles d'une sobriété vigoureuse. Levon pensa qu'en d'autres circonstances, il aurait réussi ici de splendides photos au soleil levant.

Ils avalèrent un café brûlant au bar des sports de Salin (sans doute parce qu'il y a un bar des sports dans tous les villages de France et de Navarre) et prirent le premier bac.

Par chance, sur l'autre rive la 205 était intacte. Elle démarra au quart de tour.

Aux abords de Marseille, ils s'enraguèrent dans la circulation dense du matin, les autoroutes étaient bouchées et tous les carrefours obstrués par les conducteurs exacerbés par les sempiternels travaux.

Ils arrivèrent à Malpassé sur le coup de neuf heures et demie. Atchoum, Grincheux, Joyeux et Simplet avaient colonisé le fauteuil de Pater.

Bubble mit son ordinateur sous tension et fourra un nouveau malabar dans sa bouche pour se donner du cœur à l'ouvrage. Quatre clics de souris et la carte du département des Bouches-du-Rhône apparut. Un autre clic et un point rouge fixe scintilla :

— Et voilà notre chignole, déclara Bubble d'un air triomphant en déclenchant l'effet de zoom.

La carte se précisait et le point rouge clignota sur la zone industrielle de Vitrolles.

— Maintenant qu'on sait où ils se trouvent, ces encatanés, on va se les payer ?

La proposition de Calambo, que le besoin d'action démangeait, n'emballa guère Levon :

— Je ne crois pas. Admettons que nous les liquidions. Que se passerait-il ensuite ?

— Je sais pas moi, ils nous foutraient la paix.

— Eux oui, mais les autres ? Vous avez déjà éliminé les quatre gars à la bé-emme noire qui vous coursaient sur la Canebière. Et que s'est-il passé ensuite ? Quatre autres sont arrivés. En plus, n'oubliez pas que Lila est chez eux, et je me vois mal monter une expédition à trois contre quatre et quand je dis quatre, c'est le minimum. Nous en avons vu quatre mais combien sont-ils en réalité ?

— Levon a raison. Faut la jouer fine, Calambo, reconnut Bubble, si on y va franco, ils vont nous exploser, ces counas !

— Ouais, la jouer fine, c'est vite dit… Mais comment ?

Levon chassa Timide et Prof du fauteuil et s'y installa, les jambes croisées :

— Réfléchissons deux minutes. Nous savons à peu près où ils sont. Je dis à peu près… J'espère qu'ils n'ont pas abandonné le 4x4 car j'ai remarqué que le point rouge sur l'écran est immobile… Nous savons aussi ce qu'ils demandent : un poignard ramené par mon père en 1924. Nous savons enfin que nous avons peu de temps…

— On a quand même trois jours, releva Bubble.

Levon sourit :

— Ouais, tu dis trois jours, mais le plus tôt sera le mieux. Souviens-toi ce qu'a dit le chef de la bande : ils vont amputer Lila d'une phalange chaque jour.

— Mais, putain, comment foutre la main sur ce con de poignard ? s'écria Calambo avec un brin de détresse dans la voix.

— Je t'ai dit hier soir, en pénétrant dans la véranda de Toine, que j'avais peut-être une piste.

Calambo se redressa, rasséréné :

— Ah, ouais, c'est vrai, j'avais oublié… C'est quoi ta piste ?

— Une idée, rien qu'une idée. Mon père m'a toujours dit que quand il mourrait, Aroutioun serait le dépositaire de tous ses secrets.

— Aroutioun, qui c'est çui-là ?

C'est Calambo qui répondit à Bubble :

— Un gars, un bijoutier, qui est arrivé à Marseille en même temps que Sarkis, en 1924. Ils habitaient des maisons voisines, dans le quartier de la Madrague-Ville. Il ne reste plus qu'à le trouver !

Levon tempéra l'ardeur de Calambo :

— Le seul problème, c'est que ce brave Aroutioun était encore plus vieux que mon père. Il était né aux alentours de 1 890. Alors faites les comptes. Voilà un gars qui aurait plus de cent dix ans. Cent dix ans ! Vous en connaissez beaucoup des mecs de cent dix ans ?

L'âge présumé du brave bijoutier fit l'effet d'une douche froide :

— Alors, ça veut dire qu'on est foutus… conclut Bubble.

— Faut pas se désespérer, les jeunes. Si Aroutioun est certainement mort, on peut peut-être retrouver sa femme. Ils avaient aussi un fils qui est parti en Union Soviétique juste après la guerre, avec mon frère Garabed. Ils voulaient rebâtir l'Arménie, tu parles… Garabed y a laissé sa peau, quant au fils d'Aroutioun, je n'ai jamais su ce qu'il était devenu. Notre meilleur espoir reste sa femme.

— Sa femme ?

— Oui, elle était bien plus jeune que lui. Elle devrait avoir l'âge de mon père. Un peu plus de quatre-vingt-dix ans.

— Ouais mais ton père est mort, alors elle…

— On t'a jamais dit, Calambo, que les femmes vivent beaucoup plus longtemps que nous ?

— Faut voir. Et c'est quoi le nom de cette femme ?

— Evguinée. Mais mon père l'appelait tout simplement « l'Arménienne aux yeux d'or ».

La Madrague-Ville, le mardi 24 avril

Ils quittèrent « Les Lilas » un peu avant deux heures de l'après-midi. Ils avaient pris le temps de bien réfléchir à la situation. Le point rouge n'avait pas bougé d'un centimètre sur l'écran et cela décuplait leur inquiétude : et si ces bougres avaient abandonné le véhicule ?

Calambo conduisait la 205, Bubble – compte tenu de sa morphologie – eut le privilège de s'asseoir auprès de lui et Levon fut relégué à l'arrière.

Ils évitèrent le radar de l'avenue Jean-Paul Sartre, doublèrent le grand truc en ferraille bleue du Conseil Général, s'engagèrent sur la passerelle de Plombières et traversèrent le boulevard Roger Salengro.

Le chemin de la Madrague-Ville, surplombé sur la gauche par l'immense viaduc de la voie rapide du littoral et sur la droite par de hauts murs de pierre dissimulant d'improbables secrets, serpentait le long de la gare d'Arenc. Ici, c'était le royaume des entrepôts et des dépôts de conteneurs. Quelques clodos attendaient, affalés à l'ombre de la passerelle autoroutière, au niveau de la rue André Attard, l'ouverture de l'accueil de nuit. On ne savait pas si c'était la crainte de manquer d'un matelas ou leur difficulté à se déplacer qui les maintenaient assis sur le trottoir, contre le mur gris, toute la sainte journée.

Un univers à refiler la morosine à un gars bourré d'euphorisants !

La rue d'Alexandrie se trouvait à quelques centaines de mètres, sur la droite, juste après la Cité Jaune et l'étroite rue de Damiette. Calambo s'y engagea.

Aux dires de Levon, le lieu avait peu changé. Bien sûr, on avait rénové, pas toujours dans le meilleur goût. Bien sûr les ateliers étaient fermés, mais Levon n'eut aucune peine à reconnaître la maisonnette où il avait vécu vingt ans. Elle lui sembla plus petite que dans ses souvenirs mais le jardinet était bien tenu, avec des lauriers roses et un cytise couvert de grappes d'or. Manifestement les nouveaux proprios préféraient les arbustes d'ornement aux fruitiers – abricotiers, figuiers, amandiers – qu'avait plantés jadis Sarkis.

La maison d'Aroutioun était plus vétuste. Le figuier avait bien résisté aux diverses modes florales, il était toujours là, tordu mais vigoureux. Le nom de famille d'Aroutioun – Minassian – était toujours inscrit sur la boîte aux lettres. Le cœur de Levon battit plus vite sans qu'il sût véritablement déterminer si c'était parce qu'il allait progresser dans l'enquête actuelle ou parce qu'il allait retrouver une part de son passé.

Une vieille femme vint leur ouvrir. C'est sans doute l'aspect BCBG de Levon qui l'avait convaincue d'accueillir le trio car Calambo et Bubble, avec leurs regards en dessous et leurs casquettes de rappeurs, n'inspiraient guère la confiance.

La première question qui vint à l'esprit de Levon fut : « C'est elle ou pas ? » mais il comprit rapidement que la vieille femme ne pouvait être l'épouse d'Aroutioun. D'abord parce qu'elle n'avait guère plus de soixante-dix ans. Ensuite parce que ses yeux étaient d'un noir de jais.

— Madame Minassian ?

— Oui. Que puis-je pour vous ?

— Je m'appelle Levon Balyan. J'ai vécu dans la maison voisine. Je recherchais Evguinée Minassian, l'épouse d'Aroutioun.

La vieille femme sourit :

— Entrez, je vous en prie.

Tandis qu'ils pénétraient directement dans la salle à manger, elle précisa :

— Je suis la belle-fille d'Evguinée. Je me suis mariée avec Missir, son fils, en Arménie soviétique juste après la guerre. Et puis, en 1991, après l'explosion de l'URSS, nous sommes revenus en France. Missir est mort ici, il y a deux ans.

Levon eut la gorge sèche avant de poser la question :

— Et… Evguinée ?

Calambo et Bubble retinrent leur respiration. Aroutioun et Missir morts, Evguinée restait leur seul espoir.

— Evguinée ? Elle est là. Je viens de faire du café. Vous en prendrez un peu ? Quant à Evguinée, je vais l'avertir, elle sera heureuse de vous voir.

Elle disparut dans la cuisine et revint avec trois verres emplis de café sucré et une assiette de goulabias sur lesquels Bubble se jeta voracement. Il est vrai que le repas de midi avait été des plus frugaux.

Evguinée était vieille comme le monde. Fripée, ridée, sèche comme un sarment, un souffle de mistral aurait pu l'emporter jusqu'au Frioul. Elle était cependant peu voûtée dans sa robe noire et son pas était résolu. Quand elle leva les yeux, Calambo comprit pourquoi Sarkis l'appelait « l'Arménienne aux yeux d'or ».

Elle avait tous les soleils du monde dans le regard.

Elle reconnut Levon et le serra dans ses bras :

— Levon, tout ce temps… Tant de choses…

Elle s'assit auprès de lui dans le canapé et prit les mains de Levon dans les siennes. Ils parlèrent du passé, de l'après-guerre, des parents et des voisins disparus. Elle était émue mais son regard était perçant et ses yeux d'or à peine humides. Evguinée ne pleurait jamais. Sans doute avait-elle laissé toutes ses larmes sur les chemins d'Anatolie en 1915.

À quatre-vingt-quatorze ans, elle faisait preuve d'une étonnante vivacité et semblait bien plus alerte que sa belle-fille. Elle n'avait jamais quitté cette demeure. Elle avait ici tous ses souvenirs. Les photos jaunies couvraient les murs. Calambo y découvrit les visages qui auraient pu lui être familiers : Sarkis, Ani, Garabed, Ohannes, Mariam, Aroutioun, Missir et tant d'autres…

— Ici, il y a eu des fêtes, des chansons tristes et langoureuses, des rires. Aujourd'hui, nous sommes toutes seules, comme deux idiotes, précisa-t-elle avec un ton d'excuse.

On ramena des goulabias pour Bubble qui semblait les avaler sans les mâcher puis Levon regarda Evguinée dans les yeux :

— Evguinée, je suis venu te voir parce que tu es tout ce qui me reste de mon passé mais aussi parce qu'on est emmerdé comme c'est pas possible.

Elle ne répondit pas.

— Voilà, pour ne rien te cacher, on a la mafia turque au cul, à cause du poignard.

Le regard de la vieille femme se durcit. Son regard se

plissa et ses yeux dorés prirent des reflets menaçants, un peu comme ceux des fauves.

— Ils veulent le kandjar, n'est-ce pas ?

Levon leva un regard surpris. Même Bubble arrêta de s'empiffrer.

— Comment le sais-tu ?

— Je sais depuis longtemps que ce moment arriverait.

— Ils ont enlevé une jeune fille, la fiancée de Calambo. Calambo, c'est le petit-fils de Mariam. J'ai pensé que tu avais peut-être ce poignard et que…

— Ils t'ont proposé la vie de la fille contre le poignard.

— Oui, et ils nous ont donné trois jours, précisa Calambo.

Evguinée sourit et son visage se plissa. Elle se tourna vers le jeune homme :

— Ne t'en fais pas. J'ai le kandjar. Sarkis nous l'a confié mais il est à vous.

Bubble se réveilla :

— Comment, on ne va quand même pas leur refiler le poignard en or ?

Evguinée les regarda tour à tour, elle sourit à nouveau et une lumière d'or illumina son regard :

— Qui vous a dit que vous alliez remettre à ces fripouilles le kandjar ? Je veux dire l'authentique kandjar…

Marseille, le samedi 10 octobre 1964

C'est Mariam qui avait convaincu Sarkis de se rendre au Pathé-Majestic, sur la Canebière. Le Pathé c'était le top, ce n'était pas un de ces cinémas de quartier où l'on diffusait des films plusieurs semaines, voire plusieurs mois, après leur sortie officielle.

Et puis « Topkapi » c'était un nom qui devait résonner aux oreilles de Sarkis.

Mariam savait que son père n'évoquait jamais sa ville natale. Elle avait surpris les chuchotements des vieux comme Aroutioun ou Evguinée lorsqu'ils se remémoraient leur enfance, une période qu'ils semblaient avoir enterrée sous les soucis quotidiens et les liens familiaux créés en France.

La proposition de Mariam irrita un peu Sarkis.

Constantinople !

Et Topkapi en plus !

L'image de son père empêtré sous un amas de prisonniers dans la cour des janissaires entravait toutes ses pensées. C'était sa dernière vision de Marouk.

Et puis, revoir les toits de cette ville qu'on appelait aujourd'hui Istanbul, avec ses dômes, ses minarets perçant le ciel comme des pieux, l'azur du Bosphore et la foule compacte qui s'agglutinait sur le pont de Galata lui semblait insupportable.

Mariam réussit pourtant à le convaincre. Le film était sorti à Marseille une dizaine de jours auparavant, le mercredi 30 septembre exactement, au Pathé Majestic.

Mariam aimait bien le cinéma et les grandes salles de la Canebière – l'Odéon, le Capitole ou le Pathé – avec leurs fauteuils cramoisis, leur public bon enfant qui se gavait de caramels ou de chocolats glacés à l'entracte. Elle regrettait un peu que l'avènement de la télé ait réduit à la portion congrue les « actualités cinématographiques » qui déclenchaient les réflexions et les commentaires à haute voix.

C'est d'abord l'affiche de Topkapi qui avait retenu l'attention de Mariam lorsqu'elle avait ouvert « Le Méridional » : le haut du visage de Mélina Mercouri, un homme suspendu à une corde afin de réaliser ce que l'affiche appelait « le plus formidable cambriolage du siècle ! ». La critique était dithyrambique : « film coloré, bien construit, avec des bons acteurs, du suspens et de l'humour ».

L'affiche ajoutait que c'était « encore mieux que le Rififi » et Mariam avait adoré le Rififi, ce film que Jules Dassin tourna en France lorsqu'il fut chassé à coups de pied au derrière des États-Unis. Grâce à l'action salvatrice du sénateur Mac Carthy, sa belle terre d'accueil l'avait inscrit sur la liste noire d'Hollywood !

Mariam avait donc décidé d'aller voir « Topkapi », avec Eric son fils, et elle pensait qu'une histoire qui se déroulait à Istanbul pouvait intéresser son père. Eric avait treize ans et il aimait les films d'aventures, le grand écran et le technicolor. Mariam avait également proposé à Aroutioun et Evguinée de les accompagner.

On abandonnerait pour un soir cette télé en noir et blanc avec ses deux chaînes. Sarkis manquerait donc une de ses émissions préférées, un sujet historique sur Danton signé Decaux et Castelot.

Octobre réserve toujours à Marseille des journées splendides, douces et joliment éclairées par des soleils roses. Ils prirent tous les cinq le bus 26 dans la rue de Lyon pour ne pas manquer la séance de sept heures.

La Canebière grouillait de monde. On aurait dit que la quarantième foire de Marseille, qui venait de s'achever, avait déversé toute son affluence sur la grande avenue.

Dans les brasseries, on parlait fort et on gesticulait.

Plus que le voyage de De Gaulle en Amérique du Sud – le général avait été accueilli la veille de façon fort mouvementée dans une ville de Cordoba submergée par les péronistes – l'OM, éternel sujet de conversation et de dispute de la cité phocéenne, était au cœur des discussions. Les blancs avaient piétiné le dimanche précédent en concédant un piètre match nul à Montpellier au Vélodrome et ils devaient se déplacer le lendemain à Cannes. Autour des comptoirs et aux terrasses des brasseries, on défaisait et refaisait l'équipe, on discutaillait à l'infini sur les qualités de ce Joseph qui conduirait l'attaque sur la Côte d'Azur. Sarkis sourit. Lui se contentait de suivre l'UGA qui évoluait plus modestement en première division de district et cela lui permettait de rencontrer dans les tribunes ses amis de l'époque du camp Oddo.

Le Pathé-Majestic possédait une salle splendide, idéale pour les films à grand spectacle qui marquaient le début des années soixante. On avait été trop longtemps nourris aux images en noir et blanc, aux histoires intimistes. On avait besoin aujourd'hui de péplums, de grands films en cinémascope avec des centaines de figurants, et de musiques entraînantes.

Après « Cléopâtre », le Pathé offrait donc « Topkapi » aux Marseillais.

Durant une paire d'heures, Sarkis, Aroutioun et Evguinée se cramponnèrent à leurs fauteuils de velours. Constantinople – ou plutôt Istanbul – s'étalait devant leurs yeux, un demi-siècle plus tard, en technicolor.

Sainte-Sophie, la Mosquée Bleue, le Bosphore et Topkapi crevaient l'écran.

Rien n'avait vraiment changé là-bas. Bien sûr, les tenues vestimentaires et les caractères d'écriture s'étaient occidentalisés, la circulation automobile – avec les grosses voitures américaines – s'engluait dans les rues bondées. Mais au travers des images, ils pouvaient deviner les odeurs et les clameurs. Des souvenirs oubliés refluaient dans leur tête et s'entrechoquaient comme des papillons fous.

Pour Mariam et Eric, le film était différent. C'était une histoire passionnante tirée d'un roman peu connu qui venait de paraître et dont l'auteur était un certain Eric Ambler. Et puis, il y avait Mélina Mercouri, Maximillian Schell et Peter Ustinov. Une bande interlope haute en couleurs préparait un hold-up impossible dans un décor de rêve et un peu artificiel pour eux : Istanbul et le palais de Topkapi.

L'objectif de la bande était le kandjar, un fabuleux poignard en or orné de très grosses émeraudes, qui était la gloire de ce palais regorgeant de richesses.

Mariam et Eric quittèrent le Capitole enchantés, Aroutioun et Evguinée émus et Sarkis bouleversé.

La Canebière était noire de monde : les brasseries, les

cinémas, le Grand Hôtel Noailles et le Gymnase – qui programmait les Compagnons de la chanson jusqu'au 12 octobre, juste avant Marcel Amont et Charles Aznavour en novembre – contribuaient à ce brassage des foules.

Ils s'arrêtèrent un instant au Rex, un bistrot des allées de Meilhan à la terrasse bondée sous les grands platanes. La nuit tombait mais la température restait douce.

L'OM – toujours – et les jeux olympiques de Tokyo que l'empereur Hiro-Hito allait ouvrir dans quelques heures étaient au centre des discussions. L'événement était d'importance, puisque le vaincu de la seconde guerre mondiale accueillait huit mille athlètes dont cent cinquante Français. Les paris étaient ouverts : Jazy supplanterait-il le Néo-Zélandais Snell, grand favori du 1 500 mètres ?

Aroutioun tenait à payer à boire, ce qui ne se refuse jamais dans une ville où les gosiers sont toujours secs. Les deux hommes commandèrent une bière, Mariam un panaché grenadine, Evguinée et Eric des diabolos menthe.

Ils évoquèrent Istanbul.

Aroutioun, comme à son habitude, parlait d'abondance. Il racontait ses souvenirs de Constantinople, évitant toute référence aux massacres.

— On l'a piqué avec une aiguille de phono, plaisantait Evguinée.

Rien ne semblait avoir véritablement changé là-bas mais Sarkis restait muet et répondait par des monosyllabes aux interrogations de son ami. Ce qui le troublait, ce n'était ni les images de cette ville riche en souvenirs, ni l'histoire plaisante de cette bande de malfrats plutôt sympathiques mais le kandjar.

Le kandjar !

C'était un poignard identique à celui qu'il avait ramené à Marseille quarante ans auparavant.

Revenu à la rue d'Alexandrie, Sarkis rejoignit Aroutioun et déballa son poignard soigneusement empaqueté dans des torchons de coton.

C'était la première fois depuis des lustres qu'il sortait cette arme fabuleuse. Jamais encore, il n'avait pu se résoudre à montrer l'objet à son voisin.

Le bijoutier émit un simple sifflement admiratif :

— Ben, mon colon ! En voilà un qui est bien plus fort que Jules Dassin, reconnut-il en tapant sur l'épaule de Sarkis.

Puis, lorsqu'il examina la pièce, Aroutioun leva un regard interrogateur et incrédule :

— Mais… Il est en or… Avec des émeraudes… Des vraies…

Sarkis paraissait embarrassé :

— Qu'est-ce que je dois faire ?

— J'en sais foutre rien ? Raconte-moi.

Sarkis raconta sa soirée du 24 avril 1915 et la manière dont il s'était emparé du poignard.

Aroutioun soupesa et étudia longuement l'objet et conclut :

— Soit il existait deux kandjars et celui du Topkapi est également authentique, soit il n'en existe qu'un et c'est le tien. Dans ce cas-là, peut-être y aura-t-il quelqu'un qui, un de ces jours, voudra mettre la main sur le poignard authentique.

— Tant d'années sont passées…

— Apprends, Sarkis, que jamais rien ne s'oublie.

Sarkis approuva d'un hochement de tête. Il était bien placé pour savoir que jamais rien ne s'oubliait.

Evguinée, attirée par les constatations émerveillées d'Aroutioun, les rejoignit. Le bijoutier confirma :

— Ce poignard est bien en or. Les émeraudes sont véritables et d'une telle taille ! Tu possèdes une véritable fortune, Sarkis, mais cet objet est invendable. Il faudrait connaître les filières des objets d'art et tu risques les pires emmerdes si tu essayes de le refourguer toi-même.

— Mais je ne veux pas le vendre. Ce poignard représente bien trop de souvenirs…

— Je comprends… Mais un jour ou l'autre, avec ce trésor, tu risques quand même des emmerdements.

Les deux hommes restèrent muets et c'est Evguinée qui dégota la solution.

— J'ai une idée…

Elle développa son projet. C'était tout simple : il suffisait de créer une copie du kandjar. Du métal plaqué d'or et du verre poli en guise d'émeraude feraient l'affaire. Aroutioun était assez doué pour réussir ça ! Il travaillerait à temps perdu et, en plus, ça le passionnerait.

Aroutioun trouva l'idée excellente et Sarkis accepta.

Deux mois plus tard, Aroutioun apporta à son voisin deux coffrets de bois de cèdre tendus de velours à l'intérieur. Lorsque Sarkis ouvrit les boîtes, les deux armes paraissaient identiques mais lorsqu'on les plaçait côte à côte, l'original était d'un tout autre aspect que la copie.

— Gardes-les tous les deux, au cas où…

Sarkis prit un kandjar dans chaque main comme pour les soupeser. Il hocha la tête d'un air dubitatif :

— Bien sûr, au cas où… Un cas bien improbable, non ?

L'Estaque, le mardi 24 avril

Levon et Calambo arrivèrent au Beau Bar à sept heures moins le quart. Levon avait récupéré sa Mercedes garée à Malpassé, dans l'avenue Miss Columbia, depuis quatre jours. Il stoppa devant la baraque à chichi-frégis fermée en cette saison.

C'était la fin d'après-midi et il régnait une belle animation dans le bistrot. Les voix de stentors des joueurs de belote et de rami faisaient vibrer le fond de la salle, tandis que les discussions s'animaient au comptoir.

On donnait ici et là dans le racisme primaire, mais il est vrai qu'il est plus facile d'être altruiste et large d'esprit lorsqu'on est friqué dans le seizième de Paris que lorsqu'on est chômeur dans le seizième de Marseille (et encore, cette affirmation gratuite n'est guère validée par les résultats électoraux de ces deux arrondissements qui n'ont en commun que le nom).

— Un raton de clamsé, c'est toujours ça de moins qui

nous volera et violera nos femmes, déclara d'un ton péremptoire Ficelle.

— Il a raison, Ficelle, des gris y en a trop ici. Le quartier est devenu invivable, répondit Pedro en écho.

— Ouais, mais avant eux, y avait les Espingos et les Babis. C'est quoi ton nom, toi, Pedro ? demanda Léon avec un air innocent.

— Fernandez, mais le problème n'est pas là.

— Et toi, Ficelle, tu t'appellerais pas Sparcolucci par hasard.

— Ouais, mais nous, c'était différent. Tu comprends Léon, c'est une question de culture et de religion. Comme disait mon grand-père, on fait pas vivre des chiens avec des chats. Y sont pas comme nous, les melons, ça à rien à voir…

— Et puis, pour eux, y a qu'un truc qui compte : le Jihad. La guerre sainte. Ils veulent qu'une chose, nous exterminer, ces conneaux ! reprit Pedro.

Muriel préférait ignorer cette conversation qui revenait continuellement – parce que c'est toujours facile de charger de tous les maux de la Terre celui qui est différent – et se consacrait au service de la salle.

L'Anchois, le Furoncle, RoRo et la mère Sporzioni arrosaient copieusement leur partie de rami sans que l'on puisse encore savoir qui raquerait : c'était du liquide anisé pour les mâles et du Martini Dry pour le poulet de grain. Le Furoncle était le mieux parti pour payer mais la partie était loin d'être terminée.

Quatre pépés entamaient la revanche de la revanche de la revanche d'une partie de belote en deux mille cinq cents commencée à deux heures de l'après-midi. Leurs regards se brouillaient, leurs esprits se déconcentraient et ils accumulaient les erreurs, ce qui déclenchait immanquablement les railleries des uns (les adversaires) et l'ire de l'autre (le partenaire).

Levon et Calambo prirent place à la table proche du billard électrique que deux nistons bouléguaient jusqu'à la limite du tilt.

Le juke-box hurlait. Muriel avait mis le répertoire musical du lieu – un tantinet ringard jusqu'ici – au goût du jour et la machine à musique hurlait quelques extraits de « 2001, l'odyssée de l'Estaque » du groupe « Quartiers Nord » :

« *Trois longues, un canillon*
Et des esques bien fraîches,
Le sac à provisions,
C'est les joies de la pêche !
Voguons sur l'onde amère
Et les bondes mythiques,
Même jusqu'à Figuières
Et nos plus belles criques !
De la Crine à Niolon
De Carry aux Ilettes
Au large du Vallon,
Pîte, ma galinette !
Taquinons la girelle
Le pageot, la rascasse
Et de bogues ravelles
Remplissons notre nasse. »

Les deux immigrés de troisième génération, Ficelle et Pedro, continuaient à jouer les Le Pen redresseurs de torts et soucieux du bien-être du bon populo blanc :

– Tu vois, Léon, le jeune, c'est bien dommage pour lui parce qu'on le connaissait mais cette histoire, c'est une histoire de melons. Ils se tuent entre eux, cette racaille !

– Il a raison Pedro. Moi, j'en ai connu un qui a égorgé un voisin parce qu'il lui avait chouravé sa mob. Tu te rends compte ? Pour une mob merdique !

— De quoi ils parlent ? demanda Calambo à Muriel qui arrivait en tortillant du cul dans son tark satiné.

Elle posa le Ricard de Levon et le Gambetta limonade de l'apprenti cacou sur le plateau de la table. Biscottin, toujours à l'affût d'une conversation (surtout avec cet Amerlo qui lui avait payé une demi-douzaine de mauresques quelques jours plus tôt) la devança :

— Ces counas, ils parlent du jeune qu'on a trouvé zigouillé ce matin dans la colline, à Caussimon. Enterré debout avec la tronche toute escrabouillée et bouffée par les fourmis rouges. En plus, ça doit être un de vos collègues. C'est l'ami de Kader. Béchir. Enfin, La Bêche comme on disait.

Calambo resta muet, la tronche à l'envers. Il accusait le coup et remuait son Gambetta limonade avec la cuiller à long manche que Muriel avait posée dans son verre, comme pour se donner une contenance.

« Quartiers Nord » ignorait son trouble et les vicissitudes qui frappaient le bas peuple et continuait à tue-tête le récit de la partie de pêche :

« Quand au petit matin,
Que le soleil s'étire,
Je libère Titin
Qui souffre le martyre.
Au large de l'Estaque
On tutoie les falaises,
Bien loin de l'empouraque
Bou Diou qu'on est à l'aise ! »

Muriel regagna son comptoir sous l'œil connaisseur des mateurs (et non moins amateurs) de fesses réunis.

Manifestement, la garce n'avait pas daigné protéger sa vulve satinée par le moindre centimètre carré de soie sous un falzar qui avait dû être cousu sur elle !

Mais Calambo et Levon n'avaient vraiment rien à faire de cette cagole de bistrot. C'est Levon qui répondit à Biscottin :

— Quelle histoire ! Ça arrive souvent ces règlements de compte chez vous ?

— Souvent ? Oui et non. Oui pour ceux qu'on trouve, et non pour tous ceux qu'on trouve pas et qui sont balancés à la flotte avec cent cinquante kilos de lest aux guibolles. Enfin, mon bon môssieur, le monde il est comme aco aujourd'hui. Plein de bordilles. Et c'est pas moi qui vais le changer.

Comme personne ne répondit à Biscottin, le vieil homme se leva et alla se coller au Furoncle dont la situation, dans la partie de rami, se dégradait encore à la suite d'un magnifique rami double réalisé par la mère Sporzioni. Le demi-muid effectuait même une Ola solitaire en signe de satisfaction.

La description de la mort de La Bêche – qui n'était pas une nouvelle pour le duo puisque Isker l'avait annoncée en plastronnant la veille à Beauduc – raviva le sentiment de haine envers ces tueurs sans scrupule.

— On va leur faire leur fête, à ces connards, grogna Calambo.

Il pensait à Lila, seule avec ces brutes.

— J'espère bien. En tout cas, on avance… reconnut Levon.

Il faut dire que les récents événements de l'après-midi lui donnaient raison.

Ils avaient pris congé d'Evguinée, l'Arménienne aux yeux d'or, avec deux coffrets d'apparence identique (l'odeur du bois de cèdre rappelait à Levon celle des crayons noirs que l'on taillait jadis à l'école). L'un contenait le kandjar, le vrai, et l'autre la copie réalisée par Aroutioun dans son échoppe de la rue de Lyon dans les années soixante.

C'était un ouvrage remarquable. Bien sûr, la copie n'était que dorée, ses émeraudes n'étaient que de la vulgaire verroterie et lorsque les deux poignards étaient côte à côte, la contrefaçon était évidente. Mais la copie isolée trompait n'importe quel esprit non initié aux arcanes de l'orfèvrerie.

Avant de quitter la rue d'Alexandrie, Levon serra Evguinée dans ses bras et lui promit de revenir la voir avant son départ pour New York.

Puis la Mercedes avait repris le chemin de Malpassé.

Ils étaient obnubilés par ce point rouge désespérément immobile sur l'écran du micro.

À quatre heures, le point rouge se déplaça enfin et Bubble poussa un ouf de soulagement. Ils le suivirent sur l'autoroute A55. Le 4x4 sortit vers Grand Littoral et disparut complètement. Calambo et Levon s'affolèrent et Bubble leur expliqua que le véhicule devait être garé dans le parking couvert. Il leur révéla le principe du repérage par GPS et conclut, avec une logique évidente, que si la balise était sous une dalle de béton, il lui était difficile de communiquer avec les satellites. L'explication du génial obèse les tranquillisa, d'autant plus qu'une grosse demi-heure après, le point rouge réapparut sur le parking du centre commercial avant de regagner l'autoroute A55 et la zone industrielle.

Les malfrats étaient toujours à Vitrolles et Lila sans doute aussi.

— On leur téléphone pour l'échange ? demanda Calambo.

— C'est comme vous voulez mais ces gars ne sont pas honnêtes. Qui nous dit qu'ils libéreront Lila une fois qu'on leur aura remis le poignard ? remarqua Levon.

— Il faut les carrer, on peut pas prendre le risque de leur refiler le poignard et de pas récupérer Lila, ajouta Bubble.

— Écoutez, je vais appeler ces gars pour leur dire que nous leur livrerons le poignard demain et nous aurons toute la nuit pour réfléchir.

— Ouais, mais Lila ? Ils vont lui couper un doigt ! riposta Calambo.

— Mais non, s'ils savent que nous aurons le bibelot demain, ils attendront, répondit Bubble comme s'il s'agissait d'une évidence.

— Bubble, c'est pas sûr mais j'espère que tu as raison, conclut Levon.

Levon composa le numéro du portable griffonné par Isker. En vain. L'appareil était sans doute éteint et c'est la messagerie vocale qui l'accueillit.

Au troisième essai, Levon déposa un message : il leur remettrait le poignard le lendemain, à l'heure et au lieu qui leur conviendrait, il leur laissait aussi son numéro de téléphone portable en les priant de le rappeler.

Le signal rouge restait immobile sur l'écran vidéo.

À cinq heures, le téléphone de la maison sonna. C'était Pater. Il était à l'hosto d'Arles. Il donna quelques nouvelles volontairement déformées pour le cas où il serait sur écoute. Il fallut trier le vrai du faux, ce qui n'était guère difficile au vu des événements de la soirée précédente : nous avons été agressés, Toine est à la morgue, les condés recherchent ses fils et effectuent une enquête de voisinage, Kader va être opéré, moi, je vais bien, ils ont extrait la balle, aucune artère ni aucun nerf n'ont été atteints, ç'aurait pu être pire, les flics sont venus m'interroger cet aprem', t'en fais pas on en a vu d'autres…

— Bon, ils sont en sécurité. Il faudrait peut-être maintenant aller au bistrot de l'Estaque, proposa Levon.

Il se souvenait qu'Isker leur avait conseillé de se trouver au Beau Bar tous les soirs à sept heures.

Bubble se montra dubitatif :

— Moi, j'aurais peut-être un truc à faire. Ça vous fait rien si je vous suis pas ?

— Mais putain, Bubble, tu vas foutre quoi encore ! On est dans la merde jusqu'au cou et toi, tu as des choses à faire ! explosa Calambo.

— Ouais, mais c'est des choses qui peuvent nous être utiles demain, répondit le jeune obèse, en laissant planer le doute.

— Utiles, je veux bien mais, la putain de la Caroline, dis-moi quoi alors !

Levon intervint :

— T'énerve pas. Bubble a souvent de bonnes idées. C'est quand même grâce à sa balise qu'on peut suivre le 4x4. Laissons le faire, il nous racontera ce soir. On sera assez de deux au bistrot.

Calambo râla pour la forme. Après tout, pourquoi pas…

Le Furoncle explosa :

— Le con de Manon, je joue plus si cet estranciné continue à mater mon jeu !

Biscottin se disculpa :

— Je dis rien, je regarde juste…

— Tu regardes mais tu es une vraie chouette. J'avais cinquante et un point et j'ai pas déballé. Pourquoi tu crois que j'ai pas déballé ?

— Parce que tu fais pas gaffe, mais moi j'y suis pour rien, répondit Biscottin.

— Je m'en fous ! S'il reste là, moi, j'arrête de jouer !

C'est la mère Sporzioni qui remit de l'ordre :

— Dis, espèce d'ensuqué, tu fais des conneries depuis

deux heures, t'as disjoncté bien avant que cette cougourde de Biscottin se colle à toi comme une arapède. C'est parce que t'es sur le point de perdre et de paguer les tournées que tu menaces de te tirer ? Moi, je te le dis, tu t'en vas, OK, mais tu pagues tout avant. Compris ? Sinon, je t'explose les roubignolles !

— Ouais, ça va… grogna Le Furoncle.

C'était un jour sans pour lui. Biscottin regagna sa place initiale pour ne pas mettre d'huile sur le feu et entama une conversation avec Levon sur l'Amérique, la baise, la picole et les vieux. Quatre sujets qui le turlupinaient mais il n'était véritablement expert que sur les deux derniers.

On entrait et on sortait de ce bistrot comme dans un moulin. Levon, qui expliquait à un Biscottin rendu attentif par trois mauresques qu'aux États-Unis la sécurité sociale n'existait pas, ne remarqua pas l'ado en booster qui apportait le paquet à Léon.

C'est le bistrotier qui l'interpella :

— Oh, l'Amerlo. On vient de livrer un paquet pour toi ! C'est bien toi Levon Balyan ?

Levon se retourna, surpris :

— Oui, c'est quoi ?

Les consommateurs se retournèrent vers l'Amerlo avec des regards réprobateurs : c'était bien la première fois qu'un client se faisait livrer ici.

On avait vu, dans le passé, des transactions immobilières, des avances sexuelles de tous types, des ventes de voitures (volées ou pas), des consultations médicales, des échanges d'insultes et de boules de pétanque mais des livraisons de colis, jamais.

Muriel apporta le paquet à Levon. Elle tortillait du cul en traversant la salle, comme pour inonder de pensées libidineuses les pauvres cerveaux embrumés par les excès de pastaga.

C'était un paquet analogue aux colis standards PTT petit format. Sur l'étiquette, on pouvait lire deux inscriptions rédigées au stylo bille : « Pour Levon Balyan » et « URGENT ».

Levon déchira le scotch qui maintenait les rabats. Calambo pâlit et Biscottin s'approcha des opérations en notant :

— Il est drôlement blanquinass, le niston !

Le colis était bourré de coton hydrophile et puait le formol. Levon ôta précautionneusement les morceaux d'ouate. Malgré l'expérience que lui donnait son âge, il frissonna en découvrant la « chose ».

Calambo eut envie de vomir et se précipita vers les WC. Biscottin se redressa en déglutissant. C'était quoi, cette engambi ?

Le vieux hurla :

— La putain de la Caroline, mais c'est un doigt ! Y a un doigt dans le paquet !

Les apprentis fachos du comptoir et les joueurs de cartes se rapprochèrent en formant un cercle autour de Levon.

Le Furoncle en profita pour mélanger sournoisement les pions et se dégager d'une situation fâcheuse.

Levon était livide. C'était la phalange d'un index. L'ongle était recouvert d'un vernis violine. Celui de Lila.

— Mais c'est quoi vos salades ? lança Muriel avec un zeste d'agacement dans la voix.

Cet Amerlo était bien gentil mais elle n'aimait guère les ennuis, et un gars qui se voit offrir une phalange attire forcément des engambis.

Alors que cet Amerlo se démerde mais pas dans le bistrot !

Lorsque Calambo revint, avec la tronche à l'envers du gars qui a gerbé la bouffe des quinze derniers jours, Levon se leva, sortit un billet pour les consommations et dit sobrement à son neveu :

— Viens, on y va.

La Mercedes quitta l'Estaque en direction de la ville. Levon grommela en passant la troisième au niveau de l'hôtel Benidorn :

— Je te promets qu'ils n'amputeront pas Lila d'une deuxième phalange.

Il serrait ses mains sur le volant et son regard fixa violemment un point à l'infini.

Calambo se sentit rassuré par la détermination d'un homme aussi expérimenté. Il serrait contre lui trois boîtes au contenu très différent : les kandjars – le vrai et le faux – et la phalange de Lila.

Il n'osa même pas penser à ce que devait subir la fille aux mains de ces brutes et répondit à Levon en serrant les mâchoires :

— Faut les tuer, l'oncle ! Faut tous les tuer ces conneaux !

Vitrolles, le mercredi 25 avril

La Middle East Company louait un vaste entrepôt à l'intersection de la septième rue et de la première avenue. C'était un coin tranquille, un peu à l'écart de l'activité fébrile de la zone industrielle de Vitrolles, la première construite dans la région marseillaise au début des années soixante et dix.

Des acacias et des élanthes avaient essaimé du côté de l'autoroute. Ils cachaient un peu, au regard des automobilistes, le déplorable spectacle qu'offraient ces conteneurs empilés et rouillés.

Il n'y avait pas de haute grille à l'entrée, juste une solide barrière en ferraille qu'on pouvait faire pivoter lorsque les tracteurs traînant ces lourds parallélépipèdes décrépits venaient débarquer leur chargement.

La veille au soir, une fois revenu à Malpassé, Levon avait appelé Isker sur son téléphone portable. Le Turc lui avait fixé un rendez-vous, tôt le matin, dans cette zone lugubre.

Le lieu n'avait guère étonné Levon : n'était-ce pas celui sur lequel se fixait le clignotant rouge de l'écran de Bubble ?

La Mercedes stoppa en face de l'entrée. Il était cinq heures et demie du matin et la nuit pesait toujours sur la zone.

Levon sortit de la voiture. Il avait demandé à Calambo de rester à l'intérieur. Il avait peur qu'un accès de colère de cet ado toujours prêt à péter les plombs ne gâche tout. Bubble mâchouillait son quatrième malabar de la journée et s'étalait sur la banquette arrière. Il était le seul à ne pas être rongé par l'inquiétude. Le petit obèse affichait toujours une mine triste mais sereine.

Il était sûr de son coup :

— Te ronges pas les sangs, mon poto ! On les aura ces conneaux !

Calambo haussa les épaules. Une boule obstruait sa gorge. Il aimait bien Bubble mais il ne supportait plus guère son optimisme à tous crins.

Que pouvait-on réellement faire face à ces tueurs ?

Levon portait la boîte en bois de cèdre à bout de bras, histoire de montrer à Isker et ses sbires qu'il n'était pas armé. Il pénétra dans la cour et marcha le long du mur de conteneurs entassés sur quatre rangs. Il avait fait une cinquantaine de mètres lorsque les phares s'allumèrent et l'aveuglèrent. C'était le 4x4 rouge. Les Turcs ne s'étaient pas défaits de ce véhicule : une chance, pensa Levon.

Il s'approchait du véhicule lorsqu'il sentit un canon s'enfoncer dans son dos. L'orang-outan pressait la Kalachnikov contre ses côtes et paraissait fébrile. Trop fébrile sans doute pour quelqu'un d'armé. Peut-être se souvenait-il du tellinier de Toine qui lui avait fendu le cuir chevelu ?

— Tu bouges et je te brûle ! promit-il avec un lourd accent marseillais.

Levon s'immobilisa. C'était pas le moment de jouer les mariolles.

— Pose ton paquet et lève les bras.

La voix surgit de la nuit mais Levon ne discerna pas son interlocuteur. Il reconnut cette voix, c'était celle du chef, celle d'Isker.

Il obéit et posa le coffret à ses pieds.

— Yaga, vas-y !

Yaga surgit de l'ombre, passa les mains le long du corps de Levon, joua les services de sécurité lors des plans Vigipirate, histoire de vérifier que l'homme ne portait pas un flingue ou un poignard collé à un mollet.

Isker se rapprocha. Sa silhouette se découpa dans la lueur des phares. Il s'empara du coffret et l'examina à la lumière, puis le compara à une photo en couleur sortie de sa poche. Un large sourire éclaira son visage. Le test était positif.

— C'est parfait. Vous avez fait du bon boulot !

Il avait le kandjar ! Il était le premier Turc depuis près de quatre-vingt-dix ans à manipuler ce prestigieux poignard qui avait été la gloire de Constantinople.

Il fallait avertir très vite Yilmaz. Le boss serait fier de lui.

Il se retourna vers Levon :

— Je n'ai qu'une parole. Tu peux partir !

— Mais la fille ?

— Bien sûr, tu ne nous la laisses pas ! Dommage, on s'amusait bien avec mais depuis qu'elle a un doigt en moins, ce n'est plus ça, elle est moins fringante, cette salope !

Levon serra les poings. Il ne fallait surtout pas répondre au risque de tout gâcher.

Isker se retourna vers un container caché dans l'obscurité :

— Erkan, tu nous amènes la fille !

Le nervi arriva en traînant la fille menottée. Elle avait les cheveux défaits, la chemise déchirée, les yeux rougis et son rimmel avait coulé sur ses joues. Sa main droite portait un énorme pansement mais ce qui étonnait le plus Levon, c'est qu'elle était étonnamment passive.

Isker poursuivit :

— Elle a beaucoup saigné. Pourtant Erkan est un pro. Six ans de fac de médecine, ça vous forme un homme. Il a eu du boulot, Erkan, ces jours-ci : recoudre un cuir chevelu par-ci, couper un doigt par-là…

Il désigna Lila de la main avec dédain :

— Tu peux la reprendre. C'est une pute ! Amusez-vous bien avec !

Lila marcha vers Levon, mécaniquement, les yeux hagards. C'est lui qui l'attira, alors elle se blottit dans ses bras en murmurant faiblement :

— Filons, filons vite…

Comme Levon n'avait pas l'intention d'entamer une longue discussion avec les quatre maùfatans, il écarta délicatement le canon du fusil d'assaut qu'on pressait dans son dos en essayant de ne pas brusquer l'orang-outan qui semblait n'attendre que ça pour vider le chargeur dans ses côtes.

Levon prit la jeune fille par le bras et partit sans rien dire, en serrant la mâchoire comme s'il redoutait de récolter dans le dos une rafale qui les abattrait tous les deux.

Il ne se passa rien. Isker fit signe à l'orang-outan de baisser son canon. Ils avaient récupéré le kandjar et rempli leur mission. Que demander de plus ?

En passant la barrière de l'entrepôt, Levon entendit Isker téléphoner en turc en trépignant de joie. Il ne comprit que deux mots « Mustafa Bey ».

Le sicaire jubilait en rapportant à son patron l'heureux dénouement de sa mission.

La Mercedes démarra en douceur. Bubble s'était glissé à la place du mort et Calambo serrait Lila dans ses bras à l'arrière. Il posa ses lèvres sur la nuque de la fille qui restait sans grande réaction. Calambo découvrait un sentiment qui était plus fort que le désir. C'était peut-être ça que les blaireaux appelaient l'amour…

— Elle est complètement chlass, faut la conduire au toubib, décréta Bubble en se retournant vers le couple.

Levon reconnut qu'elle avait un urgent besoin d'assistance médicale. Erkan était peut-être un chirurgien acceptable mais les conditions de l'amputation, dans ces containers pourris, étaient loin d'être idéales. En plus, Lila semblait droguée et voguait dans un autre monde.

Pourtant Levon n'alla pas très loin. Il arrêta le moteur à une centaine de mètres à peine de l'entrepôt, gara la Mercedes à l'abri des regards, tous feux éteints.

Dix minutes plus tard, le 4x4 sortit.

Bubble alluma son ordinateur portable. Il avait trois heures d'autonomie avec la batterie et ce devait être suffisant.

La Range Rover remonta la première avenue et s'engagea sur l'autoroute A7 en direction de Salon-de-Provence. La Mercedes laissa une distance de plusieurs centaines de mètres entre eux. Grâce à l'ordinateur de Bubble, ils pouvaient suivre le trajet du 4x4 sur l'écran. Il était inutile de le coller comme des langastes, cela ne servirait qu'à les faire repérer.

Le flot des véhicules était encore fluide à cette heure matinale.

Dans l'interminable descente en ligne droite qui longeait l'aéroport de Marignane, ils aperçurent, loin devant eux, la Rover.

Le premier vol Marseille-Paris, celui de six heures, décollait au-dessus de l'étang de Berre et l'usine Shell dessinait une forêt illuminée d'arbres de Noël gigantesques au bord de l'eau noire.

L'autoroute était déserte : le 4x4 était à deux ou trois cents mètres au-devant de la Mercedes.

Bubble se tourna vers Levon et fit claquer une grosse bulle en signe de satisfaction :

— C'est OK, non ?

Le vieil homme fit un signe de tête et accéléra un peu afin de réduire l'écart entre les véhicules. Ils n'étaient plus qu'à cent cinquante mètres du quatuor. Calambo serra Lila par les épaules comme pour l'inviter à suivre le spectacle

Bubble sortit de la boîte à gants une télécommande qu'il pointa vers la Range Rover. Il composa un code et appuya sur le gros bouton rouge.

La déflagration fit voler le 4x4 en éclats. Des morceaux de fer et des restes humains retombaient dans un rayon de cinquante mètres et la carcasse de la Rover, fichée dans la protection centrale, brûlait.

Levon freina afin de se garer l'espace de quelques instants sur la bande d'arrêt d'urgence.

— Et quatre bordilles de moins sur notre planète ! conclut Bubble, insensible au spectacle de l'explosion.

Le jeune obèse referma son ordinateur en sifflotant d'un air satisfait. Calambo caressait doucement les cheveux de Lila qui tremblait de tout son corps. Levon redémarra et ils doublèrent les restes du véhicule en feu dans lequel il ne restait guère de trace des quatre tueurs.

Ils quittèrent l'autoroute à la première sortie et croisèrent les pompiers de Vitrolles, toutes sirènes hurlantes, qui filaient vers le lieu du sinistre tandis qu'ils redescendaient tranquillement vers Marseille par la nationale.

Bubble s'autorisa un nouveau malabar.

C'était la première fois qu'il avait utilisé son teston pour tuer.

Malpassé, le dimanche 29 avril

— Quand on est petit, gros et pas beau, faut faire marcher le teston, répéta Bubble en racontant l'aventure à Pater.

Ils avaient dressé la table dans le jardin. Le soleil était doux comme il sait l'être parfois en avril. Doux mais traître : « En Avril, ne te découvre pas d'un fil » recommandait Pater qui refusait d'abandonner son pull.

Lila, avec son caraco léger tendu sur ses seins fermes, n'avait certainement rien à faire des conseils de l'obèse. Bubble s'activait près du barbecue. Les deux douzaines de rougets de roche grillaient doucement en crépitant sur les sarments de vigne. Un peu plus loin, sous le figuier, Calambo finissait de vider les dorades au milieu d'une palanquée de matous friands de poiscaille.

Lila, la main droite bandée, avait dressé la table. Levon tenait compagnie à Pater en éclusant quelques godets de pastaga.

Pater avait la jambe bandée. Il n'était sorti que la veille de l'hôpital d'Arles et on fêtait, en quelque sorte, son retour at home. Kader resterait encore quelque temps à l'hosto. Malgré la réussite de l'opération, il garderait quelques séquelles de sa blessure au genou : « Un imperceptible boitillement » avait avoué le chirurgien mais personne ici ne savait ce que signifiait vraiment le terme « imperceptible boitillement ».

— Il sera goï, c'est tout ! avait conclu Pater.

L'enquête sur le meurtre de Toine et l'agression de la cabane de Beauduc restait au point mort. Le motif le plus plausible était la vengeance, aussi les gendarmes se concentraient sur l'exploration méthodique du passé de Toine. Et là, les condés avaient du boulot entre les convictions politiques et syndicales, les aventures amoureuses et les vols sur les quais qui avaient parsemé la vie de la victime, même si le pauvre Toine semblait rangé des valises depuis son exil à Beauduc.

On s'attabla devant le premier service de rougets :

— Alors, comme ça, vous avez tout manigancé la nuit précédente ? demanda Pater en servant le vin de Cassis frappé à la compagnie.

— Ouais, on est allés au Beau Bar avec l'oncle, répondit Calambo, pendant que Bubble visitait ses collègues. On est revenus de l'Estaque avec les poignards – le vrai et le faux – et la phalange de Lila.

— Et quand on est arrivés, ton minot nous a accueillis en se pavanant : « Quand on est petit, gros et pas beau faut faire travailler le teston et moi j'ai bien fait travailler le teston ce soir ! » remarqua Levon en riant.

Et ils racontèrent, une fois de plus, la fameuse nuit qui précéda l'explosion de la Range Rover.

Ce soir-là, en arrivant à Malpassé, Calambo grognait.

Depuis qu'il avait quitté le Beau Bar, il avait le moral dans les chaussettes aussi, afin de détendre l'atmosphère, Levon releva la remarque de Bubble et lui rétorqua :

— Et qu'a fait le petit, gros et pas beau pendant qu'on picolait au Beau Bar.

— Eh bé, le petit, gros et pas beau, il est allé voir son copain Manu qui turbine dans le déménagement pour se faire prêter un micro portable. Et le copain Manu lui a payé un Ricard. Et puis, le petit, gros et pas beau, il est allé voir un autre copain, son copain Serge, qui turbine dans une entreprise de démolition. Le copain Serge lui a fourni quelques explosifs, un déclencheur à distance et lui a payé un 51. Et puis, le petit, gros et pas beau, avec son cyclo de merde et ses porte-bagages en carton mâché bien remplis, il est revenu à la baraque et il a tout préparé.

Calambo se réveilla. On pouvait tout craindre.

— Tu as préparé quoi ?

— De quoi faire péter la tronche à ces conneaux !

— T'es dingue. Ils ont Lila et ils sont fêlés ! T'as vu ce qu'ils ont fait à Lila ? beugla Calambo en montrant la boîte apportée au Beau Bar.

— Il est con, ce mec, je t'ai dit que j'ai fait marcher le teston. J'ai tout prévu. Je vais pas foncer sur leur campement avec un Boeing ! Assoyez-vous, que je vous explique… J'ai le gosier un peu sec et il reste un fond de Casa. Vous en prendrez bien un godet avec moi, les gars ?

Levon lui arracha la bouteille des mains :

— Non, Bubble, c'est vraiment pas le moment !

Le jeune boudiné s'assit face à ses deux compères, les regarda alternativement dans les yeux :

— J'ai une idée, les potos, mais j'ai besoin de vous. Venez voir…

Il tourna l'écran de l'ordinateur vers eux. Le spot rouge s'était déplacé.

— Vous reconnaissez l'endroit ? demanda Bubble en pointant la carte du doigt.

Devant les regards interrogateurs et ses interlocuteurs muets, il continua :

— Plan-de-Campagne. C'est la carte de Plan-de-Campagne. Vous voyez l'autoroute ici, le Géant Casino là et eux, ils sont tout bêtement sur le parking du cinéma..

— Du cinéma ? demanda Levon.

— Ouais, du cinoche ! Ces cons sont au cinoche ou dans un des restos du coin. Oh sûrement pas tous les quatre. Il doit en rester un ou deux à Vitrolles, histoire de surveiller ta gonzesse. Mais des mecs, moi, je m'en fous. C'est leur chignole qui m'intéresse.

— Leur chignole ?

— Voilà ce qu'on va faire…

Bubble, le petit gros et pas beau, était fier comme un pape.

Désormais, c'était lui qui menait le jeu.

Calambo aidait Lila à ôter les arêtes des rougets. Sa volumineuse poupée était un véritable handicap pour ces travaux minutieux. Pater déposa deux nouveaux poissons dans son assiette. Manifestement, ses habitudes gastronomiques évoluaient rapidement.

— Pour du rouget de roche, c'est du rouget de roche, pas du rouget de pédé… Rien à voir avec le chalut… Et alors, vous êtes partis tous les trois avec la Mercedes, direction Plan-de-Campagne ?

Il leva les yeux vers son fils. Il attendait la suite…

Ils quittèrent Malpassé et empruntèrent l'autoroute nord, en direction d'Aix-en-Provence.

Bubble, la casquette de rappeur vissée sur la nuque, mit

l'ordinateur portable en marche. Il l'avait reconfiguré à Malpassé avec le logiciel de localisation de façon à suivre les pérégrinations du spot rouge sur les cartes numérisées. Le 4x4 était toujours sur le parking.

À gauche de l'autoroute, la zone commerciale déroulait ses enseignes lumineuses et racoleuses.

— On se croirait aux US, releva Levon.

Ils repérèrent sans difficulté la Range Rover rouge qui était vide et se payèrent le luxe de se garer juste à côté. Levon sortit de la voiture et alluma négligemment une cigarette. Il surveillait les alentours et l'arrivée éventuelle du conducteur et des passagers du 4x4.

Calambo, qui avait une longue expérience dans le domaine, s'extirpa lui aussi de la Mercedes et crocheta la serrure de la Rover. Bubble baissa sa vitre et lui fit passer le « machin ». C'était, en fait, une charge explosive munie d'un détonateur. Une bombinette du type de celles qu'utilisait son copain Serge – celui qui turbinait dans la démolition – pour mettre à terre les hauts immeubles vétustes. Calambo la plaça sous le siège du conducteur et la fixa avec un rouleau adhésif.

Il referma la porte.

L'opération avait duré moins d'une minute.

Pater posa le saladier de fraises sur la table :

— *Fragoli al vino per tutti !* proclama-t-il avec un accent jovial qu'il aurait voulu italien.

Calambo serrait Lila contre lui. Depuis quelques jours son regard avait changé, il était plus noir et plus profond. Bubble planait dans les vapeurs d'alcool, Pater était aux anges – cela faisait si longtemps que « Les Lilas » n'avaient pas vibré d'une telle vie – et Levon un peu triste.

Il repartait dès le lendemain vers New York.

Ici, à Marseille, il avait retrouvé sa jeunesse et un neveu, l'unique survivant de la famille de Sarkis Balyan. Un jour peut-être Calambo viendrait le rejoindre aux US. Levon l'y avait encouragé car il savait que pour apprécier Marseille, il fallait la quitter un jour pour mieux y revenir.

Lila se serrait contre le jeune homme. Elle était bien ainsi, collée contre lui. Elle ne se remettrait sans doute jamais de son rapt, pas plus que de son adolescence. Mais peut-être parviendrait-elle, aujourd'hui ou demain, à lui dire « je t'aime ».

Six mois plus tard, en guise d'épilogue

Levon Balyan est retourné à New York mais il envisage de revenir régulièrement à Marseille. Il n'a pas retrouvé dans Big Apple le charme des petites ruelles de son enfance et ça lui manque un peu.

Pater et Bubble vivent toujours dans leur petite baraque du quartier de Malpassé.

Le père néglige la télé. Il sort de plus en plus souvent. On le rencontre tous les après-midi dans un bistrot des Chartreux où il a des habitudes de belote. Souvent, lorsque le soir tombe, il va rejoindre Anita, une Espagnole de La Rose. Anita est veuve et encore pas mal roulée. Elle lui mitonne quelques petits plats catalans et, après la zarzuela, elle redécouvre avec Pater des caresses et des sensations oubliées.

Pater a perdu trente kilos sans qu'il sache vraiment s'il devait sa ligne nouvelle à la cuisine de son Espagnole ou à une saine et régulière activité sexuelle.

Bubble et Calambo ont investi leurs gains illicites dans un petit resto du côté du cours d'Estienne d'Orves. Kader, qui traîne la patte comme un malheureux – c'était donc ça « l' imperceptible boitillement » ! – leur donne un coup de main.

Calambo a quitté sa baraque du Resquilladou pour un petit mais coquet F3 dans la rue Fortia. Lila a vécu un peu plus de trois mois avec lui avant de se barrer.

Depuis, des filles peu farouches viennent s'égarer l'espace d'une ou deux nuits dans l'appart' mais Calambo se lasse vite des cagoles.

Lila lui manque.

Dans le train-train du resto, les garçons s'ennuient un peu et traficotent encore à droite et à gauche, histoire de s'occuper l'esprit. Ils envisagent de traverser l'Atlantique un de ces quatre et de tenter l'aventure new yorkaise. Levon, qui possède pas mal de connaissances là-bas, leur a proposé de les accueillir et de les aider…

Lila a quitté Marseille – et donc Calambo – pour Paris.

Elle bosse – tailleur gris, lunettes à monture d'écaille – dans le service commercial d'une radio FM. Elle a fait couper et éclaircir ses cheveux, ne porte plus jamais le jean et ne peint plus ses ongles en violine. Sans cette flamme qui embrase son regard, on la prendrait presque pour une bourge !

Elle n'a finalement vécu que peu de temps avec Calambo. Ce fut d'ailleurs assez curieux : dès qu'elle a réussi à murmurer « Je t'aime », elle s'est en quelque sorte libérée. Alors, elle est partie.

Le jeune homme est toujours un peu sombre quand il pense à elle. C'est sans doute pour ça qu'il ne quitte jamais le pull en coton rouge que Lila lui avait acheté sur le marché du Prado. Le seul cadeau de Lila ! Car Calambo ne s'est pas vraiment remis de cette séparation. On n'oublie jamais un amour vrai.

Mais Lila, avec ses siècles d'expérience, sait que Calambo sera un jour plus fort. Elle sait que la découverte de ses origines lui donnera une assise d'autant plus solide que le passé de sa famille fut dramatique.

Mais Calambo – qui n'est qu'un imbécile comme tous les garçons de son âge – n'a pas encore compris tout ça. Il lui faudra du temps car on ne se libère pas facilement d'une adolescence de sauvageon écervelé. Il regarde souvent le journal d'Arak que Levon lui a confié. Avec les années, il apprendra qu'un homme qui a des racines est solide comme un chêne.

Lila reviendra certainement à Marseille, parce que tous les Marseillais qui sont allés voir ailleurs si le soleil était plus beau rentrent un jour afin de mieux apprécier leur ville. C'est du moins ce que soutient l'expérimenté Biscottin après quatre pastagas.

Evguinée est morte en septembre.

C'est un peu comme si elle avait voulu vivre jusqu'à ce qu'on vienne la débarrasser de ces satanés poignards. C'est un peu comme si elle avait quitté ce monde de fous, en léguant son histoire et l'Histoire à Calambo pour que les générations futures n'oublient rien. Avec elle, c'est un nouveau témoin du génocide qui a disparu.

Mustafa Yilmaz a trouvé la mort en octobre dernier lors d'un accident d'avion dans les montagnes de l'est de l'Anatolie. Fait curieux : c'était un avion militaire et ce parrain de la mafia se trouvait à bord en compagnie de quatre généraux de l'armée turque.

Avec lui s'est évaporée la quête du véritable kandjar que Calambo a placé en lieu sûr.

Mais le Croissant Noir prospère toujours et étend son emprise.

Certains soirs, lorsqu'il ouvre le coffret de bois de cèdre et qu'il examine son poignard, un doute submerge Calambo : est-ce bien l'authentique kandjar ?

Tout ça parce qu'un soir de déprime, Bubble lui souffla, avec du souci plein la voix : « Tu vois pas qu'on ait refourgué, dans la précipitation, l'original à Isker et qu'on ait gardé, comme des conneaux que nous sommes, la copie ? »

Achevé d'imprimer sur les presses
de Pulsio à Sofia
Dépôt Légal : septembre 2021